U0068966

Japanese Business Glossary

三菱商事広報室編　林榮一譯

日·本·人·語

(中日對照)

東洋経済新報社授權　鴻儒堂發行

序　文

「ことば」を意味するギリシア語の「ロゴス」はまた、理性、本質、法則などの意に用いられることは、広く知られているとおりだが、民族の思考と行動はことばとなり、逆にことばは思考と行動のパターンを形づくるともいえる。まさにことばは文化であり、民族の歴史と習俗の現われである。

「〝根まわし〟を外人にどう説明したらよいだろう」「〝腹芸〟なんてあまりにも日本人的な感覚だから、外人にはとうていわかるまい」。

三菱商事株式会社が発行する英文広報誌 TOKYO NEWSLETTER（月刊 15,000部）に、軽い話題の提供を兼ねて、日本人独特のビジネス慣習やいいまわしを紹介する短文のコラム〝Business Glossary〟をもうけて、8年ほどになる。その間つくり貯めたことばにさらに

序　文

就如眾所周知，希臘文所指的語言——Logos，亦可用來解釋為理性、本質、法則之類。民族的思想與行為會構成該民族的語言，反過來也可以說語言會構築思考與行為的模式。的確，語言就是文化，它所表現的，不外乎民族的歷史與風俗習慣。

面對外國人要如何說明「nemawashi（斡旋）」？像「hara-gei（腹藝）」這玩意兒有太濃厚的日本味，外國人幾乎是不可能了解的。

大約有八年了，在三菱商事株式會社所發行的英文宣傳雜誌TOKYO NEWSLETTER（月刊）上，曾連載兼具輕鬆話題，以短文介紹日本獨特的商務慣例與措詞的專欄——「Business Glossary」。將那些年所發表的詞彙，另外增添約四十個句子加以整理之後，做了出版的決定。

當選擇詞句之際，排除了日本傳統的諺語以

40語ほどを加えて上梓することとなった。

ことばを選ぶにあたっては、日本古来のことわざや、中国からの故事名句（たとえば〝墨守〟）などは除外するようにした。また、ビジネス用語としても良く使われるが、英語一語で簡単に訳せるようなことば（たとえば〝王手〟＝checkmate）は拾っていない。あくまでも日本人ビジネスマン同士で日常口にし、話題にし、おたがいすぐに通じあうが、外人には少々説明を要する、ないし誤解されるおそれのあることば、との基準で作業を進めてきたが、その結果、選んだことばに恣意的な片寄りもあるかも知れず、決して網羅的ではないこと、また短文のために、説明不足になったり一面的な解説になるなど、至らない点は多々あること、あらかじめお断わりしておきたい。

反面、日本人には不必要な説明語が大半を占めるわけだが、この語集はもともと英文で書き起こされ（センチュリー英文編集社・上野

及由中國傳來的故事名言，譬如「墨守」之類。此外，雖然在各種場合經常會被利用且可以用簡單一句話來解釋清楚的詞句也不予納錄；始終都以日本上班族之間日常作為話題且在互相之間也容易領會，但對於外國人卻需要解釋或恐有被誤解之虞的語詞為基準。因此，選出來的語詞或許會有恣意、偏頗的情形，但絕不屬於網羅性的，況且又是短文的關係，或許會造成解釋不夠詳盡或偏於片面性解釋等諸多的不周，在此預先告知諸位讀者。

另一方面，對於日本人而言，不需解釋的詞語佔了絕大部分，那是原先的詞集是以英文書寫（世紀英文編輯社、上野一磨），之後才翻譯成日文的，因此，在翻譯的過程中省略了對日本人完全沒必要的說明，也就因為這樣，並未做嚴密的對譯工作，敬請見諒。

希望這本書能成為讀者與外國友人之間的話題，以及互相之間交談的潤滑劑。

編　者

一磨氏）、このほど初めて和文訳をつくったもので、和訳にあたっては、日本人にはまったく説明不要な事柄は省いている。したがって、厳密な対訳にはなっていないこと、ご承知おきいただきたい。

この本が、読者と、読者の外国友人との話題の種となり、おたがいのコミュニケーションの潤滑剤となるならば、編者の大いに喜びとするところである。

なお、ローマ字は、ヘボン式によった。

編　者

油を売る

〝What is he doing ?〟 〝He's selling oil〟 この会話の答え selling oil は立派な商売であるが、これを日本語にそのまま訳すと、ある人の仕事ぶりをそしるような意味をもつ。「油を売る」には to sell oil とは別に、loaf on the job（仕事をさぼる）の意味があるからだ。

電気がまだ発明されていなかったころ、行商人は〝あんどん〟用の油を、通りから通りへ呼び売りして歩いたものである。彼等は仕事に精を出しているようにはみえなかった。ここから「油を売る」といえば、現在では会社を抜け出して喫茶店で時間をつぶしているサラリーマンを指すようになった。

Abura Wo uru　　偷懶（打混、摸魚）

「他在幹什麼？」「他在賣油。」雖然在問答之間所出現的這句「賣油」是屬於不錯的生意，然而，以日本人的解釋卻具有批評某人的工作態度之意。因為在純粹賣油之意以外，還含有偷懶、怠工的意思。

早期尚未發明電器的時候，家家戶戶都是以紙燈籠點油燈來取光的，因此就有小販穿梭在大街小巷叫賣油的情形。雖然他們是很努力地叫賣卻又看不出他們的努力。從而，賣油這句話目前已用來形容翹班在外逍遙的上班族。

挨拶まわり

年末年始の1週間の休みが終わると、官庁や会社では、1月の4日か5日あたりから、仕事始めになる。ところが外国人がこの日に仕事をしようと思って日本の会社を訪問すると、とまどうことがよくある。

オフィスは開いているのだが、この日の主な仕事は、まず社長恆例の年頭の辞，新年の抱負と期待、社員への激励の言葉を拝聴する。それからが「挨拶まわり」（making a round of courtesy calls）である。社内のほかの部課の人たちばかりでなく、外のお得意先にも行って「あけましておめでとうございます。今年もよろしくお願いします」（Happy New year ! Please continue to favor us this year again.）と挨拶する。

「挨拶まわり」は新年だけとは限らない。転任の役職員が着任して表敬訪問するのも、

Aisatsu-mawari　打招呼致意

年終年初一星期的假期一結束，公家機構或各公司行號都得從元月的四、五號左右起恢復上班，開始工作。在這個時候，若有位外國朋友想要辦事而跑到日本的公司，就會不知所措，這是常有的事。

雖然公司已開張，但這一天的主要工作卻都在洗耳恭聽董事長例行的年初賀詞、新年的抱負與期望、對員工鼓勵的話；之後又是「打招呼致意」。不僅要對公司內其他部課的員工，連外面的老主顧都要一一拜訪致意，說些「恭喜新年，今年也請多多幫忙」之類的話。

「打招呼致意」並不特定於新年才有，在轉任的長官到任時，多半會到各部門打個招呼，這也算是「打招呼致意」的一種呢。

やはり「挨拶まわり」である。
→賀詞交換

赤ちょうちん

日本のサラリーマンは、1日の仕事を終えて家路につく前に、「赤ちょうちん」へよく寄る。「赤」はred、「ちょうちん」はlanternだが、早とちりしてred light（赤線区域）のことだ、などと思ってはいけない。

この大ちょうちんは、竹ひごの骨組みに紙を貼った、直径1メートルほどのもの。日本式の一杯のみ屋の入口に、それとはっきり分かるようにぶらさげてある。「赤ちょうちん」は、「この店では、酒とちょっとしたおつまみ程度のものをお出しします。お値段は安く、気楽な仲間同士の雰囲気で楽しめます」という目印である。2時間ほど時を過ごしても、1人あたり10ドルとかからない。赤ちょうちんは、イ

Aka-Chōchin　紅燈籠

日本的上班族在下班後回家之前，經常會到「紅燈籠」。因為有「紅」字冠在燈籠之前，很容易令人誤解，當它是在指「紅線區域」而鬧出笑話。

這種大燈籠是在竹籤做成的骨架上貼上紙，做成直徑一公尺的燈籠。

這種燈籠是懸掛在小酒館的入口，表示「營業中」的意思。一般說來，小酒館的客人都是熟人，即使偶爾出現的陌生客人，也會很快就變成朋友。大家都是為了享受晚酌的樂趣而光顧這類酒館的，價格又便宜，即使在這裡消磨二小時，每人的消費也只不過十塊美金罷了。大可以把紅燈籠看成日本版的英國 pub（小酒館）呢。

除了紅燈籠之外，還有一種以棕櫚編成繩子

ギリスのパブの日本版と思えばいい。

赤ちょうちんのほかに、入口にはしゅろで編んだなわで作った短いカーテン「縄のれん」がかかっている。「縄のれん」と「赤ちょうちん」はともに大衆酒場の意味につかわれる。

→のれん、ちょっと一杯

天下り

字義は「天」（Ama）より降りること。天には天皇、将軍、中央政府などの長の意味がある。このことから、中央政府の高官などが定年後民間企業などの主要ポストにつくことを意味するようになった。また、他の部局から自分たちの部局の長が任命されたり、子会社の社長に親会社の部長などが任命されたりするときなどにも「天下り」といわれる。

企業間人事異動がきわめてまれであり、部門の長はその部門の「生え抜き」で占められる

再做成短小簾子掛在門口的「繩簾」。這種「繩簾」與「紅燈籠」同樣都被拿來當成「小酒館」的標誌。

→繩簾，來一杯

Ama-Kudari　空降

從字面上看是從「天」而降之意。這裡的天，含有天皇、將軍、中央機關的長官等之意。由此而演變成中央級高官們在退休後轉職到民間企業去接任重要職位的意思。此外，由甲部門被提拔轉到乙部門接任為長字號者，或總公司的部長被任命為分公司經理等，這種情況都可稱為「空降」。

由於企業間人事異動的情形並不多，一般而言，部門之長都是由該部門的老職員提拔上來的。從而，「空降人事」是由非「老職員」所擔

ことが通常であるから、「天下り人事」は「生え抜き」でない人が長になる点、迎える側にとって多少愉快でない響きが含まれる。

なお、天下（Ame-no-shita＝Tenka）は、中世日本人にとって全日本というより全世界を意味した。現代でも「天下をとる」は、異例の出世をしたとか、日本の首相になるとかのときにつかわれる。

→中途採用、関が原、外様

青田買い

「青田買い」は、もともと農業用語であった。今日では、農業用語としてつかわれるのはごくまれで、企業社会に欠かせない用語のひとつになっている。昔は、刈入れまえにbuying rice on the stalkの意味だった。牛肉を生きた牛のまま買い予約するとか、羊毛を羊から刈るまえに買い予約するのと同じである。貧し

任的長官時，免不了給予迎接者有不是味道的感覺。

再者，對中世代日本人而言，天下(Ame-no-shita=Tenka)所代表的意思，與其說是指全日本，倒不如說是在指全世界。直到現在，日本人仍然會把「空降」這句話套用在某人的破例升官，或某人當上日本首相的場合。

→中途採用，關原之戰，外樣

Aota-gai　買青苗（預訂）

「買青苗」這句話原來是屬於農業用語之一。今天把它拿來當做農業用語的情形已經少之又少，可說已成為企業界不可或缺的用語之一。從前的意思是在收割稻子之前，預先付訂金把它買下，就如同預先訂購活生生牛隻的牛肉，或是預訂尚未剪下的羊身上的羊毛那樣。這種情形多半會發生在貧苦農家極需金錢應急時。他們是

い農家が、現金をどうしても必要なとき、穫れたお米で返す約束で、商人から前借りすることである。

「青田買い」(直訳すると、to buy a green paddy field)は、企業が学校にアタックをかけて、翌春卒業見込みの学生から入社の約束をとりつけることをいう。「青田買い」のかわりに「青田刈り」(to reap the green paddy field)ということもある。企業が、新入社員の獲得に早いうちから一所懸命に奔走するさまをいう。

→新入社員

アポイント

日本語には、外国語からの借り物で、日本の生活に合うよう、語形とか、ときには意味まで変えて使っている言葉が、たくさんある。「アポイント」は、appointmentが略されたもので

以即將要收成的稻米來償還欠款為約定，先從商人處預借所需金錢。

實際上，「買青苗」指的是企業主動與學校連繫，早一步從翌春即將畢業的學生當中取得就業的合同的意思。這「買青苗」有時也叫做「割青苗」，是形容企業為了要獲得較優新血輪，很早就開始用心張羅的情形。

→新進職員

Apointo　預約

日本話其實有很多是從外文假借來的，他們會把外語的語型，甚至連意思都給改掉以便配合生活的內容。 Apointo 即是將英文的 Appointment 先予簡化而成的單字。

ある。

ふつうは、面会の日時をあらかじめ取り決めておくことの意味につかう。しかしアポイントがあって訪問しても、待たされることはざらにある。前の訪問者がまだ中にいるとか、アポイントなしで訪ねた人がいることが、しょっちゅうである。「ちょっと近所まできましたので」というのが、突然訪ねるばあいの立派な理由になるからだ。日本人も日本に明るい外国のビジネスマンも、アポイントなしでやって來たからといって面会を拒まれることはめったにない。

しかし、全体としてみると、若い世代の日本のビジネスマンは、国際感覚を身につけるようになり、アポイントメントを時間どおり、きち

通常是用在事先已約好會面與日期的意思上。然而，雖然有 Apointo 的訪問卻會不了面的情形可是常有的事。這可能是約在前面會面的人還沒離開，或根本未曾預約就來訪的人已捷足先登在裡頭了。因為「剛好經過這裡」，是突然造訪之時所能使用的最好理由；日本人以及熟悉日本的外國公司職員都不會讓沒有預約就貿然跑來的訪客吃閉門羹的。

不過，就整體上而言，在年輕一代的日本上班族身上都已漸漸具備所謂的國際觀，而懂得要嚴守約定時間準時赴約的遊戲規則了。

んと守るようになってきた。

アルバイト

「アルバイト」は、もともと日本語ではない。ドイツ語のArbeit（労働の意）が日本語化した言葉である。本来の意味から変わって日本的なものになっている外国語は何千とある。

このように「アルバイト」は、パートタイムや一時的な仕事などのことをいう。小遣いや学資をかせぐため、学生は「アルバイト」をする。

会社もアルバイトと称する部類の人を雇うことがよくある。正規の時間どおり働いても、正社員と待遇の違う人達である。賃金は時給ないし日給で、正社員と違って賃金外の諸手当は支給されない。出来高払い制のアルバイトは、家ですることが多い。

→内職

Arubaito　打工〔兼差〕

「 Arubaito 」本來就不屬於日本話，它是德語的 Arbeit（意指勞動）逐漸日語化的結果。由本來的意思慢慢變成很日本的東西。這一類的外國語言簡直多得不計其數。

如上所述，「 Arubaito 」係指兼差或臨時性工作而言。常見的情形是在校學生為了要賺取學費或零用錢，利用課餘或假日，尤其在寒暑假期間去找 Arubaito 來做。

公司方面也經常會雇用這種叫做打工的人。他們是屬於再怎麼按正常時間工作也不可能獲得與正式職員同等待遇的一群，工資是以時薪或日薪計算，不同於正式職員的是，享受不到工資之外的各種津貼。像論件計酬制的 Arubaito 則蹲在自己家中從事的時候較多。

→副業

ばんざい

一団の日本人が空港ロビーで「ばんざい」を唱和したからといって、驚いてはいけない。第2次大戦の戦争映画に出てくる〝バンザイ特攻〟ではない。海外に赴任する同僚の見送りにきているのである。

「ばんざい」を直訳すると〝ten thousand years〟となる。天皇誕生日に幾千もの人が皇居の庭に参集して「ばんざい」を繰り返す。このときの「ばんざい」は〝Long Live the Emperor〟である。

おめでたいときの「ばんざい」は〝hurrah〟と同じだ。野球の試合に勝ったとき、ビルが竣工したとき、クロスワード・パズルでぴったりの単語を思いついたとき、「ばんざい」である。駅のホームで友人・親戚に囲まれて、ほやほやのカップルが新婚旅行に出かけるときも、「ばんざい」で送られる。これは、人目につい

Banzai　萬歲

就算有一群日本人在機場大廳同聲高呼「萬歲」，也沒什麼大不了，不需要大驚小怪。這跟第二次世界大戰的戰爭電影上所出現悲壯的「萬歲」完全是兩碼子事；他們是在歡送赴海外上任的同事呢。

如果把「萬歲」予以直接翻譯便成為一百歲。在日本天皇生日那天，會有幾千個人聚集在皇宮內的院子裡反覆地喊「萬歲」，這個時候的「萬歲」係屬於祝賀長命百歲的「萬歲」了。

遇到喜事時的「萬歲」，應該與「歡呼」同屬一個意思。例如在某某杯棒球大賽奪得了冠軍時、新建的大樓竣工時、玩文字迷宮遊戲時突然想到最適當的單詞等，都是屬於「萬歲」。還有，在車站被親朋好友團團圍住，正要出發往渡假勝地新婚旅行去的年輕一對，也是以「萬歲」被歡送的。雖然這種惹人注目的「萬歲」可能會帶給新人不自在，但總是「萬歲」吧。

てきまりの悪い「ばんざい」かもしれない。

閥（ばつ）

「閥」は、日本社会の重要な仕組みである。その人がどの「閥」に属しているかを知っておくと、日本の社会で人間関係を良くするのに役立つ。一般に「閥」とは faction, clique ないし clan である。閥にもいろいろある。政党には「派閥」（faction）があり、党内党（parties within the party）のようなものである。派閥は勢力ある政治家を中心にした集まりで、その人の名を冠するのが普通である。

「閨閥」は、必ずしも「閥」として組織だったものではないが、やはり大きな影響力をもつ一族といってよい。血縁や姻戚関係（linked by blood and marriage）で結ばれている人びとである。事業で成功したり、政治権力その他の手段で社会の階層を昇りつめていく過程に

Batsu　閥　派系

「閥」在日本社會是屬於很重要的組織。若能摸清楚哪些人是屬於哪一「閥」時，對於建立良好的人際關係有很大的助益。一般而言，所謂「閥」者，指的是派別、幫，以及族等。閥也有各種類別。在政黨裡面有派別，就像黨內黨的東西。派別係以有權勢的政治家為中心的小集團，通常會把該人之名冠在其上。

「閨閥」，雖然與「閥」的組織尚有一段距離，卻是個擁有不可忽視頗大影響力的一族；他們是以血緣或親戚關係結合的一群。凡想要在事業上獲得成功，或以政治權力及其他手段來提高自己的社會地位與聲望的人，都希望自己的子女能夠跟好的門第結上良緣而拼命。因為，果真成功了，那往後將是妙處多多，諸事順利。

「學閥」是由同校畢業的校友們所組成。譬

ある人びとは、自分の子女を良い家系に縁付かせようと必死になる。そうなってくれれば、万事好都合だからだ。

「学閥」は、同窓生仲間で作られる。新人の入った会社で、その出身大学の先輩が〝幅〟を利かしていれば、その人の昇進に有利となる。一方、その人の学閥が社内で勢力が小さければ、どんなに有能でも、上級管理職に昇進する見込みはまずない。しかし近年は、学閥もビジネスの世界ではそれほど決定的な要素ではなくなってきている。しかし、官界や学界では、まだ根強いようだ。

「地方閥」というものもある。この閥は一種のsectionalismと思われる。同じ地方出身者は、地方閥に属しているとみなされ、これらの人達は、たがいに助けあい、便宜をはかる。だが、近年は人口流動が激しいので、この閥もだんだん重視されなくなってきた。

如某人剛進公司，而在該公司的學長校友是位很吃得開的人，他的晉升就很樂觀了。相反地，要是該人的學閥在公司內起不了作用時，即便有多了不起的才能，想要躋上高管理階層之職，幾乎可說機會渺茫。不過，近年來，學閥在事務性世界已不再具有以往的決定性因素了。然而，在學界或官場上似乎還相當地根深蒂固呢。

其他還有所謂的「地方閥」，這種閥是屬於一種本位主義的東西吧。同一地區或同籍貫出身者，通常會被視同屬於地方閥，這些人都會很自動地互相扶持以謀求方便。但是，近年來由於人口的流動性大，使得這一類的閥已逐漸地褪色而有不再被重視的趨勢。

ボーナス

日本のサラリーマンは、年に2回、ふつうは6／7月と12月に「ボーナス」の形で一時金をもらう。その額は、平均して月給の1カ月分から3カ月分である。

「ボーナス」は、そもそもは利益金分配制度であった。第2次大戦前は、会社の過去6カ月の業績が良いと、経営側は多額のボーナスを支給した（ときにはサラリーの6カ月以上ということさえあった）。業績不振だと、ボーナスはすずめの涙ほどかゼロであった。

ところが今日では「ボーナス」は給与の不可分の一部だ、と労働者はみなしている。日常の支払いは月給ですませ、高価な衣服とか耐久財をボーナスで買うのである。ボーナスのかなりの部分は、子供の教育費といった将来の出費に備えて貯金する。これが、日本人の貯蓄率の高い理由のひとつとなっている。労

Bõnasu　獎金

日本的上班族一年有兩次——通常是在 6～7 月與 12 月——會拿到以「獎金」方式發放的兩筆錢。它的額度平均是從一個月份到參個月份之譜。

本來這種「獎金」是屬於紅利分配制度之一。在第二次世界大戰之前，公司在過去六個月的業績表現良好時，就會按例支給多額的獎金(有時會有多達六個月份以上）；若是業績不好，獎金就會降到意思意思，甚至沒有的地步。

可是，今天勞工們都認為「獎金」是屬於薪資的一部分。他們會將月領的薪資安排在日常的開支上，而昂貴的衣服或家具類則拿獎金來購買；子女教育費之類及備用的儲蓄，通常會佔去

組は、ボーナスを一種の後払い賃金とみなしており、労働者の当然の権利だとする。ボーナス支給額をめぐってストライキをすることも珍しくない。

忘年会と新年会

日本のサラリーマンにとって12月は、忘年会」という宴会の月である。Forget-year-party、読んで字のごとく、1年の締めくくりになる。大会社では、部課ごとに忘年会をやる。部課員はそれぞれに会費を出しあう。どこもかしこも年末パーティをやるので、かなり以前からレストランの席は予約しておかなければならない。

酒がたくさんでる。この1年間の失敗やら不満、落胆、苛立ちを、去りゆく時とともに洗い流してしまうには、酒しかあるまい。もちろん、良かったこと楽しかったことは、思い出しては

獎金的絕大部分，這也是為什麼日本人的儲蓄率會偏高的原因。工會把獎金看成後付款薪資之一，也當做勞工的當然權利。繞著獎金而發生的罷工等勞資糾紛事件是常有的事，一點也不稀奇。

Bōnen-kai 與 Shin-nen-kai　忘年會與新年會

對於日本的上班族而言， 12 月是所謂「忘年會」宴會之月。如字面上那樣，忘年會便成為一年的總結。忘年會在大公司是由部課分別舉辦，部課的成員各個都得掏腰包分攤會費。由於到處都在舉行年終派對的關係，務必要很早就預定餐館的席位。

大量的酒是免不了的。為了要把這一年當中的不如意、不愉快以及煩躁，隨著將要消失的一年一起付諸流水，除了酒，還是酒吧？當然，在這過程中，想到了得意的事、快樂的事，也會舉杯分享，以乾杯助興，將過去付諸東流或浸泡在酒精當中，藉以換新心情來迎接新的一年。雖然

乾杯する。過去を水に流したり、アルコール漬けにして、さて気分一新、新しい年の出発を迎えるのである。New-Year-party（新年会）をやるところもあるが、大体忘年会をやったら新年会をやらないというように、どちらか一方をやるのがふつうである。

→無礼講

部長

「部長」は chief of a division。会社の専務または社長に直属する。部長の一部は取締役である。日本では、部長職は、各部間の会議に出席したり、部内会議を主宰する。大会社の部長となると、その役割はアメリカの大コングロマリットの構成企業体の社長に匹敵するが、仕事のやり方はかなり異なる。部長が秘書に手紙を口述することはめったにない。事実、自分専属の秘書をもっている部長は、そうざらに

也有舉行新年會的地方，不過，大致上舉辦了忘年會就不再舉行新年會，通常都是二選一的。

→不講虛禮

Buchõ　部長

「部長」應該是指部門之長，其直屬長官是公司的常務董事或是總經理；一些部長也兼任公司董事之職。在日本，位居部長職者得出席各部之間的會議或主持部內會議。至於大公司的部長，其所扮演的角色雖然比得上美國大型聯合企業體的總經理，但其行事作風卻大不相同。譬如，部長絕不會直接對秘書口述書信內容，即是其中之一。事實上，擁有自己專屬秘書的部長並不很多，但是部長有權對部下命令寄出哪一種內

はいない。そのかわり部長は部下に、こんな趣旨の手紙を出せ、と命ずる。手紙は下のレベルで起案され、係長（sub-section chief）、課長（section chief）を経て、部長のところにあがってきて、部長の署名をもらってから出すという段取りである。

→課長

無礼講

上下の別なく親しみあう仲間の集まりが元の意味だが、新年会、忘年会、あるいは社内旅行の宴会などで、席上「今日は無礼講でいこう」などという。社内の序列・役職の上下の別なく飲もう、楽しもう、との意味につかわれる。席上で多少失礼なことがあっても、大目に見ようということである。しかし、無礼講ではあっても、役職者には「部長」とか「常務」と職名で呼びかけ、単に「――さん」と

容的信函。信函都由基層擬稿，經由股長，課長再呈上部長，由部長簽名後才得以寄出。這是規矩。

→課長

Bureikõ　不講虛禮（沒大沒小）

原來的意思是指同事們不分輩分一起同樂的聚會，會用在新年會、忘年會或公司內部旅遊的宴會場合。席上大夥就以「今天不講虛禮」的共識，開始不分序列、職位上下之別，盡情的吃喝享樂，即使在席上有些脫軌的行為，大夥都不會計較。不過，雖然說是不講虛禮，面對位居要職者卻仍然以某某「部長」或某「董」等職名來稱呼，簡單地以「老張」或「老李」的方式呼叫對方的情形並不多見。

呼びかけることはあまりない。

→忘年会と新年会、社員旅行、──さん

──チョン

地方転勤を命ぜられた家族もちのサラリーマンが、子供の進学などの都合で（まだ共働き主婦の勤務の都合は少ないようだが）家族を残して「単身赴任」（同項参照）する場合などにつかわれる。韓国語で独身男性を意味するチョンガーのチョンに地方名の一部をかぶせて呼ばれる。たとえば東京に家族を残し大阪に単身赴任する人を「阪チョン」、以下同様に名古屋「名古チョン」、札幌「札チョン」のごとくである。単身赴任のわびしさをしのばせることばでもある。

→社員寮、単身赴任

→忘年會與新年會，公司員工的旅遊

— Chon　單身漢

已婚有家屬的員工受命調轉工作，為了子女的升學等問題（雙職工主婦的勤務問題似乎很少），留下家屬而「單身赴任」的時候就會使用這句話。它是由韓國語意為獨身男子的「chongak」上面冠以地方名的一部分而成。例如，把家屬留在東京而前往大阪單身赴任的人稱為「阪chon」；同樣地，如名古屋「名古chon」、札幌「札 chon」，依此類推，也是令人感受單身赴任的寂寞的詞句。

→員工宿舍，單身赴任

朝礼

日本の工場や職場では、朝礼とともに1日の仕事を始めるところが多い。この昔からの制度（欧米の人にはなんとも奇妙に映る）は一種の morning pep talk である。会社によっては、社長みずから短い訓話をする。大会社では、部課ごとに朝礼をやり、部課長が激励の訓辞をする。職場によっては、軽い体操などもやり、締めくくりに社歌の合唱や会社の信条を唱和する。朝礼は2、3分程度で終わるが、〝やる気〟を起こさせ、一体感を生み出す。朝礼は毎朝行なうのがふつうだが、週の初日だけやるところもある。これは〝月曜の朝の憂鬱病〟（Monday morning blues）を吹き飛ばす効果がある。

→社歌、社是、社訓

Chõrei　早會

日本的工廠或職場，多半都於早會的同時開始一天的工作。這種從以前所傳下來的制度（對於歐美人士而言，是件多麼奇異的事），應該是屬於寒喧的一種吧。

有些公司是由公司經理親自做簡短的訓話，而大公司則每部課各自有他們自己的早會，由部課長來說些鼓勵的話。有些職場也會讓員工做做早操，之後合唱一曲公司歌或齊呼公司的信條或喊口號，雖然只是短短的兩、三分鐘，卻可喚起員工的「工作意願」，並培養歸屬感。一般而言，有每天早上都要舉行早會的，但也有只選週一才舉行的。這種早會通常有趕走「週一症候群」的效果。

→公司歌，公司的基本方針

ちょっと

お店で店員を呼びたいとき、レストランで給仕にきてもらいたいとき、「さて、なんといったらよいのか？」などとあれこれ思い悩むことはない。「ちょっと」といえば、万事こと足りる。見知らぬ人に道を尋ねるときまず最初に「ちょっと」である。

日本人が表で見も知らぬ人に「ちょっと」と呼びかけるのは失礼になることもある。しかし外国から来た人ならかまわない。それどころか、やんわりと、明るく、あるいは困った表情でいえば、チャーミングでさえある。また、別の理由から、海外から日本に来た人が最初に覚えることばのひとつも「ちょっと」である。「ちょっと待て」は〝one moment please〟ないし〝wait〟で、電話でもほかでもつかえる重宝なことばである。

→すみません

Chotto　對不起

在商店內需要招店員服務時、在餐廳希望侍者來效勞時，大可不必煩惱「到底要如何開口？」，只要說句「Chotto」就萬事解決了；向陌生人問路時，開口第一句話還是可以用「Chotto」。

日本人要是在街上以一聲「Chotto」招呼陌生人，可能被視為不禮貌，可是換成從國外來訪的人就沒關係了。不只是這樣，若是以輕柔、明朗，或者帶著困惑的表情說出來，還可能很迷人呢！來到日本的外國人首先要學的第一句話就是這個「Chotto」。「Chotto matte」是稍等一下之意，在電話上或其他場合都可以使用它，是個相當好用的句子。

→對不起

ちょっと一杯(いっぱい)

直訳(ちょくやく)すると、「ちょっと一杯」は、〝Let's have a quick drink.〟の意味であるが、1日の仕事がひけたとき、職場仲間(しょくばなかま)で一番(いちばん)よく耳(みみ)にすることばでもある。〝のんべえ〟だからではない。仕事が終わり、家に帰って夕食(ゆうしょく)をとるまえに、仲間と一緒(いっしょ)に飲(の)めば、情報(じょうほう)の交換(こうかん)やら、不平不満(ふへいふまん)をぶつけることができる。ボスが部下(ぶか)に内々(ないない)で注意したいときとか、部下の意見(いけん)や苦情(くじょう)を聞いてみようと思うとき、「ちょっと一杯」と誘(さそ)う。いいかえれば、非公式(ひこうしき)な仕事の延長(えんちょう)でもある。

ちょっと一杯をやるところは、たいていは安(やす)上(あ)がりの飲(の)み屋(や)である。こんなわけで「ちょっと一杯」は、サラリーマンの人間関係(にんげんかんけい)に潤滑(じゅんかつ)油(ゆ)の役(やく)を果(は)たすものとでもいえようか。

→赤ちょうちん

Chotto ippai　喝一點兒吧

把「Chotto ippai」直接翻譯，就是喝一點兒的意思，它是做完一天的工作時在同事之間最常聽到的一句話。這並不表示他們是一群好杯中物的酒鬼。下了班，在回家吃晚飯之前，若能跟同事或好友相偕到小酒吧喝一杯，就能獲得或交換最新消息，也可以藉機把不平、不滿一股腦兒給發洩掉。

老闆想要對屬下某人私下給些指點時，或想聽聽部屬的意見或抱怨時，通常會以「Chotto ippai」來邀約；換句話說，也算是一種非正式的加班吧。

可以來一杯的地方，一般都是屬於經濟型的小酒吧。因此，「Chotto ippai」對於上班族的人際關係可以說扮演著像潤滑油那樣的角色。

→紅燈籠

だめ押し

「だめ押し」は英語で〝making something doubly sure〞である。仕事の話で夕食会の招待を受けたとする。その当日、招待側の秘書から電話がかかってきて、出席をあらためて確認する。これこれの日に品物を届ける約束をする。配達予定日の2、3日前に、お客から約束の配達日に変更はないかどうか問いあわせてくる。会議である事項が決まった。しばらくして、この会議に出席した人達は、決定事項の再確認を求められる。

これらはすべて、だめ押しの例である。この種の注意喚起なり再確認は、欧米の人には煩雑に思えるかもしれないが、日本ではだめ押しはあたり前のこととされている。事前の取決め、決定ないし約束どおりに物事を円滑に運ぶためである。だめ押ししておけば、間際になって手違いの起こるおそれは少なくなる。

Dame-oshi　叮嚀

「 Dame-oshi 」的中文應該是一再叮嚀才對。經常因為工作上的關係會有被招待吃晚飯的時候，而赴會當天會接到對方秘書打來的電話，慎重其事的再一次做確認的動作。距離訂貨單上的送貨日期尚有兩、三天，而電話線上另一端的客人卻在問送貨日期有問題沒？在會議時對某些事項已經做成決定了，過不多久，參加該次會議的人士個個都被要求對於決定事項的再確認。

這些全都是「 Dame-oshi 」的例子。這一類的提醒乃至於再確認，對於歐美人士而言，或許會覺得麻煩或多此一舉，但在日本卻被當做理所當然的事。主要為了能按照事前的商定、決定，乃至於約定，圓滿地做好事情，只要有這一層的「 Dame-oshi 」，就能減少居時發生錯誤的機會。

どちらへ？

道で出会った人がおたがいに「どちらへ」と挨拶するのをよく耳にする。直訳すると“Where are you going?”である。道でひょっこり出会った人に行き先を聞きたがるほど好奇心がつよいわけではない。他人のプライバシーに立ち入ったことだ、などと解釈してはいけない。なぜならほんの挨拶なのであって“Hello”ぐらいの意味しかないのだから。

日本人は、知りあいの人から「どちらへ」と聞かれたからといって、行き先を聞かれているとはとらない。とくに行き先をいいたいときは別だが、たいていは「ちょっとそこまで」といってあいまいな答えをする。外国人が往来で日本人の友人から「どちらへ」と聞かれても、失礼と思わずに、あいまいな笑みを浮かべて「ちょっとそこまで」（just over there）と答えればよろしい。

Dochira-e？ 上哪兒？

經常在路上聽到「Dochira-e？」這一類相識的人互相打招呼的聲音。直接把它翻成中文就是「上哪兒去？」囉。這並不表示對迎面相遇的人抱有想知道其去處的好奇心，也不可以解釋為愛管閒事。因為，那只不過是一種日常的打招呼「你好」程度的意思罷了。

日本人要是被相識的人問到「Dochira-e？」，也不會聽成在問去處。若是想告訴對方去哪裡，那就另當別論了，不過多半時候是以「附近走走」之類含糊的話作為回答。假如外國人在路上被日本友人問到「Dochira-e？」，也不要想得太複雜，大可帶著曖昧的笑容回答「就這附近」就可以了。

同期

「去年とくらべて業績はどう？」「まあ、上半期はどうやら、昨年同期比5パーセント増にはこぎつけたけどね。」ここにいう「同期」とはsame periodとかcorresponding periodなど、おたがいを比較するのにつかわれる用語で、業績の話をするときかならずつかわれる。

「山田さんは、同期のトップを切って重役になった。」この場合の「同期」は、漢字では上記の例と同じだが、だからといって英語でも同じにsame periodと訳したのでは、なんのことかさっぱり分からない。ここにいう「同期」とは意味がいささか違い、山田さんと同じ年に入社した人達を指す。この「同期」の関係は、日本の組織体ではきわめて重視される。昇進は年功序列制がふつうなので、昇進または配置転換のばあい、人事担当は、同期の人みんなを同等に扱うよう努力する。会社の同期生は、

Dōki　同期

「比起去年的業績如何？」「還好，上半期好不容易弄到比去年同期成長5％的成績。」這裡所說的「同期」就像同時期或相對時期一般，在互相做比較的時候所使用者，這是討論業績的時候必定會用到的一句話。

「某人已領先同期做到董事了。」這個時候的「同期」與上述例子的同期在字面上是一樣，其意義卻有些許的出入，那是指與某人同年進入公司的人。這種「同期」的關係在日本社會是備受重視的。一般而言，晉升是按年功序列制為準，因此遇到有晉升或人事變動的時候，人事負責人就得盡量以同等待遇來對待同期的人。公司內的同期生往往為了交換情報或保持連繫，擁有他們自己的非正式小集團，所謂的小圈圈之類。

情報交換したり接触を保つために、よく仲間うちだけで非公式な集まりを持つ。

どうも

「どうも」とはvery, muchとかindeedの意味で、なににでも使える日常語である。日常の会話で「どうもありがとう」(Thank you)、「どうもすみません」(Sorry) といったように、ありがとう、すみません、などの前につける。前後の関係から、ありがとう、すみません、ようこそ、の意味だと明らかに分かるときには、本体を省いて、ただ「どうも」とだけいうことがよくある。「どうもどうも」とつづけて繰り返すと、強く感じている気持ちないし熱意をあらわす効果をもつ。

セールスマンが、まず「どうも」といってお客を訪問し、注文書に署名をもらうと、「どうも」といい、帰るとき、また「どうも」とい

Dõmo　實在

所謂「Dõmo」是指「很」、「實在」等，在任何場合都能使用的日常話語。就好像平時所講的「真是太感謝你了」、「太對不起你了」一般，可以加在感謝或致歉等之前。

從前後的關係，可以很清楚的分辨為感謝、抱歉、歡迎的意思時，經常都是以簡單的「Dõmo」來帶過去。要是以「Dõmo Dõmo」連著重複的說，就有強調其誠意的效果。

舉個例子：有一位推銷員在拜訪顧客時第一句話就是「Dõmo」，等拿到訂貨單的簽章時再說一句「Dõmo」，待準備要回去時還是用這句「Dõmo」。雖然比起說完整的一句「真太謝謝了。」顯得有些禮貌不周，但由於早已成了習慣用語，大家也就不會計較了。

う。「どうも」だけですますのは、「どうもありがとう」などと、ちゃんと最後までいうのにくらべると、多少礼儀にかけていることになるが。

同窓生

日本では、学生時代の関係が、仕事の面でもつきあいの上でも、重要な役割を果たす。商談で2人が、たまたま大学時代からずっと知っているとか、同じ学校の「同窓生」だと分かると、それだけで会社同士の新しい取引に道が開けたり、買付契約がすらすら運んだり、ふつうならなかなか手に入らないビジネス上の情報も非公式に交換できる。だから日本のビジネスマンは、なんとかして「同窓生」(alumni)のつながりを保っておこうとする。昔の学校時代のきずなを断たないように、クラス会がひんぱんに開かれ、同窓会報も配布される。日本のビ

Dōsōsei　同校同學

在日本社會，無論是在工作上或人際交往方面，學生時代的同窗關係扮演極重要的角色。當洽談貿易的兩個人若碰巧是在大學時代就已經認識的，或分辨出曾經是同校的「同學」時，很容易就能打開公司之間交易的新管道。例如，買賣契約的順利運作，或在一般情況下極不易拿到的商場情報，也都能在非公式的情況下輕易做交換。

因此，日本的商人會盡力想辦法維持跟「同學」之間的關係。為了要保住早年學校時代的情誼，使其不至於中斷，經常地舉行同學會、分送同學會報等。日本的企業界本來是很容易形成縱

ジネス社会は、本来タテ型の構造になりがちだが、これはヨコ型の関係の一例である。

→同期、閥

懐刀（ふところがたな）

英語圏で、人をあいくちなどにたとえても、あまり褒めたことにならないだろう。もともと「懐刀」とは、あいくちとか短刀のことだが、日本では、これになぞらえられると重要視されたことになる。人に対しては腹心の部下とか右腕の意味でつかわれるからである。これは、封建時代の日本で「懐」(bosom) に短刀を携えていたところからきたものである。この短刀は、名誉を護るために切腹するときの道具でもあった。

ここから、「懐刀」ということばは今日一般につかわれている。責任ある地位の人の内密な計画を知っている人、またはこのような責任あ

型結構的，然而這卻是屬於橫型關係的一種例子。

→同期，閥

Futokoro-gatana　懷刀

若在講英文的圈子裡，把人當做懷刀之類來做比喻形容，也不會被認為是抬舉的意思吧。所謂「懷刀」者，原來是指匕首或短劍，而在日本，要是被比作這些，等於是被重視了；因為使用在人身上是心腹部下或左右手的意思。這是來自封建時代，日本人有在懷中攜帶著短劍的習慣。這一類短劍在當時也是為了維護名節而切腹時的工具。從此，懷刀這句話就普遍地被使用。它是指能夠參與並了解位居背負責任者的未公開的

る人に信用されている腹心的存在の人を指す。いいかえれば、「懐刀」とは、偉い人の参謀またはブレインといった役どころの人である。

学歴

日本で近頃変わってきたことのひとつに「学歴」(school background)に対する考え方がある。かつては、その人の学歴で、社会に出てからのコースが決まってしまった。おおげさにいえば、〝いい大学〟を卒業していれば、トップに昇進する道がおのずから開けているようなものだった。逆に、どんなに能力があろうとも〝いい学校〟を出ていないと、トップにつくチャンスはまずなかった。このため若い人は、ねこもしゃくしも大学を目指した。

ところが今日では、大学卒の肩書をもっている人が増える一方だし、企業も次第に競争が激しくなってきたので、学歴は以前ほど重視

隱密策劃者，或倍受這類負責人的信任以心腹存在的人而言。換個方式來說，所謂「懷刀」者，就是擔任高身分地位者的參謀或智囊職位者。

Gakureki　學歷

最近在日本，對於「學歷」的觀念有轉變的趨勢。以往，出了校門，從踏入社會的那一刻起，學歷對於自身的將來具有決定性的影響。稍微誇大點說，只要是「好大學」、「一流大學」的畢業生，他的晉升管道可以說是理所當然地暢通無阻。反過來，就算本身能力有多高強，只是因為並不是「好學校」出身的，那就別想有晉升高職位的機會。因此，無論阿貓阿狗，年輕小伙子個個都把目標定在能夠圓夢的大學上面。

時至今日，擁有大學畢業文憑的人已越來越多，企業的競爭也日漸激烈，因此對學歷的重視已經不如從前了。要是沒有工作能力，諸事不能勝任愉快，即便是個出身於一流大學者，多半也

されないようになり始めている。仕事ができなければ、一流大学出でも、さして有名でもない学校の出身者に追いこされてしまうのである。

→閥、同窓生

賀詞交換

三箇日がすぎ、仕事始めになると、数日間というもの、「賀詞交換」で忙しい。ビジネスマンが一堂に会して、新年の挨拶を交わし、「本年もどうぞよろしく」と頭を下げる。賀詞交換のパーティは、業種団体主催のばあいが多く、たいていは日中に行なわれる。

賀詞交換会は、とても便利である。1人ずつ個別に回って、「新年おめでとう」と挨拶して歩く時間が省ける。参会者ができるだけ多くの人に挨拶しようと血眼になっているから、会場には一種独特の雰囲気がある。このパーティ

會被普通學校出身的人跨越超前。

→閥，同學

Gashi-kõkan　團拜

元旦的三天假期剛過，各公司在開始工作的幾天會為了團拜而忙碌。有關人士會聚集一堂，互相地問候並交換賀詞，不斷點頭說些「今年也請多多指教」的話。團拜的茶會是由企業團體主辦的情形較為多，通常是在白天舉行。

團拜是一種很方便的聚會，它可以省去個別巡迴登門拜訪致賀詞所需的交通時間。由於與會者為了想要跟更多人打招呼而拼命的關係，會場內就會營造出一種獨特的氣氛。這種聚會也叫做「名片交換會」。在團拜活動持續期間，若帶著濃烈酒氣進出辦公室，多半都會以睜一隻眼、閉

は「名刺交換会(めいしこうかんかい)」ともいう。exchanging visiting card の意味である。賀詞交換会がつづいている期間(きかん)は、オフィスでアルコールの匂(にお)いをプンプンさせても大目(おおめ)にみてもらえる。

→挨拶まわり、名刺

下馬評(げばひょう)

ふつうの和英辞典(わえいじてん)で下馬評をひくと rumor とか gossip とある。しかし、このことばは、英語にないニュアンスでつかわれるのがふつうである。すなわち「これから起こることや行事(ぎょうじ)ないし過程(かてい)についてのうわさ話(ばなし)。ほとんどが人事関係(じんじかんけい)のうわさ話(ばなし)」の意味につかう。だから「兜町(かぶとちょう)（日本版(ばん)ウォール街(がい)）の下馬評(げばひょう)だと、X社(しゃ)の次期社長(じきしゃちょう)にはB氏(し)を抜(ぬ)いてA氏(し)が選任(せんにん)されるだろう」といったつかい方(かた)をする。語源(ごげん)は、江戸時代(えどじだい)、城(しろ)、神社(じんじゃ)、寺院(じいん)の外(そと)の下馬地域(げばちいき)で、供待(ともま)ちが幕府高官(ばくふこうかん)の人事異動(じんじいどう)について、た

一隻眼相待。

→巡迴致意，名片

Gebahyõ　閒談

通常這一句Gebahyõ都用在「對於即將發生的事情或即將舉行的活動，乃至於過程的傳說，而且幾乎都是有關人事關係的議論」的意思上。例如，「來自商界的下馬評，某公司在挑選下一任總經理時可能會跳過『張三』而選用『李四』」的用法。下馬評的語源當溯自江戶時代，在「城門」、「神社」、「寺院」外面，貴人下馬的地方，隨從人員會對著幕府內高官的人事異動做些無聊的猜測而來。

わいもない臆測をしたことに遡る。

ご苦労さま、お疲れさま

「ご苦労さま」とは、〝I appreciate your labor〞とか〝Thank you for your trouble〞ときには〝sympathize with you for your tough assignment〞の意味である。これから仕事にとりかかろうという人にいうときには、〝Good luck〞の意味ともなる。つまり、これから仕事を始める人、仕事をしている最中の人、仕事を終えた人、あるいは勤めから帰宅した人など、いろいろにつかわれる。

「お疲れさま」は仕事を終えた人にいう。〝It must have been tiring〞の意味で、感謝をあらわす。勤めを終えて帰宅した夫に、妻は「お疲れさま」あるいは「ご苦労さま」とことばをかける。

→失礼します。

Gokurõ-sama，Otsukare-sama　辛苦啦

「Gokurõ-sama」的意思是，「我很感激你的服務」或「麻煩你了」，有的時候則是「辛苦了」；向正要開始工作的人說，也能成為「祝順利」的意思。總之，可以在各種場合表示；例如，向要開始工作的人、正在工作的人、做完事情的人，或剛下班回到家的人等。

「Otsukare-sama」是以做完事情的人為對象所說的，這時就以「你一定很累了」的意思來表示感謝。通常家裡的妻子或家屬都會以「Otsukare-sama」或「Gokurõ-sama」的打招呼方式來迎接剛下班回家的丈夫或男主人。

→對不起

ごますり

この種の人間は、どの組織、どの社会にもいる。悪い奴ではないのだろうが、彼のことを同僚はよくいわない。たいていは軽蔑の眼でみられる。ごまをすられている人は別だ。英語圏では、「ごますり」はapple polisherである。おおげさにいえばsycophantのこと。つまり相手におべっかをつかって、卑屈な態度で気に入られようとする利己主義者のこと。「ごますり」を直訳するとa person who grinds sesame seedsということになる。

日本料理に風味をつけるため、煎った「ごま」をすりばちですって利用する。この「ごま」は、すられているうちに、種子が四方に散って、すり鉢の内壁にべったりと付着する。

このように、名詞は「ごますり」――apple polisherとかapple polishing。動詞の「ごまをする」は、to flatter or toadyとなる。

Gomasuri　馬屁精

這一類的人物，幾乎存在於任何組織或任何團體裡。或許還不至於納入壞蛋之列，但在同事之間卻得不到好感，多半時候都會被投以不屑的眼光；當然，被奉承的人則另當別論了。換句話說，是指以拍馬屁的方式、低聲下氣的態度來取悅別人的利己主義者。

ご祝儀

形式やしきたりを守ることが日本社会の特徴である。欧米の人からみると、これら形式やしきたりのなかには、不合理に思えるものもあるかもしれない。そのひとつが「ご祝儀」である。「ご」は敬語をあらわす接頭語、「祝儀」は、celebration とか congratulation の意。

ビジネスの世界では、「ご祝儀取引」とか、「ご祝儀相場」などとつかわれる。前者は商売上のうまみがあるからではなく、開業したばかりの人や企業に対するお祝いを表わすために取引することである。後者は、年明けの株式市場の大発会で、市場がにぎわうことをいう。年の始めはおめでたい時なので、現実はどうであれ、不景気なスタートを切りたくないからである。そこで買手も売手も協力して、年明けの仕事始めには、株価にはずみをつけるのである。

Goshūgi　賀儀

拘泥於外表形式或墨守成規，是日本社會的特色之一。從歐美人士的眼光看來，這些形式或成規當中，恐怕也有讓他們覺得不合理的東西。「Goshūgi」便是其中之一。「Go」是表示敬語的接頭詞，而「Shūgi」則是慶賀之意。

在商界，這是拿來當做「賀儀交易」、「賀儀行情」使用的。就前者而言，並不是因為有甜頭或好處的關係，而是為了對剛開業的人或企業表達賀意的交易。而後者是針對新年股票市場大發會的熱鬧滾滾所說的話。由於新年的開始是值得慶賀的時刻，不管現實情況如何，也不希望以不景氣作為開始，因此買賣雙方都會在年初開始工作的時候，共同努力使股價有勁頭。

肌

「肌」はskin。比喩に使うと、temperament（気質）、character（性格）、disposition（性癖）、bent（好み）、type（型）、mold（たち）といった意味である。かならずしも、品の悪い意味ではない。

「肌ざわり」といえば、feel（感触）とかtouch（触覚）。肌にふれた感じが硬いとかやわらかいこと、人にいうときには、「肌ざわりがやわらかい」(soft）という。gentle-mannered（物腰のおだやかな）、affable（丁寧な）、courteous（丁重な）人をいう。

「肌に合わない」とは、not suitable or agreeable to the skin（なんとなく、気持ちが合わない）こと。あの人は好きじゃない、ということの遠回しないい方。また、二人が互いにぴったりしないこと、性格や物の考え方、好み、興味などの違いから、一緒にやってゆけない

Hada 型

「Hada」是皮膚，若要用在比喻上就變成「氣質」、「性格」、「脾氣」、「嗜好」、「型」「體質」，未必是風度不好的意思。

所謂「hada-zawari」，是指觸感或觸覺，也就是接觸到肌膚時的僵硬或柔軟的感覺。用在人身上的時候就得說「hada-zwari ga yawarakai」（很和藹），是指很溫和、周到、客氣的人而言。

「hada ni awanai」是在形容總是覺得不對味、不喜歡一個人時通常所使用委婉的說法。此外，就像兩個人無法互相配合，因性格、觀念、嗜好及興趣的不同而無法共事，統統可以「hada ni awanai」來表示。例如，某種職位很不適合自己的個性而老是有排斥的感覺時，該職位就是「hada ni awanai」；認為情況跟原來的不一樣，以至於無法發揮本事的意思。其相反詞就是「hada ni au」——喜歡。→中意

若要形容一個人是屬於學者型或是很適合

ことも「肌に合わない」である。あるポストが自分の性分に合わなくて、いやだいやだと思っているばあい、そのポストは、「肌に合わない」のである。勝手が違って本領が発揮できない(a fish out of water)と思っている意味。その反対は「肌に合う」である。(→気に入る)

あの人は学者タイプ（scholarly type）だとか、学問に向いている（academic bent）といいたければ、肌がつかわれる。たとえば、「学者肌」だというように。学者を別の言葉におきかえてもよい。「政治家肌」「商人肌」「科学者肌」「外交官肌」「芸術家肌」など。

はいといいえ

「はい」はyes、「いいえ」はnoである。実に簡単明瞭なことなのだが、国際間のコミュニケーションにおいて残念ながら日本語の「はい」は、かならずしも英語のyesの意味とはか

做研究工作的人，就會用到「肌（hada）」了；例如稱之為「學者肌」（gakusha-hada）之類。此外，也可以把學者換成別的詞句，例如，「政治家肌」、「商人肌」、「科學者肌」、「外交官肌」「藝術家肌」等。

Hai 與 Ĩe　是與不是

「Hai」是表示「是」的意思，而「Ĩe」則是表示「不」的意思。看來好像極為簡單明瞭的一句話，但遺憾的是，國際間在思想的傳達上，日本話的「Hai」未必等於英語「yes」的意

ぎらない。"He does not speak Japanese, does he?" という質問に、日本人が「はい」と答えたら、英語の no と同じ意味である。その逆もまたいえる。

日本人は、その独特の「はい」と「いいえ」のつかい方を英語にもちこむので、誤解や混乱が起きる。もうひとつの問題は、日本人は no をつかうことをさけたがることである。断ったり、否定したり、拒否したりして、相手を困らせたり、傷つけたくない、という思いやりがあるからだ。

外国のビジネスマンが、日本人と相対するときは、ただ yes とか no だけの答えでわかったと思わず、yes または no のあとに続く文章も完全にいってもらうことである。これが誤解を防ぐもっとも安全な方法である。

思。例如對於「他不會講日語，是嗎？」的問話，日本人要是回答「 Hai 」，便是與英語的「 No 」同樣意思；反之亦是。

由於日本人會把其獨特的「是」與「不」的用法帶到英語裡面，因此經常引起誤會或混亂。另外一個問題是，日本人不太喜歡用「不」。那是因為他們不願意看到由於推辭、否定、拒絕，而造成為難對方或傷害對方的情形，是出之於體諒的表現。

外國商人與日本人在接洽商務時，不會只聽到「是」或「不」的回答就以為搞定了，還會要求把接在「是」與「不」後面的文章全部都給說出來。這才是防止誤會最好的方法。

はんこ

鉛筆よりやや太目、長さ5センチほどのこの道具がないことには、日本で商売はたちどころに行き詰まってしまう。「はんこ」つまりsealが署名代わりにつかわれる。

たいていの企業の決定は、文書を読み、承認し、それから関係者全員がはんこをつくまでは、完了しない。この手続きのために、早急な決定はしにくい。ビジネスマンがきまりきった書類に押すときに使う印鑑は、たいていは三文判。出来あいで、文具店で買える代物である。

「はんこ」は短くして「はん」(判)という。「三文判」のように、他の言葉と組み合わせたとき、「ばん」と発音することがある。

→稟議

Hanko　圖章

這是比鉛筆稍微粗一點，長五公分許的東西。要是沒有這種道具，在日本，生意就會立刻停擺。「圖章」是以代替簽名被使用的。

大體上，企業的決定是經由看文件，表示承認，而後由有關的全體人員蓋上章子，才能算大功告成。為了這道手續，緊急事務的決定就不容易辦得到。商人蓋在例行規格的文件上所使用的印鑑，多半都是屬於粗糙的圖章，在文具店就買得到現成的，因為便宜才叫它「三文判」。

「Hanko」也可以把它縮短而叫做「han」。就像「三文判（San-mon-ban）」那樣，有時候跟別的詞句搭配又可唸成「ban」。

→稟議（傳閱，審批）

腹

解剖学上からいうと「腹」はabdomenまたはstomach。これを比喩的につかうと、男性の心とか考えの意味になる。女性にはつかわない。腹に関しいろいろな言いまわしがある。

「腹芸」（stomach art）を主題に１冊の本を著した人にいわせれば、この日本式問題解決法をわずか数行で説明するなどは、おこがましいことであろう。「腹芸」とは、２人の間の交渉で、直接、ことばに出さずに問題を解決してしまう技術とでもいったらよい。腹の内にあるものを相手に明かさなくとも、目的なり、願望、要求、意図、忠告など、間違いなく、効果的にコミュニケートするのが腹芸である。そのためには、心理、直観、相手の個性、背景、狙い、個人的なつながり、それに相手がこちらをどの程度知っているか、といったいろいろの要素が必要だ。経験豊かで、冷静な神経の

Hara 腹

「 Hara 」在解剖學上是屬於胃，要是把它用在比喻上，便成為男人的心或男人的想法的意思。通常是不會用在女人身上。有關「 Hara 」的說法可分為很多種。

如果由寫過「腹藝」的作者來說，一定會是「只用幾行字就想要說明這種特殊的日本式問題解決法，那簡直是不自量力吧」。「 Hara-gei 」腹藝一詞，如果照字面上的解釋，就會變成腹中的技藝，而辭典上有一種說法是，將內心的表情用神（色）情表達的方法。另一種說法是憑藉豐富的經驗，利用語言或其他方法巧妙地打動別人，使問題得以圓滿解決的技術。一般人說的「 Hara-gei 」，簡單的說，就是當兩個人在進行交涉時，可以直接不說半句話就把問題給解決掉的技術。換言之，不用把自己心中的想法告訴對方，也能把目的、願望、要求、意圖、忠告等，準確無誤地傳達給對方，這就是「 Hara-gei 」。

持ち主にして初めてうまくできることである。高い地位にある日本人同士のコミュニケーションは腹芸によることが多い。(→以心伝心)

「腹を割って話す」(to cut open the stomach and talk)＝to have a heart-to-heart talk

「腹をみせる」(to show the stomach)＝to reveal what is in one's mind

「腹をくくる」(to bundle up the stomach)＝become resigned to or to resolve to (あきらめる、決心する)

「腹黒い」(stomach is black)＝a treacherous person, a schemer (策士)

「切腹」(腹を切る)は、外国で〝はらきり〟といわれている行為の正式名称である。切腹とは、封建時代に、処刑に代わり武士に与えられた名誉ある刑であった。これは、切腹するものが、自分の腹はきれいなんだということを証明するための行為であった。(→懐刀)

「詰め腹を切る」は、意志に反して、無理に

為了要達成這種效果，心理、直覺、對方的個性、背景、目的、人際關係，以及對方了解我方的程度等的各種因素都是必需的；這是擁有豐富經驗、冷靜頭腦的人始能做得到的。位居高層的日本人之間，彼此在交涉的場合大部分是靠著這種「腹藝」來達成目的。下面舉個例子來說明另一種說法的「腹藝」。當經營者和工會代表為了加薪問題，一再地交涉、談判，雙方互不相讓，眼看著就要陷入僵局時，一位高層幹部突然發出奇妙而尖銳的聲音叫道，「拜託！饒了我吧！」接著就是雙膝落地，工會代表都被他這種突如其來的舉動嚇得不知所措。這位幹部的聲音，聽起來不但令人感到同情，同時也令人覺得可愛。而且，他所採的又是低姿勢，工會代表都為對方的貴為經理居然願意這麼做而深表同情，於是態度也為之一變，表示願意妥協了。因此，情勢乃急轉直下。這麼一來，勞資雙方都獲得了令人滿意的協議。這個故事當令人覺得這位經理的確是一位對「腹藝」這門學問頗有心得的智者。→以心

腹を切らされることをいう。廻りの者たちが、ある人物を切腹せざるをえないような状況に追いこんだとき、その人物に「詰め腹を切らせる」という。今日では、周囲の人達がよってたかって、無理に辞任を強いるときに、この言葉がつかわれる。

「自腹を切る」(to cut one's own stomach)とは、自分の小遣いから支払うことをいう。

傳心

「Hara wo watte hanasu」是推心置腹地談心之意。

「Hara wo miseru」是真心以對之意。

「Hara wo kukuru」是死心，下定決心之意。

「Hara-guroi」是指陰險、狠毒之意。（謀士）

「Seppuku」此切腹係被外國人叫做「Harakiri」行為的正式名稱。所謂「Seppuku」者，是封建時代賜給武士代替砍頭以保全名譽的刑罰，也是受罰者為了要證明自己的「腹中是乾淨的」的行為。

武士的切腹是一種既嚴肅又充滿儀式意味的行為，他們是用短刀在腹部劃一條橫線，藉著忍受臨終前的痛苦折磨來為自己贖罪。為了早些脫離這種慘無人道的痛苦，往往由旁邊的侍者用長刀把脖子給切下來。歷史上最有名的，莫過於元祿 16 年（1703 年）四十七個武士的集體切腹。他們為了要替主公淺野內匠頭復仇，殺害了

吉良上野介，之後奉命切腹自殺。同樣地，第二次世界大戰結束後，有數名軍官也以切腹了斷。他們認為由於自己的無能導致日本戰敗，自覺對天皇無法交待，乃以死謝罪。另外一件為世人所矚目的事件，則是舉世聞名的名作家三島由紀夫的切腹。 1970 年，他曾經籌組自衛隊，企圖非法武裝政變，結果卻失敗了，因而切腹自殺。這個具有時代意義的錯誤行為，帶給日本國民極大的衝擊。如今，切腹這個字眼，只用來作為比喻。例如，為了讓工作失敗的人，體認到其責任之重大，就會對他說「你真該切腹！」。→（懷刀）

「 Tsume-bara wo kiru 」是違反意願被迫切腹。當周圍的人將某人迫到非切腹不可的處境時，就可以用「 tsume-bara wo kiraseru 」強迫切腹這句話。如今，由大夥硬迫某人辭職時才會用到它。

「 Jibara wo kiru 」是指自掏腰包付費之意。

肱かけ椅子

日本のオフィスに入ると、座っている人の椅子をみれば、どの人がどの人より偉いか、すぐ分かる。サラリーマンが一度は座りたいと思っているのが、肱かけ椅子である。平社員はもっとも機能的な事務椅子に座る。休憩する椅子ではなく、働く椅子である。

管理職への階段の第１段を昇ると、肱かけがついた椅子と、しばしば今迄より一回り大きい机が与えられる。昇進してゆくにつれて、肱かけ椅子はだんだんと大きく、座り心地のいいものになってゆく。皮張りで、うしろに寄りかかれる椅子に手が届いたときには、重役か社長である。どっかりとよりかかり、物を考える椅子である。

Hijikake-isu　扶手椅

走進日本人的辦公室，只要看一下他們所坐的椅子，就很容易辨別他們之間職位的高低。上班族們所夢想總有一天能坐到的椅子，就是這一類象徵身分的扶手椅子了。基層人員通常都只能坐在最具功能性的事務椅子上，它是為了方便工作，可以隨意移動的非休憩用椅子。

當升上第一階段的主管職時，便可分配到有扶手的椅子，以及比以前所用的桌面大一圈的桌子。隨著晉升的階級，扶手椅的份量也會逐漸加碼，坐起來也當然更為舒服。如果到達可以坐上皮製的，而且有高靠背的椅子時，必定已是位居董事，不然就是總經理了；那是一把能令人穩穩當當地靠著想事情的大椅子。

引き抜き

日本の会社では、社員採用は原則として年に一度、大学や高校の卒業期に合わせて行なわれる。ほかの会社に勤めたことのある人は採用しないのがふつうである。例外は天下りである。これは退官した役人を重役などに迎える仕組みである。

しかし、まれに、高度の特殊技能なり、経験のある人を至急に必要とするとき、会社は、他の会社にあたって、然るべき人物を見つけ、転社を勧誘することがある。これを「引き抜き」という。読んで字のごとくextractとかpluck outの意味である。

→天下り、中途採用

昼あんどん

日中の「あんどん」の意味である。陽光下

Hikinuki　挖角

在日本，公司有員工的需求時，原則上是以一年一度的方式，在各大學或高等學校的畢業期，適時地聘用新進人員。在一般情況下，公司是不會聘用曾經任職於別家公司的人。但是，有的時候卻也有例外，那就會成為「空降」了。這是一種把已經退休的高官請進來安插在董事職位的安排。

然而，公司在急需聘用擁有高度特殊技能或是經驗老到的人材時，免不了也會到別家公司去物色尋找合適的人選，並邀請勸誘他轉進來。這一類的挖角事件其實並不多見。

→空降，中途錄用

Hiru-andon　廢物

「Hiru-andon」是由「Hiru」和「andon」

での「あんどん」は灯いているかいないかわからないところから、その人の存在価値が重視されないような人、またはその人の真価があるのかないのか解らない人のことをいう。ただし反応の遅い人（点灯の遅いところから「蛍光灯」という）とか、凡愚の人の意味ではない。

日本の組織では、このように一見ぼんやりとした様子の人を長とし、有能な「切れ者」を懐刀ないし参謀として運営すると、ことがうまく運ぶことが多い。このばあいトップは象徴であり、副ないし参謀が結果についての責任を負うことになるし、副ないし参謀も複数であることが多いから、特定個人に権力が集中することは少ない。すなわち独裁者が生まれないのは、こうした組織感覚が日本には昔からあったからであろう。

したがって「昼あんどん」とは、かならずしも人をおとしめたことにもならないし、「切れ者」は、かならずしも褒めたことばとはならな

兩部分所組成，意思是「白天」的「紙燈籠」。因為陽光下的紙燈籠無法辨別它是不是亮著，由此引伸而變成一句形容一種平時不管在與不在都不太受重視的人，或是無法辨識是否擁有真本事的人。但是，反應遲鈍的人（由於亮的慢而被稱為「螢光燈」）或凡愚的人倒不包括在內。

日本人的公司在組織上，往往會聘任像前面所提那樣的乍看顯得並不怎麼高明的人物來坐在領導人的位置上，反而把聰明能幹的「kiremono」，就是有手腕、有辦法的人當做「懷刀」或參謀來安排。如此作法在營運上多半都很順暢。在這種安排下的最高領導幹部，只是在扮演著象徵角色，通常都由副坐，乃至參謀們來對事情的成敗結果負起責任。由於副坐，乃至參謀都是以複數存在的情形為多，因此，權力會集中在特定個人的情形便很少發生。換句話說，之所以無法產生獨裁者的原因，可能就是因為在日本早就已經有過這樣的體制上體認的關係吧。

因此，所謂的「Hiru-andon」，未必是一句

いのである。

→懐刀

本音と建前

〝あの人はなかなか「本音」(real intentions) をいわない〞とは、商談で手ごわい相手について日本のビジネスマンがつかう表現である。交渉相手は、なにもそうしたいから頑張っているのではなく、会社の「建前」(principles または official stance) を力説せねばならないために譲ろうとしないのである。

「建前」と「本音」が同じであれば、なにも問題はない。ところが往々にして、この2つが食い違っていることがある。そのばあい、少なくとも表面上は「建前」を崩さずに「本音」を満たす方策を見つけることが交渉術になる。もちろん、かけ引きの立場を有利にする手とし

貶低一個人的話，而「 Kiremono 」也未必是一句稱讚一個人的話。

→懷刀

Hon-ne 與 Tatemae　本意與原則

這兩個詞，經常會以對立概念被用來表示個人的真心，以及被社會規範所限制的見解。本意是發自內心的動機或心意，而原則卻是指符合社會規範的事物，或是被它所支持者，抑或是被壓抑的事物。例如，「對任何人都要親切」的原則，就會與「不希望自己的孩子和功課不好的孩子做朋友」這種家長的本意有所衝突。不過，本意與原則，實際上並不是對立的概念。這兩個詞的含意，將視發言者的立場與情況而有所差異。例如，自由主義者在主張他的原則時，會說「我們不要軍備，也不要國家。」然而，當他說真心話時，也許又會認為國家或軍備都是有必要的。另一方面，保守主義者會主張，「因為國家是好的，

て、建前に過度(かど)にこだわることもある。本音(ほんね)を明(あ)かさずに、表面上(ひょうめんじょう)、建前(たてまえ)に固執(こしつ)するというのは、個人(こじん)のつきあいでもよくあることだ。本音があまり見上(みあ)げたものでないときは、よけいにその傾向(けいこう)がつよい。

所以軍備也是好的」的原則。不過，在他內心深處，也許會有國家是引爆戰爭的導火線，所以國家是不好的想法。儘管有如此明顯的矛盾，但人們在語言生活上卻能把這兩種意見靈活運用。也就是，會衡量當時的情況，把原則轉為本意，或把本意轉為原則，巧妙地加以運用。因此，不諳人情事故者，往往分不清對方是真心請吃飯，抑或只是口頭上的好意而已。然而，識相的人，就能從語調或其他語言之外的線索等，覺察對方的真意，以分辨兩者。再者，本意是在私底下的交流時說的話，而原則卻是在公共場合裡說的話。一個在會議中遵守形式化議事程序而滿口外交辭令的人，一旦和同事把酒言歡時，就會對剛才會議時提出的事項，率直地吐露自己的真心話。在公眾場合為維持和諧而避免對立，然而，在不受拘束的場合就可以成為不講虛禮了。

「那傢伙真不容易說真心話」，這是日本商人在形容很難應付的交易談判高手時的說法。其實，談判對方並不是因為喜歡這麼做而堅持著，

以心伝心

「以心伝心」とは、ことばを用いずに腹のうちを相手に伝えることをいう。〝What the mind thinks, the heart transmits〟の意味である。ほかの社会、とりわけ西洋では、理解を十分に

他是為了不得不盡力去主張公司的原則而不能讓步的。

如果「原則」與「本意」是一致的，那就沒啥問題了。不過，這兩者卻往往有不一致的時候。這個時候，至少也得在表面上找出能維持「 tatemae 」，又能滿足「 hon-ne 」的策略來應付，這就是談判技巧。當然，為了要獲得談判的有利立場，有的時候也會過度拘泥於「 tatemae 」。而不說實話，只在表面上固執於「原則」的情形，在私人的交流上也是常見的。如果「 hon-ne 」這玩藝兒並不怎麼高明時，就更加有此傾向了。

Ishin-denshin　以心傳心

以心傳心是不用語言就能把心中的話傳達給對方的意思。在其他的社會，尤其是歐美國家，為了要使雙方都能取得充分的共識，通常都會用明確的語言來表現並傳達。因而以西洋人的

はかるため、明確なことばで表現して、コミュニケートするのがふつうである。だから、西洋の人からみると、日本人は霊感をもっているのではないか、と思ったりする。ことばを用いずにコミュニケートできるからである。

ことばをつかわずに分かりあえるのは、日本の社会の定まりごと、しきたり、共通の基準といったものが、事を荒立てぬをもって旨としているので、相手の心の内の動きを読めるからである。日本人でも、若い世代は、だんだんと個人主義的になってきたので「以心伝心」の霊感を失いつつあるようだ。

→腹芸

辞表

日本は終身雇用制である。だから、一般に会社員が自分から辞めることはない。辞職はよほどの重大事、というのが通念になってい

觀點而言，會覺得日本人是否有通靈的本事，因為他們竟然不需要語言就能傳達訊息，而且靈得很。

之所以不用語言就能取得共識，是由於日本社會的常規、風俗習慣、共同的基準之類的東西是以不讓事情鬧大為宗旨的關係。如今，即使是日本人，由於年輕的一代已逐步染上個人主義的色彩，因此，「以心傳心」的心靈感應也似乎有逐漸喪失的趨勢。

→腹藝

Jihyõ　辭呈

日本是屬於終身雇用制的國度，一般而言，公司的員工不可能有自願辭職這回事，通常都把辭職當作一件重大的事情來看；因此，想要辭

る。会社を辞めたいときは、「辞表」(a formal letter of resignation) を提出せねばならない。口頭で辞意を伝えても効力はないし、まったく無視されてしまう。

会社側が辞表を受理しないこともよくある。従業員がやめるのを阻止する権限などなにもないのに、である。しかし、日本の社会風土では、万事まるく納めるのがしきたりだから、会社側の同意がないのに辞めるのは、辞めた本人にとって不利となる。承諾があれば「円満退社」(leaving a company in an amicable manner) ということになる。

人事異動

3月は、日本の会社に働く人にとって、不安と期待の交錯する月である。会社も官庁も、4月の新年度を機会に、年に1度の大規模な「人事異動」(staff reassignment) を行なうから

職，就必須向公司提出辭職書。光是以口頭來表達辭職意願是不具效力的，鐵定會被忽視而不見下文，甚至會被當做是在開玩笑呢。

基本上，公司方面不會輕易地受理辭職書，雖然公司並無任何權限得以阻止公司員工的辭職。不過，由於日本的社會民情是以力求萬事圓融為常規，得不到公司方面的同意卻執意要辭職的話，對辭職者是很不利的。但若有公司的首肯，就能成為「平安退職」了。

Jinji-idō　人事異動

三月，對於在日本社會工作的人而言，這個月是屬於不安與期待交錯之月。因為不論公司或是公家機關，都會以四月的新年度為機會，舉行一年一度的大規模調整，這就是「人事異動」（一

である。（小異動が10月ごろにある）。どのレベルでも、定期的に仕事が変わるのは、日本では通例である。これは人的能力を開発する仕組みである。いろいろな仕事をなんでもこなし、全社的な視野から物がみられる管理職の人材を育成しよう、というものである。

中間管理職には、重役への階段と目されるポストがいくつかある。したがって、年功序列制の日本では、重要なポストにそろそろ就いてもいい年齢に達した人は、とりわけ気がもめる。次の人事異動次第で、これからどこまで昇進できるかが決まってしまうからだ。人事異動は、社外の人にも重要である。その会社とのつながりに直接影響が出てくるからである。

人脈

新語で、和英辞典にはのっていないが、あら

般的小異動大約是在十月左右）。不論是在哪一階層，都得定期性地轉換工作，在日本這是慣例，也可以說是純粹為了開發個人的潛力所做的安排。經由體驗各種工作的過程，以培養能從公司整體性視野來看事情的主管階層人才為目的。

中階層主管的位置，有些可是被視為升上經理前的職位。因此，在年功序列制的日本，若到達應該可以升上經理階層的年長者就會更加坐立不安。因為經由下一波人事的調動，難免對於本身晉升的幅度產生決定性的重大結果。這種人事的異動，公司以外的人更不能忽視。因為隨著這種動作，他們與該公司之間的關係也會受到直接的影響。

Jin-myaku　人脈

這是尚未納入辭典內的一句新詞，它在各種

ゆる仕事の分野（ぶんや）で広（ひろ）く使われている。仕事をする上（うえ）で重要な要因（よういん）をうまく表現（ひょうげん）したことばである。「人（じん）」はman, person, human beingの意（い）。「脈（みゃく）」は〝vein〟as in a vein of mineral deposits（鉱脈（こうみゃく）のようにつかわれる）。一番近い英語は〝personal connection〟である。

日本人は、知らない人には冷淡（れいたん）に対応する傾向（けいこう）がある。しかし、人脈（じんみゃく）を知っていれば、打（う）ち解（と）けやすい。その人の人脈につながる筋（すじ）の紹介（しょうかい）があれば、理屈（りくつ）や説得（せっとく）、議論（ぎろん）ではどうにもならぬ門（もん）でも、まるで魔法（まほう）のように、たちどころにあっさりと開（あ）くのである。

人脈を築（きず）くことは、学校時代から始まって、一生（いっしょう）の仕事である。人脈が広いことは、日本のビジネスマンにとっては最大（さいだい）の資産（しさん）になる。日本の社会では、人間関係がなによりも重要だからである。

→同期，閥

工作的領域卻普遍地被使用。這句話也很巧妙地說明工作上極為重要的因素（同一系統的人們的連繫或集會）。

向來，日本人對於不認識的人都有冷淡對待的傾向；不過，只要了解人脈，就很容易打成一片。若是經由與該人的人脈有關人士的介紹，即使再有理由或以說服、議論方式都難以打通的管道，也都會立刻輕易地暢通無阻。

構築人脈理應從學生時代就開始，這是畢生的重要工作之一。對於日本的商界人士而言，廣域的人脈當可成為他的最大資產。因為在日本的社會，人際關係是比什麼都重要的。

→同期，閥

辞令

「辞令」は、会社や官庁に働く日本人にとって、哀歓をわける一片の紙である。ふつう「辞令」は1枚の紙にわずか2、3行で書かれた採用、昇進、降等、異動、配転、解雇、退職などの伝達書である。一般に、その語調は命令調で、これなしに人事異動は行なわれない。

春は辞令の季節である。大学を出たばかりの新人が大量に採用されるし、組織全体が大幅な異動を行なう時期だからだ。いったん辞令が出てしまうと、撤回されることはない。辞令には、本決まりでないものもある。これを「新聞(newspaper)辞令」という。新聞がトップ・レベルの人事を未決定のうちに報道してしまうのを皮肉ったいい方である。

→人事異動

Jirei　辭令（任免證書）

「Jirei」，對於在公司或公家機關做事的人而言，是劃分悲歡的一張紙片。所謂「辭令」者，通常都是在一張紙上，僅僅以兩、三行寫成諸如錄用、晉升、降調、異動、轉換工作崗位、解雇、退休等書面的通知單。一般而言，語調都固定於命令式的，要是沒有這張辭令就無法進行人事異動。

春天是屬於這種辭令的旺季，因為大量的大學畢業生都在這個季節裡被網羅而就業，使得各公司都得全面性的進行大幅度異動。而一旦被發出去的辭令是不會被撤回的。當然啦，這些辭令當中也有非正式決定者。像「新聞（News-paper）辭令」，就是諷刺各家報紙在高峰人事尚未確定之前就搶先報導時的一種說詞。

→人事異動

株が上がる

これは英語でいう〝his stock rises〟と同じ意味である。比喩に使うときは〝one's stock rises〟とか〝one's public esteem goes up〟とか〝one gains in stature〟の意味になる。反対に、「株が下がる」とは〝his stock falls〟である。

人間関係と仲間うちの評判がなによりも大事な日本の社会では、この両方のいい方が実によく聞かれる。そういわれた人は重大な影響を受ける。「株が下がる」には、〝この世の終わり〟のような響きがある。

課長、課制

日本の会社組織は、一般に部課制をとっている。通常、section は「課」である。「課制」は section system。日常業務を処理するレベ

Kabu ga agaru　身價上漲

這是與英語的「 his stock rises（資產價格上漲）」同樣意思的話。用在比喻上就會變成「他的身價上漲了」；反過來，要是「身價大跌」就成為「 his stock falls 」。

在人際關係與同事們之間的評價要比什麼都重要的日本社會，確實經常都有可能聽到這兩種說詞。被提到的人勢必受到很大的影響。像這句「身價大跌」，裡面就隱含著「世界末日」的味道呢。

Kacho，Kasei　課長，課制

日本的社會結構，一般是採取部課制的體系。通常所說的「課」係由「 section（部門，科）」而來的，「課制」則是「 section system 」。處理

ルを指すとき課制という。だから、section manager つまり「課長」は、日本では中間管理職として重要なポストにあるわけだ。年齢も40歳前後の働き盛り。日常業務をとりしきり、決定事項を監督するカナメの存在である。特別のプロジェクト・チームやグループも課レベルで組織される。

注意：通産省(MITI)では、ほとんどの課が division と呼ばれているが、まれには section と呼ばれているものもある。

→部長

会議

日本式経営を研究している人達がよくいうが、日本では、他の国での意思決定プロセスにかわるものが、コンセンサス作りである。会議は、問題を討議し、最終的にコンセンサスに達するための a meeting または conference である。

日常業務的那一層就得說成課制。因此，「課長」者，在日本是屬於中層主管當中極為重要的職位，年齡也都在 40 歲左右，年輕力壯的壯年期。他是屬於那種一手承擔日常業務，監督決定事項的關鍵人物。就如特殊的計劃推進小組或課題研究小組等也以課為組織層面。

要注意的是，在通商產業省（ MITI ），幾乎所有的課都是以英文被稱為「 division 」，但偶爾也有被叫成「 section 」的。

→部長

Kaigi　會議

「 Kaigi 」者，不外乎是為討論各種問題，將一些有關的人或代表集合在一起，透過互相的交換意見與探討，並以協商的方式，最後使之達成共識的一種聚會。研究日本式經營的人常會說，在日本取得共識的方法，與其他國家的決議

会議に出るのは、同じ部課の人、またはいくつかの部課の代表である。会議には他社の代表とのmeetingもある。日本の重役は、会議が多すぎて、ろくに仕事もできない、とこぼす。電話ですませたり報告を回せば、会議を開くには及ばない、と思っている人もいる。

外国のビジネスマンが、ある問題を内々に話しあうため、日本の重役を訪問するとき、たとえ、その人には気付かれなくとも、すでに予備会議にかけられている。その問題が、あとであらためて会議にかけられるからである。

書き入れ時

日本の商店やデパートでは、「書き入れ時」が年に2回ある。夏のなかばと12月で、しきたりで贈物をする季節でもある。「書き入れ時」は"the season when earnings are big"

過程是有些出入的。

參加會議的，有的是相同部課的人，或幾個不同部課的代表；另外也有跟其他公司的代表開會的情形。日本的高層主管就常抱怨，有太多的會議使他們無法定下來工作；也有人認為，以電話解決或傳閱報告的方式都同樣能達到目的，大可不必勞師動眾的開會。

當國外的商界人士為了某種問題，想要私底下拜訪日本的經理直接面談的時候，即便在事前並未讓該人士知道，但問題卻早已在預備會議上付諸討論；而該問題在稍後還會以正式會議的儀式來做成決議。

Kaki-ire-doki　旺季

日本的商店與百貨公司，一年當中有兩個旺季——仲夏與十二月，慣例上也屬於送禮季節。「Kaki-ire-doki」通常是指獲利增多的時期。

若要把它直接翻譯，就會成為記錄的時期

(水あげが増える時期)とか〝raking-in time〟の意味につかわれる。

直訳すると、time to write in である。辞書によっては「商人が売上げを元帳に書き込むのに忙しい時期」とある。しかし、元の意味は、そんなに景気のいいものではない。もとは「担保として出す」の意味で、貸付けの担保として、借用証に書き入れることからきている。

それが、いつしか使い方が変わってきて、いまのような意味になった。もちろん、このことばは、小売商の忙しい時期を指すだけとはかぎらない。他の商売にも、それぞれに書き入れ時がある。

→二八

夏季休暇

「夏季休暇」とは summer vacation のこと。欧米並みとまではいかないが、日本でも近年は

了。根據辭典的說法是，「商人忙著要把售貨款記入總帳的時期」。可是本來的意思並不在表示那麼好的行情，它是由原先的「拿來作為擔保的」意思，以貸款記入借據，慢慢演變成為旺季的。

曾幾何時，它的意思已在不知不覺之中變成像現在的樣子了。當然，這句話並不光是指零售商的繁忙時期，即便在其他的行業方面也有他們各自的「 Kaki-ire-doki 」呢。

→二八（二、八月淡季）

Kaki-kyūka　暑假

「 kaki-kyūka 」是指放暑假。雖然在內容上不能與歐美的情形相提並論，但近年來，日本的

夏季休暇が定着してきた。夏の暑い盛りに、工場全体が1週間くらい閉まるのは、当たり前になってきた。事務職も予定をやりくりして交代で休暇をとる。年次休暇も夏季休暇に加えて、7月と8月にとるよう勧めている会社も多い。会社員は夏休みに海や山に出かけて、家族を楽しませ、日本のむし暑い夏をしのごうとする。

→有給休暇

かくし芸

日本の会社員は、だれでも「かくし芸」をもっているのが当たり前のように思われている。直訳すると hidden talent である。しかし、この場合の才能は、仕事や管理能力に直接の関係はない。歌ったり、楽器を奏でたり、詩吟をしたり、物まねをしたり、曲芸をみせたり、手品をしたり、といった素人芸ができることをい

暑期休假已逐步地落實了。在盛暑的夏天，工廠休息一週左右的時間，大家一起來休假的情形，已然成為理所當然的事。業務部門也將預定的行事予以若干程度的調整，以輪流的方式來休假。再者，鼓勵員工在七月與八月，將年度休假與暑假連成一塊兒來休假的公司也不少。公司的員工會在暑假時帶著家人上山下海，除了讓全家樂在其中之外，也能藉此躲避悶熱的夏天。

→有給休假

Kakushi-gei　不為人知的拿手玩藝兒

日本公司的員工，向來都被認為理所當然地擁有一套或多套不為人知的拿手玩藝兒。把「Kakushi-gei」直接加以翻譯就成為隱藏著的才能。不過，這個才能與工作或管理能力並無直接的關係。「Kakushi-gei」的內容包括了唱歌、樂器演奏、詩歌朗誦、表演雜技、變魔術等的業餘才能。

在公司的筵席上，每人都會被要求表演各自

う。

会社の宴席では、出席者はひとり残らずかくし芸の披露をせがまれる。そのとき、人の知らないかくし芸をもっていれば、一同は感心してしまう。なにもなければ、いまはやりの歌を歌ったり、昔おぼえた歌をうたったりする。皆が即興に一枚加わるというしきたりは、宴席を盛り上げるばかりか、仲間意識を深めるのに役立つ。お客を招いた席では、招待側から芸達者が指名されてかくし芸を披露する。宴席の芸をなにかひとつ、休みのときに練習する会社員も多い。

→おはこ、歓迎会、忘年会

考えておきます

交渉相手の日本人が〝I'll think it over〞とか〝I'll give it a thought〞といったからとて、OKの返事がもらえるかもしれない、などと期

拿手的玩藝兒。這時候，要是擁有不為人知的才藝就能叫人佩服。如果什麼「 Kakushi-gei 」都沒有，就得唱一首目前流行的歌曲，或者是早年學過的歌以充充數。大家都認為一起參與即興的習慣，不僅可提振宴會的氣氛，對於增進同事間的歸屬感亦有利。如果是請客的筵席，主人多半會從自家人當中指名邀請擅長表演者來表演「 Kakushi-gei 」。而在休閒的時間練習「 Kakushi-gei 」以備赴宴露一手的員工也多得很。

→ Ohako ，歡迎會，忘年會

Kangaete okimasu　我會考慮

即便是交涉對象的日本人說了像「我會考慮」之類的話，也不可抱著「他可能會答應」念頭的期待。因為，那可能只是該日本人自作聰明

待してはいけない。多分、その日本人は、日本語の「考えておきます」をそのまま英語に訳したのであり、それで日本語の表現の含蓄を相手に伝えたと思い込んでいるのだ。

日本人ならふつう、「考えておきます」といわれると、これは望みがないな、と判断する。日本の社会的コミュニケーションの不文律により、丁重な言い回しでnoといったことになるのである。逆に、あなたが、日本人に向かって"I'll think it over"というと、相手は「考えておきます」の意味にとり、断られたと解釈する。

双方ともに、「考えておきます」と"I'll think it over"の違い、ニュアンスの差がよく分かっていれば、誤解は少なくなる。

→善処します

地認為，我已經把日本話的「 kangaete okimasu 」照原樣翻成外國話的「我會考慮」，應該已經把日本話的含蓄表現傳達給對方了。

如果是日本人，聽到對方說「我會考慮」的時候，自然地會以「沒希望」為判斷。因為依日本人的社會性交流慣例，它會變成一句鄭重的回絕話。反過來，如果你對日本人說「我會考慮一下」時，對方就會當做日本式含意的「 Kangaete okimasu 」，而以被拒絕作為解釋。

假如雙方都很清楚「 Kangaete okimasu 」與「我會考慮」的不同與神韻的微妙差異，就可以減少誤會了。

→我會妥善處理

歓迎会と送別会

ビジネスマンも他の職業の人も、よく「歓迎会」(welcoming party)を開く。日本人の集団主義のあらわれのひとつである。新人が入社すると歓迎会を開く。新しい部課に配属されると歓迎会で迎えられる。海外勤務から帰任したときも歓迎会がある。歓迎会では酒が汲み交わされ、雰囲気がぐっと砕ける。歓迎会は日本の社会でとても重要な役割を果たす。新人または帰国者の所属意識を深め、集団精神を高め、団結を強め、一体感を密にする。

歓迎会の逆が「送別会」(farewell or send-off party)である。出てゆく人のポストに代わりの人が新たにくるときは、歓迎会と送別会をひとまとめにして「歓送迎会」をするのがふつうである。

→忘年会

Kangei-kai與Sōbetsu-kai　歡迎會與歡送會

不論業務員或其他職業的人，經常都會開「Kangei-kai」。從這角度也可以看出日本人的團隊主義色彩。有新人進入公司，好，開始歡迎吧。被分配到新的部課，一樣，開歡迎會來歡迎。從海外的工作場所歸任時也要開歡迎會。在歡迎會上，酒是免不了的，透過對酌的方式，可以使氣氛軟化下來。在日本社會，歡迎會扮演著極其重要的角色，除了能加深新人或歸國者的歸屬感，提高團隊精神，加強團結之外，還能使大家打成一片。

歡迎會的反面就是「Sōbetsu-kai」——歡送會。有即將離去的同事，又有即將進來補缺的新人時，通常都會把迎新與歡送併在一起舉行「歡送迎會」。

→忘年會

顔

「顔」（face）は、国の如何を問わず、商売にはきわめて重要である。日本人が顔を重んじることは、顔を使った表現がたくさんあることでもわかる。

その第1は、なんといっても「顔を立てる」（to give face とか to save face）である。これを拡大して for your sake（あなたのために）とか to prevent one from disgrace or dishonor（不名誉なことにならないように）という意味になる。相手の名誉や評判を損なわないよう気を遣うことが、日本の人間関係ではとても大事なので、このことばはよく聞かれる。顔を立てるの反対は「顔をつぶす」である。

仕事をするには「顔が広い」（a person who has many contacts）と都合がいい。たくさんの〝コネ〟があり、顔が広い人は、「顔をつなぐ」（keep up contacts already made）ことに

Kao 面子

無論是哪一個國度，對於商界而言，面子是很重要的。日本人對「 Kao 」的重視，可以從許多以「 Kao 」來表現的句子上可以了解。

第一，無論如何都得「 Kao wo tateru 」（賞臉）。把它加以擴大就會成為「為了您」或「顧全體面」的意思。為了避免使對方的名譽與評價受到傷害而付出體貼的心，這種事在日本的人際關係上是很重要的；因此，經常可以聽到這一類的話。賞臉的反面就是「 Kao wo tsubusu 」（丟臉）。

辦事的時候，如果「 Kao ga hiroi 」（交際廣）就非常方便。為了許多的門路，交際廣的人，平時就得忙著前往　舊以維持關係「 Kao wo tsunagu 」。例如，有事沒事找機會繞到熟人的辦公室，邀請吃中飯或打高爾夫球，到了中元或年節就送送禮，寄張賀年卡等等。

就算與普通人有再多的門路，也敵不過認識

平常からつとめている。知人のオフィスにときどきぶらりと立ち寄る、昼めしやゴルフに誘う、盆暮れには付け届をする、年賀状を欠かさないなど。

普通の人との〝コネ〟をいくらたくさんもっていても、「顔のきく人」を知っていることには敵わない。顔のきく人とはそのことばに千金の重みがある実力者のことである。

「顔を売る」というのもある。直訳して sell the face といった方が、自分を売り込む（sell oneself, advertise oneself）のことだな、とすぐわかる。

顔は貸す(loan)こともできる。「ちょっと顔を貸せ」（Lend me your face）といえば、「話したいことがある」(I want to have a talk with you.）といった意味である。

ただし顔に関するいいまわしは、たくさんあるが、多くは、〝やくざ〟の陰語とみなされている。「顔を売る」「顔を貸す」などは、特に

「 Kao ga kiku hito 」（吃得開的人）。所謂吃得開的人，是指講的話具有千金份量，有權勢的人。

另外一種是「 Kao wo uru 」，把它翻成賣面子，就很容易明白那是推銷自己的意思了。

「 Kao 」也可以借貸。如果說「借一下臉」，那一定是「我有話要跟你說」的意思。

雖然有滿多有關面子的措詞，但是多半都被視同流氓才會使用的黑話。特別是像「 Kao wo uru 」、「 Kao wo kasu 」（借一下臉）之類的，就更有這種味道。

この意味あいが強い。

肩たたき

「肩たたき」と聞くと、55歳を過ぎた官公庁の職員は、ぞっとする。英語では、〝tap on the shoulder〟というだけのことだが、実は、公務員の間では不吉な響きをもつ。上役がやさしい物腰で近付いてくる——実際に肩をたたくことはないかもしれないが、もうそろそろ勇退してもいい頃合いではないか、といわんばかりに、やんわりとくる。公務員に定年はない。自由意思で辞めないかぎり、官庁側は解雇するわけにはいかない。だから、70歳を過ぎても、まだ頑張っているケースがある。そこで、官庁側が、あの人も歳のせいでもう役に立たなくなった、と判断したときに、肩たたき方式がとられる。首をタテに振らない人もなかにはいるが、大体は察しをつけて辞める。その方が、1号棒

Kata-tataki　拍肩

對於年過五十五卻還在政府機關繼續工作的人而言，聽到「Kata-tataki」就會渾身不舒服。雖然它只是拍一下肩的意思，但實際上，在公務員之間卻具有不祥的味道。頂頭上司會以溫和的態度靠過來——或許不會真的拍一下肩，但總像是委婉地在說，可以準備退休了吧。由於公務員並沒有到了幾歲就得退休的規定，除非當事人以自由意願申請退休，否則政府也不能強行解雇。因此，雖然過了七十，卻仍然在埋頭苦幹的例子也有。從而，政府若判斷某人因年歲的關係已經不稱職了的時候，就會採取拍肩方式的勸退。其中也有些堅持不肯答應的，但多半都能體會而自動退休；因為如此做反而會使行情上漲一層，退休金與年金就會多出許多。

→志願退休

上がり、したがって退職金と年金がそれだけふえるからだ。

→希望退職

買って出る

「買って出る」とは、もともと to volunteer のことだが、いろいろな含みがある。進んで申し出るだけでなく、それ以上のニュアンスをもつばあいが多い。たとえば、「ほかの人ならいやがる仕事や難問に、頼まれもしないのに、また自分にかかわりあいのないことなのに、引き受ける」といった意味である。直訳すると〝pay to enter the fray〟で、賭博からきたことばである。人数に制限のあるポーカー・ゲームのばあい、あとからこれに参加するには、先にテーブルについている人にお金を払ってその席を買わねばならなかった。ここから買って出るとは〝getting into the act voluntarily from

Katte-deru　主動承擔

「 Katte-deru 」，其原意應與英文的「 to volunteer」相當，是志願者或志工的意思。但它還含有很多其他的意思。不光是主動的請願，多半還附帶更多的意義。例如，「對於一般人所不喜歡的工作或難題，雖然沒被要求，又跟自己完全無關，仍然肯承擔」的意思。這是一句從賭博而來的語詞。在撲克牌遊戲的場合，後到的人若想要參加這場遊戲，就必須先把錢付給已經在桌上的人來買他的席位。從這裡，所謂「 Katte-deru 」，已演變成主動參與或承擔的意思了。

the sidelines" という意味になった。

結構です

食事の席でよく耳にすることばである。しかし、要注意。その意味には「おいしい」もあれば「いや、いりません。十分に頂戴しました」もあれば、「はい、お代わりを頂きましょう」もある。この3つのうち、どの意味をさすのかは、そのときの状況、話す人のいい回し、前後のことばの関連で決まってくる。

意味に3つあることから、こんな軽い冗談も生まれる。招待した家の奥さんが「もう少しいかがですか」と勧める。お客は答える。「結構です。」もう十分ごちそうになった、という意味である。それを承知のうえで奥さんが切り返す。「結構 (delicious) でしたら、もっとお上がり下さらなくっちゃ。」

食事の席でつかうだけではない。どんなとき

Kekkõ desu　很好

這是一句經常在吃飯的場合聽到的話。不過，要注意的是，它含有若干不同的意思。例如，「好吃」、「不，不用了。已經夠了」，以及「好，再來點兒吧」之類。這三種意思當中，究竟指的是哪一種，就要依當時的狀況、說話者的措詞、前後句子的關係來做決定。

由於具有三種意思的緣故，也會產生如下輕鬆的笑談。親切招待的女主人會勸客人「再來點兒如何？」客人回答說「Kekkõ desu」。是指已經吃得夠多了的意思。女主人明知而故問：「如果是好吃，就再來一點啊！」

不單是在吃飯的場合會說它，任何場合都可以下列三種意思來使用。那就是「good」（好）或「fine」（很好），「I've had enough, I'm satisfied」（我已經吃了很多，很滿足了）。

でも次の3つの意味でつかってよい。「よい」(good) とか「立派」(fine)、「十分に頂いたので満足している」(I've had enough, I'm satisfied)、それに「喜んで」(with pleasure) である。

気

「気」はいろいろにつかわれる。権威ある辞典によると、spirit (精神)、mind (心)、heart (気持ち)、will (決意)、intention (意思)、feeling (感情)、mood (気分)、nature (性質)、disposition (性癖)、care (注意)、precaution (用心)、flavor (香)、smell (匂)、とある。つかい方で意味も違ってくる。

一番よく使われるのが「気は心」("Ki is heart.")。意味は、形にあらわれたものがささやかであっても、内に誠意とか心からの感謝、助けたい気持ちなどがこもっていること。

Ki 氣

「 Ki 」有各種不同的用法。依據頗具權威的辭典，就可以列出 spirit（精神），mind（心），heart（感情），will（決意），intention（意向），feeling（感情），mood（氣氛），nature（性質），disposition（脾氣），care（注意），precaution（謹慎），flavor（香氣），smell（氣味）等，而依使用的方式也有不同的意思。

其中最常被使用的是「 Ki wa kokoro 」（小意思）。它的意思是說，雖然顯現於外的只有一點點而已，但是在裡頭卻充滿著誠意、由衷的感謝或很樂意相助的心情。譬如，對部屬的工作態

部下の仕事振りが「気に食わない」とは、unsatisfactory（不満）だったり、displease（不機嫌）であること（「肌に合わない」参照）。この反対は「気に入る」to like, to find agreeable, to suit one's taste である。

「気を抜く」（pull out the ki）とは、unenthusiastic（身を入れない）、lukewarm（気乗りしない）、discouraged（意欲を失っている）、dispirited（元気のない）、careless（不注意な）こと。事をやるのに「気が入らぬ」（ki does not go into）とは、熱が入らない（cannot become enthusiastic）のこと。

Ki は、rub や massage することもできる——「気を揉む」である。このばあいは、なにかにくよくよ心配したり（worried, anxious）、神経質になったり（nervous）、落ちつかない（fidgety）こと。「気を揉ませる」は、人を suspense や tenterhook（宙ぶらりん）の状態におくこと。「気を引く」は、相手の意向を探る

度會覺得「Ki ni kuwanai」（不稱心），等於是unsatisfactory（不滿），或是displease（不高興）的意思（參考「Hada ni awanai」）。

又如「Ki wo nuku」（洩氣），是無心、不起勁、失去意願、有氣無力、心不在焉的意思。如果在做事時「Ki ga hairanu」（無心），即是提不起勁的意思。

「Ki」也可以拿來摩擦呢，那就是——「Ki wo momu」（擔心）。這個時候是指對某些事不放心，或變成神經質、不平靜的意思。「Ki wo momaseru」是使人處於懸空狀態之意。

「Ki wo hiku」是引人注意或探詢對方的意向之意。

股市用語上有一句「Kinori usu」，是在說市況不佳、不暢旺、低迷的意思。

こと。

株の用語に「気乗り薄」(ki-ride-thin)がある。市況がlackluster(活気がない)、lethargic(低調)、stagnant(低迷)の意。

希望退職

日本は終身雇用制であり、どの会社にも定年がある。いまは、大体55歳から60歳の間である。退職者には自動的に退職金が支給される。勤続年数と基本給を基準に一定の割合を掛けた額である。定年まえに個人的な理由で退職するばあい、退職金は標準よりずっと少なくなる。

石油価格の急騰で、会社が減益になったため、経費切詰めの〝減量〟政策をとるところが多かった。たとえば、100人をすっぱり解雇する代わりに、標準額よりもかなりの色をつけて自発的退職を求める。この申し出に乗る

Kibo-taishoku　志願退休

雖然日本是一個採行終身雇用制的國家，然而任何一家公司都有已屆退休年齡者。所謂退休年齡，大致上是指五十五歲至六十歲之間而言。退休的人都能夠自動享有退休金的給付。它的額度是以服務年數與基本薪為基準，乘以一定比率來計算的。若在退休年齡之前，因個人的理由申請退休者，拿到的退休金將比標準額要少很多。

曾經有一段時期，由於石油價格的猛漲，影響所致，迫使公司的盈益也隨之滑降，為了要縮減經費，很多公司不得不採用了「減量」政策。譬如，以增加標準額的成數來徵求自願退休的方式，代替一口氣解雇一百人的策略之類。願意接

人は、「希望退職」扱いとなる。自分の意思でやめることには変わりないのだが、個人的な理由による「自己退職」とは違う。

→辞表、肩たたき

子飼い

本来は、犬猫など、子どもから飼い育てるペット、またはそのような飼い方をいう。転じて少年のころから弟子として働く徒弟制度下の商人、職人のことを指す。現代では新入社員当時から一定の上司に仕え、可愛がられ、引き立てられているようなばあい「彼はA氏の子飼いだ」などという。信頼されている腹心の部下の意味になる。

対することばは「外様」だが、もともと外様と対比されることば「譜代」は、ビジネス社会ではあまり使われない。特定の領主家に代々仕えてきた家臣を譜代の臣と呼ぶのだが、現代

受這種建議的人就可以「志願退休」來處理。雖然與自動自願方式的辭職並沒兩樣，卻與因個人的理由而辭職的「自願退休」是不同的。

→辭呈，拍肩

Kogai　心腹

“Kogai”的原始含意是指從小飼養的貓狗之類的寵物，或是指那種飼養的方式，後來轉變成為從年少時就以拜師的徒弟身分在徒弟制度下工作的商人或工人的意思。傳到現代更轉為，從剛到公司的新進人員階段就為固定的上司工作，受到疼惜並受提拔的情形，便會說成「他就是某人的『Kogai』」。也就是受到信賴的心腹部下之意。

相對的詞則是「tozama」。原來與「tozama」成對比的「fudai」（世世臣事），在公司裡並不常用。古時把世世臣事特定領主家的家臣稱之為「『fudai』之臣」。如今，世世代代服務在

では特定企業に代々勤めるなどは稀であり、ましして特定の人に親子とも部下になることなどは無いからだろうか。

→外様

根性

あの人は「根性がある」といえば、「闘志、意思力、決意、辛抱強さ、度胸」のある人である。条件が悪いのに立派に事を成し遂げる人のことである。逆境にあって挫けない人のことである。それどころか、逆境に立つと、かえって勇気百倍する人である。交渉相手としては、タフである。絶対に諦めない。「根性がある」の反対は「根性がない」。

上司にとって根性がある部下は頼りになる。どんなにむずかしい仕事でも、文句ひとついわずにやってくれるからだ。肩ごしにいちいち点検したり、はっぱをかけたりする必要はない。

特定企業的情形已經少之又少了，何況是父子兩人都成特定人的部屬，簡直是不可能的事。

→ Tozama

Konjõ　根性

若指著某人說「Konjõ ga aru」，當表示那個人是擁有「鬭志、毅力、決心、耐性、膽量」的人。而運動選手與商人就更需要具備這種骨氣了。他們理應不受逆境的影響而氣餒，不但如此，反而是勇氣百倍，愈挫愈勇，要是面對談判對手時是屬於頑強者，也絕不打退堂鼓。有骨氣的相反當然是無骨氣（「Konjõ ga nai」）囉。

對於上司而言，「Konjõ ga aru」部下是可信賴的。因為，再怎麼困難的事情，只要交給他，他都會無條件的去做，並不需跟在屁股後面一一指點或加以激發。因此，對於辦事員而言，「Konjõ」係屬一種不同於專業知識或經驗的特

だから、ビジネスマンにとって、「根性」は、専門知識とか経験とは別に、特別の資質であり、その人の値打ちを高めるものである。

交際費

一般に「交際費」とは、社交や友人の接待に支出する費用をいう。ビジネスマンの世界では、饗応用の支出勘定をいう。商売上の接待は、世界共通の慣行だが、どこよりも一番大きな役割を果たしているのは日本であろう。日本の社会では、人間関係がなによりも大切であり、酒はなにものにもまして人間関係を円滑にするからだ。

東京で、目の飛び出るほど高いバーやナイト

殊氣質，也是提升人的價值的東西。

Kõsai-hi　交際費

一般所說的「Kõsai-hi」是指支用在社交或接待朋友上的費用，在業界則是指款待用的支出帳款之意。商場上的接待雖然是屬於世界共同的慣例，但，比起任何國家，交際費在日本所肩負的任務可以說是最大的吧。因為日本的社會把人際關係看得比什麼都重要，而要使人際關係更為圓融，除了酒還能找什麼更好的東西可利用的呢？

在東京，消費高得足以令人嚇昏的酒店或夜

クラブは、交際費制度がなくなってしまったら、一夜にして店をたたまなければならなくなるであろう。それほど交際費をふんだんに使える人でもっているようなものである。いまは不景気なので、金のかかる夜の飲み食いから昼食の接待に変わりつつある。

→社用族

腰

「腰」(waist, hip, loin)は身体の大事な部分なので、これをつかった表現は多い。たとえば、「腰が低い」(low)とか「高い」(high)という。低いのは humble(謙遜)、modest(穏やか)、unassuming(高ぶらない)、polite(丁寧な)こと。反対に「腰が高い」のは proud(高慢)とか haughty(横柄)なこと。

「腰が軽い」(light)といえば、〝quik to act〟(気軽に動き出す)、nimble(すばしこ

總會，要是沒有交際費制度的支撐，恐怕一夜之間就得關門大吉而宣告停業了。可見能夠無限度使用交際費者的支撐度，影響之巨實非比尋常。由於眼前所處的不景氣，使得以往花錢的飲食習慣已有逐漸轉為招待經濟午餐之趨勢了。

→ Shayō-zoku （公費族）

Koshi　腰

由於「 Koshi 」在身體上是屬於重要的部分，可以拿來運用在很多的表現上。例如，「 Koshi ga hikui 」(低姿態)或「 takai 」(高)。低是表示謙恭、穩重、不自大、恭敬等。相反地，「 Koshi ga takai 」則表示高傲或傲慢的意思。

「 Koshi ga karui 」（勤快）是指動作輕快、敏捷，或是積極做事的人而言。反過來，「 Koshi ga omoi 」則是指不容易有動作、沒有多少幹勁，或是慢吞吞的人而言。對女性，最好不要使用這

い）、または〝willing to work〟（積極的にやる）人のこと。逆に、「腰が重い」（heavy）とは、〝slow to act〟（なかなか動き出さない）、〝unwilling to work〟（あまりやる気がない）、またはdillydallies（ぐずぐずする）人のこと。腰が軽いを女性には使わぬ方がよろしい。男の誘いに簡単に乗る尻軽 女にとられるからだ。

「腰を上げる」は〝to raise the waist〟。座っている場所から立ち上がることだが、情勢を観望したのちに、やっと行動に移る決心を固めることにもいう。（→みこし）

「腰を据える」は〝to let the waist settle down〟。じっくりと着 実に行動すること。真剣に、決意を固めて事に取り組むことをいう。

「及び腰で事をする」とは、腰をまげたり（bent back）、前かがみ（leaning over）の不安定な姿勢で動作すること（to do it in an unsteady position）。本気で取り組む気持ちにな

句「Koshi ga karui」，因為有可能被解釋為容易被男人所騙的輕浮女人。

「Koshi wo ageru」是從坐位上站起來的意思，但也可以用在充分地觀望了解情勢之後才下決心採取動作的情形。（→ Mikoshi）

「Koshi wo sueru」是穩下心來之意。表示穩健紮實的動作，認真、下決心以赴的態度。

以「Oyobi-goshi」做事，是表示以彎著腰或半蹲的不安定姿勢在做事，係指不想認真投入工作的人之意。

「Koshi-kudake」是半途而廢或懦弱的意思。這是從相撲轉來的詞，形容在推擠當中失去腰部的支撐力而倒下的情形。由此延伸，拿來形容在商業交易的重要局面，因後繼無力而潰敗。

由於發生某件事而「Koshi ga nukeru」，是被事件的猛烈度壓倒而變成動彈不得，或由於恐怖而變成虛脫無力的樣子。

い人を指す。

「腰くだけ」は〝a person whose waist breaks down〟とか〝a weak-kneed person〟（弱腰の人）。相撲からきたことばで、取り組みの最中に、受けこたえる腰の力がなくなって転がること。ここから商取引の大事な局面で、あとが続かずに潰れてしまうことをいう。

なにかの出来事で「腰が抜ける」（hip to become disjointed）とは、その物すごさに圧倒されて動けなくなること、恐怖でへなへなになってしまうこと。

腰かけ

「腰かけ」それ自体はchairであり、坐るところの意味である。だが、日本の会社ではまったく違った意味につかわれることがある。「ぼくは、この会社に腰かけているだけさ。」これをどう解釈するか。自分がchairだ、というわ

Koshikake　凳子（跳板）

「 Koshikake 」指的是椅子，坐的地方。然而，在日本的社會卻也可用在完全不同的意義上。「我在這家公司只是當一下椅子而已」這句話我們要如何解釋？當然不是「自己是椅子」的意思。又如「對李四來說，副總的位置只是椅子

けではない。あるいは「副社長のポストは田中さんには腰かけだ」とか、「大卒の女子は会社に勤めても腰かけぐらいにしか思っていない。」なんのことやら、さっぱりわからないって？いずれの例も、腰かけを「もっといいポストを待っている間の一時的な地位」とか、「もっと上のポストに就く踏み台の地位」とか、「結婚するまでの間の時間つぶしのところ」といった風に置きかえれば、さらりと解ける。つまり、永続的なものでなく、一時のつなぎのポストを指すときにつかう。

首

責任ある地位にいる人がよく「首をかけて」という。“stake my neck”のこと。このneck（首）は地位とか名誉、評判ないし生命そのものを指す。なにか大仕事に取り組むときに自信と決意のほどを示すことばである。

罷了」和「大學畢業的女生，就算到公司上班，也只是當一下椅子罷了」這些話。（什麼跟什麼嘛，真是搞不懂。）別急！倘若把每一個例句的椅子以「等候更好職位之前暫時安頓的位置」，或「這是登高用腳凳的位置」，抑或「結婚之前消磨時間的地方」的方式予以調換，就有解了。總之，它是指臨時性的候補位置。

Kubi　頭

有責任、有地位的人經常會掛在嘴上一句話，「Kubi wo kakete」。意思是「以頭為賭」。這個「Kubi」是代表地位、名譽、評價，乃至於生命本身。在投入某種大工程時，若是有信心、有決心，就用這句話來表示。

もちろん、日本の会社では首をかけたところで心配はいらない。終身雇用制だから、「首がとぶ」（to be fired）ことはまずない。終身雇用制でも、会社側が「首切り」（personnel reduction）を絶対にやらないわけではない。極度の営業不振になって、会社が生き残るには業務の縮小に追い詰められることもある。

会社でも個人でも、借金に首までつかっているとき、つまり「首が回らない」（cannot turn the neck）とき、打開策はないかと「首をひねる」（wring the neck, または rack the brain＝頭をしぼる。think hard＝一所懸命考える）。

首をつかった婉曲ないい回しに「真綿で首をしめる」がある。首をしめるは〝strangle the neck〟、真綿は肌にやさしいくず絹（silk floss）。真綿で首をしめるとは、おだやかな方法、間接的なやり方で人の首を徐々に締めつけていくことをいう。だんだんと窮地に追いこ

當然，在日本的公司做事，就算把頭都給賭上也不用擔心，因為有終身雇用制的保護，總不至於有「 Kubi ga tobu 」（被解雇）這回事。儘管說是終身雇用制，卻並不表示公司絕不會有「 Kubi-kiri（斬首）」的動作。倘若公司的營運變成極度的不振，為了公司的生存，也會有被迫不得不縮小業務的時候。

無論是公司抑或是個人，要是貸款的數目已多到快淹到脖子時，也就是「 Kubi ga mawaranai（就要動彈不得）」的時候，就得「 Kubi wo hineru（思量）」，想想要用什麼辦法來渡過難關。

「 Mawata de kubi wo shimeru 」是一句用到「 Kubi 」的委婉的說法。「 Kubi wo shimeru 」是勒脖子，而「 mawata 」則是對肌膚頗為溫柔的絲棉。因此，「 mawata de kubi wo shimeru 」整句的意思就變成，用溫和的方法，間接的手段，慢慢地勒緊人的脖子，也就是軟刀殺人。換言之，逐步地迫使對方陷入困境，弄到對方無法繼續待下去的地步。

んで、ついにはいられなくなるように仕向けることである。

→詰め腹

黒幕

「黒幕」の「黒」はblack、「幕」はcurtain。昔、舞台の背景幕としてつかわれたもの。現代では、黒幕とは、舞台裏にあって影響力をもっている人、表から見えないところで操る人、表向きのポストに就いてない人をいう。

この種の人物は、どの社会にもいる。とりわけ政界に多い。あまりいい意味に使われない場合もある。ビジネスの世界となると、個々の会社にはいなくても、その業界全体をみたとき、影響力のある黒幕がいることはある。

→大御所

→ Tsume-bara

Kuromaku　黑幕（幕後黑手）

「Kuromaku」的「Kuro」是黑，「maku」是幔。從前，這是被當做舞台上的背景幕使用的。現在所流通的說法則是，躲在舞台後面卻具有影響力的人，只在幕後操縱，而不在公開位置上。

這一類型的人物，在任何一家公司都存在，尤其在政界就更多了。有的時候，「Kuromaku」也帶有一種不太好的意義。就商界而言，雖然在個別的公司裡找不到他，但綜觀該業界的時候，具有影響力的「Kuromaku」還是存在的。

→Ōgosho 權威

間（ま）

もとの意味は、space（あいだ）、interval（間隔）、time（時間）のこと。これから派生して chance（機会）、luck（運）、occasion（ころ合い）の意味にもなる。

「間をもたす」は、特別の状況下にあって "fill in time" のこと。たとえば、仕事上の会議とかパーティに人が集まっていて、なにかが行なわれる予定になっている。ところが、その時刻になるまえに、思いもかけぬ時間のあきができてしまった。そこで参会者をしらけさせないように、面白がらせたり、注意を引きつけておいて、時間かせぎをするのが「間をもたす」である。

「間を入れる」は直訳すると "put in time" だが、英語の "serve"（つとめる）の意味ではない。ここにいう「間」とは、行動をとるまえにわざと一息いれること、時間をおくこと

Ma 空間

「Ma」的原意是空白、間隔、時間等。從這裡衍生，亦可解釋為機會、運氣、適當的時機等。

「Ma wo motasu」，是處在特殊狀況下填充空檔的意思。例如，在工作上的會議或派對的場合，多人聚在一起打算進行某種活動。但是，在預定時刻之前卻多出了沒想到的空檔。於是，為了不讓參與者掃興起見，做些逗趣的遊戲藉以吸引其注意，爭取時間。這就是「Ma wo motasu」。

「Ma wo ireru」，把它直接翻譯就會變成「投入時間」的意思。這裡所說的「Ma」是採取行動之前，特意歇一口氣，也就是給一點間歇之意。因為，想事情的時候，往往需要或希望有那種間歇的時候，或在策略上也較有效果的關係。

「Ma ga warui」是不湊巧之意。這時候的

（pause or interval of time）。物を考えるのに、そうした「間」が必要であったり、望ましかったり、戦略的に効果的であったりするからだ。

「間が悪い」は〝ma is bad〞である。この「間」は時間でなく、状態を指す。きまりが悪いこと。ときには運が悪いことをも意味する。

「間が抜ける」は〝ma slips out〞である。つまり〝not in tune with things〞（かみ合わない）とか、〝out of place〞（場違い）のこと。

これに関連して「間抜け」（without ma）ともいう。stupid（ばか）、silly（愚か）、slow-witted（のろま）、dumb（とんま）な人のこと。人がへまをやって頭にくる。〝Idiot〞と怒鳴りつけたいときは「この間抜け！」といえばいい。

窓際族

「窓際」とは beside the window、「族」は

「間」並不是指時間上的「間」，而是在指狀態。例如，不好意思，有的時候也解釋成運氣不好。

「Ma ga nukeru」是愚蠢或糊塗之意，這裡是指不合時宜、不適合場面的意思。

與此關連也說成「Ma-nuke」，指的是笨蛋、蠢貨、傻瓜、反應遲鈍的人。有人做錯事而搞得糊里糊塗的時候，想罵他就用這句「Ma-nuke！」好了。

Madogiwa-zoku　窗邊族

所謂「Madogiwa」者，窗邊的意思也。

tribeである。日本では、大きな会社になると、まずどこにでも〝window-side tribe〟がいる。中間管理職クラスで、ふつうは部長とか次長の肩書をもっていながら、実際にやる仕事のない人達をいう。

若いころは、会社のために一所懸命尽くしたのに、昇進への階段をぱったり閉ざされてしまった人達である。年功序列制の下で、後進に道を譲るために現役の仕事をはずされる。しかし、終身雇用制なので、解雇するわけにはいかない。その格付けからいっても、オフィスの一番よい上席——窓際に机を与えられ、ここで定年を待つ。だから、「窓際族」は、うら哀しい響きがあることばである。

マイホーム

日本の勤め人というと、会社の出世街道にのろうと、ひたすらに働く人間のように思われ

「Zoku」就是族。在日本，只要是大公司，到處都會有靠窗族的存在。通常是指中階層的主管，雖然擁有部長或次長的頭銜，實際上卻無事可做的那些人。

這些人在年輕力壯的時候，為了公司的利益，雖然也曾經拼命地工作過，但現狀卻是被拿掉晉升階梯的人。也就是在年功序列制的制度下，為了要讓位給後進而被卸下正在從事的工作的。當然了，由於是終身雇用制的關係，無論如何也不能把他給解雇。就其職位而言，給的是辦公室裡最好的位置與桌子——靠窗，在這裡等待退休年齡的來臨。所以，這一句「靠窗族」，事實上帶有些令人傷感的味道。

Mai hõmu　我家

談起日本的上班族，一般人都會認為他們是一群為了趕搭公司的晉升列車而拼命工作的人。

ている。日がな1日、他の国なら家族団らんの時間なのにそれまで犠牲にして、ただあくせくと働く。有給休暇があるのに、とらない。自分がいないことには毎日の仕事がはかどらない、だからいつも出社していなければ、と思いこむ。

一世代まえの勤め人は、だれもがそんな風だった。ところが近頃は、皆が皆、働き中毒ということはなくなった。若い世代の勤め人は、これまでの価値観を考え直すようになっている。仕事と同じくらいに、いやそれ以上に、家庭生活も大事にするようになった。そうした人達がふえているところから生まれた新語が「マイホーム主義者」（my-home-ist）である。

まあまあ

「景気はどうですか」「まあまあですなあ」（そう悪くもなく、さりとてそう良くもない、

在別的國家應該是屬於一家團聚的時間，在他們卻只是為了工作而寧願犧牲掉它；日復一日。雖然有應拿的有給休假，卻都不想拿，始終都以為，「我若是不在，公司的工作進度必定會嚴重受阻，所以非要每天上班不可……」。

老一輩的上班族們都有這樣的想法與作法。可是到了最近，這種工作狂式的工作中毒症幾乎已經絕跡了。年輕一代的上班族已經學會如何去重估前輩們的價值觀，經仔細的評比，更懂得應該選擇並珍惜家庭生活了。由於這一種人的不斷增加，終於造就了這一句新詞「Mai-hōmu-shugisha（家庭至上者）」。

Mā-mā　尚可

「生意如何？」「還算可以。」（不太壞，卻也不太好，之謂）「新開張的法國菜餐廳，如

といったところ）。「こんどできたフランス料理のレストラン、どうだった？」「ゆうべの映画、面白かった？」答えはどれも「まあまあ」だ。"so-so"である。否定するほどではないが、気乗りのしない肯定といったところだ。

ときには意見がないのを覆い隠すため、どっちつかずの態度をとるのにつかう。

明らかに肯定的につかうときもある。「仕事はまあまあです」自分のことを指すときには、本当は「たいへんうまくいっている」のに、へりくだっているわけだ。

日本人の友人から「日本の印象は？」と聞かれて、「まあまあ」と答えるのは、あまり感心しない。日本での経験をよく思っていない意味にとられる危険がある。

名刺

「名刺」（calling card or name card）は、

何？」「昨晚的電影，好看嗎？」答案幾乎都是「mã-mã」。雖然還不至於到否定的地步，但也並沒有太多肯定的意思。

有的時候為了要掩飾自己實在拿不定主意而採取曖昧的態度，最好的方法就是用這一句「mã-mã」了。

但有的時候也可以用在明確的肯定上。例如，自己的工作進行得很滿意時，事實上「非常地順利」，卻要說成「還算可以（「mã-mã」）」，這是謙虛。

遇到日本的朋友問你，「對日本的印象如何？」倘若你的回答是「mã-mã」的話，就不太好了。因為恐怕會讓對方誤解，覺得你在日本的經驗並不怎麼好。

Meishi　名片

在日本，「meishi」在社交場合，尤其在接

日本では、社交とくに仕事の接触には欠せない。初対面では、欧米のように握手をしないで、名刺を交換する。名刺を出せない人は、最初の印象を損なう。

ビジネスマンは、名刺のファイルを作っておく、クリスマスカードや年賀状を出す季節になると役に立つ。

日本のビジネスマンの名刺には、氏名、肩書、会社名、住所、電話番号が、片面ずつ日本語と英語で記されている。

訪日する外国のビジネスマンが末永く覚えておいてもらいたいと思ったら、日本式の名刺を作ることである。主なホテルのアーケードには、24時間で名刺を作ってくれる店がある。

みこし（御輿）

「みこし」は、はっぴ姿の若者が幾人か組んでかつぐ、持ち運びのできる小型の〝神社〟で

洽業務時，是不可或缺的角色——初次見面都要交換名片。由於日本人有視說話對象而改變態度的傾向，因此有必要知道對方的頭銜。名片在這方面倒十分方便。

一般而言，業務員都有他們自創的名片夾。到了聖誕節或新年的送賀卡季節時，就很有用了。

業務員的名片，除了姓名、住址之外，還有職業、公司名稱、頭銜等，並且以日文與英文分別印在名片的兩面。

訪日的外國商界人士若覺得有必要讓對方牢記自己，最好製作日本式的名片來使用。在主要旅館的拱廊就有二十四小時替客人製作名片的小店。

Mikoshi　神輿

「 mikoshi 」是由穿上法被（背上染有字號的半截外掛）的幾個年輕人合力扛在肩上，便於

ある。年に一度のお祭りに「わっしょい、わっしょい」の掛け声も勇ましく、皆でかつぎながら、町内を練り歩く。活気にあふれ、見物人も大勢集まってくる。選挙の立候補者を、グループを作って支援したり、応援したりするのも「みこしをかつぐ」である。

よく使われるいい方に「みこしを上げる」がある。「坐っている場所から腰を上げる」だが、長居してから帰る（take one's leave）意味である。どっかりと坐りこんで長談議するとき、「みこしを据えて話し込む」という。長尻も過ぎると、いい顔をされない。

→腰を上げる／据える

水

「水」は water。そこで「水商売」（water business）と聞いて、水を売る商売だ、などと早とちりしてはいけない。収入が客の人気に

搬動的小型神社。在一年一度的廟會或節日裡，大家一起把它給扛起來，「wasshoi! wasshoi!」地大聲喊口號，充滿活力的在街上遊行，必然會吸引參觀的人潮。在選舉的季節裡，候選人的擁護者會組成集團給予支持或支援，這種動作便是「mikoshi wo katsugu」（抬神轎子）。

「Mikoshi wo ageru」是一句很常用的話語。其原意是從坐著的地方站起來，但真正的意思卻是形容從待得太久的別人家告辭的動作。若是穩穩的坐下來準備長談的時候，就要說成「Mikoshi wo suete hanashi komu」。其實，在別人的地方坐得太久也不見得會受歡迎。

→告辭／穩坐

Mizu　水

「mizu」是水。因此，聽到有人說「mizu-shõbai」（賣水的生意），也不要以為真的是在賣水。其實，它的意思是在指收入的多

よって決まる不安定な商売のこと。とりわけ、ナイトクラブ、レストラン、映画・演劇のような店をいう。

水を比喩的につかったことばは、分かりやすい。「水をさす」（to pour water）といえば、〝to pour cold water on〟とか、〝to put a damper on〟（勢いをくじく）ことだと、すぐ察しがつく。順調に進んでいることにブレーキをかけたり（brake on）、混乱させる（foul up）ようなことをいったり、したりする行為が「水をさす」である。せっかく熱をこめてやっているのに、その人の気をそぐ（discourage）こともいう。人を仲違いさせる（to alienate one person from another）意味にも使う。

「水掛け論」（water dousing argument）とは、結論の出ない議論や討議のこと。卵が先か鶏が先か、といった類の議論をいう。もめごとが終わると、日本人は「水に流す」（flush the water）。過ぎたことをさっぱり洗い落と

寡依客人的多少為取決的不穩定行業。尤其，像夜總會、餐館、電影院、歌劇院那樣的商店即是。

拿水來做比喻的話語是很容易了解的。以「 mizu wo sasu 」這句話而言，立刻就可以令人明白它是指打掉對方的威風之意。也就是，對於進行得很順暢的事情加以煞車，或說或做一些使其混亂的行為。對於好不容易才得以全神貫注投入工作的人，潑以冷水、洩他的氣，或挑撥離間使人不和的時候也都用它。

所謂「 mizu-kake-ron 」者，指的是沒有結論的議論或爭論之意，好比先有雞蛋或先有雞之類的爭論。糾紛若是解決了，日本人就會讓它「 mizu ni nagasu 」（隨著水流走），將過去完完全全洗刷掉或讓過去與水一併流走，當做從未發生過的事。

經常會聽到「 gaden-insui（我田引水）」這句話。直譯的意思當然可以是把水引進自己的田。由此，利用某件事，使其對自己更有利，或為了要表示自己的見解是正確而適當地利用某

す（wash out the past）とか、過去を水に流して、もうなかったことにする（let bygones be bygones）の意。

よく「我田引水」という。直訳は〝to draw water into（one's）paddy field〟（自分の田に水を引く）意から、ある事柄を自分に有利になるよう利用したり、自分の見解の正しさを示すためにうまく利用することをいう。

「水引き取引」とは、将来の大きな利益を期待して、目先では損をしても行なう取引のことである。

「呼び水」は、calling water＝priming water。井戸に水を注入し、水が出るようにすること。すなわちものごとのきっかけを作ることをいう。

内職

古くは武士の副職、浪人の仕事として行なわれたものを指したが、現在では、一般に主婦

件事時，都可以拿來使用。

所謂「 mizuhiki torihiki 」，是為了期待將來可能取得的大利益，就算眼前有損失也要與之交易的意思(「 mizuhiki 」是繫在禮品上的硬紙繩)

「 yobi-mizu 」是將水注入水井，使能出水之意；換句話，指事物的引子。

Naishoku　副業

古時候，「 naishoku 」是指武士所從事的副業，浪人(幕府時代，失去主子到處流浪的武士)

が家内で行なう手作業的賃仕事を指すようになった。もっとも最近では主婦がパート・タイマーや化粧品のセールスマン、保険外交員など家庭外に出て働くことが多くなったが、これはアルバイトと呼ばれ、内職とはいわない。また主婦が結婚以前から、あるいは結婚後でも恒常的に仕事をもっているばあいは共働きとか共稼ぎといって区別する。あくまで家内で行なう仕事が内職と呼ばれる。

会社の仕事を一部家にもって帰って片付けるばあいも別に手当がもらえるわけではないが「今晩内職するよ」と冗談でいったりすることもある。近頃週末を利用して小説を書いたりする人も多いが、これは内職のひとつである。——ただし趣味的なものは日曜大工とか日曜画家といって、内職に大工をしているとはいわない。

→アルバイト

所從事的工作，而現在則是指一般家庭主婦在家中從事的手工式家庭副業。當然，近年來家庭主婦大多已走出家庭，在外從事的工作則有非全日工、美容品銷售員、保險招攬員等多樣化的，但這些都被稱為業餘臨時工（打零工），而不叫副業。至於家庭主婦在結婚之前或婚後已有固定拿薪的工作時，通常是稱之以雙職工作為區別。只有始終都在家中從事的工作才被稱為「naishoku」。

把公司裡做不完的工作帶回家逐一完成時，雖然並無多出的加班費可拿，但也可以用「我今天做副業」的開玩笑說法。最近有不少人利用週末假日在寫小說，也算是「naishoku」的一種。惟嗜好性工作則稱為星期天木匠或星期天畫家，而不會說「我的副業是木匠」。

→打零工

願い、届け

「願い」は request、「届け」は report である。この書式がないと、大きな会社は順調に機能しない。

願いと届けは、あらかじめ書式ができていて、日常きまりきった事項について、書き込めばよいだけになっている。願いには、休暇願い（年次休暇、病気欠勤、出産休暇など）や事務用品請求の願いなど、届けには、住所変更届け、家族異動届け（出産、死亡など）、作業変更届けなどがある。

仕事上ないし個人的な事柄について、官公庁に要請やら報告もしくは通告するときにも、書式による願いや届けを提出する。書類を書くことは、面倒なようにもみえるが、これがないことには、事務効率がさっぱり上がらないのである。

→辞表

Negai，Todoke　申請，申報

「negai」是申請，而「todoke」則是申報。若沒有這樣的公文格式，大公司的營運功能就得大打折扣了。

申請與申報都用事先已備好的公文格式，只要將日常的既定事況逐項予以記載就可以了。申請部分包括請假（年次休假、病假、產假等）或添購事務用品的申請等。申報的部分則有改變地址、家屬異動（出生、死亡等）與改換工作等。

若是以工作上或私人性質的事情，要向政府機關做些要求、報告或通知者，也要依照公文格式提出申請或申報。寫文件的事，看起來似乎有些麻煩，但要是沒有這一道手續，辦起事來絕對是談不上效率的。

→辭呈

根回し

本来的には、植木職人が大きな木を移植するまえに、準備として根っこの回りを掘って、太い根を切り、小さい根を出させることである。ここから転じて、正式決定に先立って、関係者に支持を求めたり、内々に同意をとりつけるため、地ならししておくことをいう。

日本の社会は、集団の決定やコンセンサスで動く。だから「根回し」は、コンセンサス作りに欠かせぬ手順である。正面きった対決を回避することにもなる。

アメリカでも、これに似たやり方に preselling（事前の売込み）というのがある。しかし、アメリカでは、全員が納得するしないにかかわりなく、決定を下してかまわない。

日本では、ある案件について、根回ししてゆくうちに、修正を加えて、全員に受け入れられるような方式のものにする。だから根回しに

Nemawashi　斡旋

原來的意思是，植樹工人在移植大樹之前，將樹根周圍挖掉一圈以切斷粗根，使其長出新根的準備動作。由此而轉變成，在正式定案之前，為了徵求有關人士的支持，或為了要在私底下取得共識所做的準備工作。

日本的社會，是依集團所決定或達成的共識來運轉的。因此，為了要達成共識，「nemawashi」是一道不可或缺的過程，同時也可以藉此以避開針鋒相對的對立。

在美國，也有類似這種方式的pre-selling（預售）。不過，他們的情形是，不管有沒有獲得全體成員的同意，都可以做成決定。

在日本方面，對於某件案子在進行「nemawashi」的過程當中，會有不斷的提案修正，直到令所有成員都能接受的程度。因此，「nemawashi」是很費時的。外國的商人經常會為了日本的公司之不容易做成決定，而覺得很不

は時間がかかる。外国のビジネスマンは、日本の会社でなかなか決定が出ないため、しびれを切らしてしまうことがよくある。

→稟議

寝わざ師

舞台裏の駆け引きにたけた人を「寝わざ師」という。柔道の寝技からきたことば。試合で、畳に寝たような状態で相手を攻める技（わざ）である。

これから分かるように、寝わざ師は、豊富な術策を用いて、しばしば、物事の情況を完全に変えてしまうような、思いがけない逆転をもたらす。また、秘密の策動をして、表面でそれにたずさわっている人には不可能と思われることを可能にする。

「あの人は寝わざ師だ」という評判があるなら、その人は、意表をつくようなことをす

耐煩。

→稟議（傳閱，審批）

Newaza-shi　善於搞暗算的人

將後台的足智多謀者稱為「newaza-shi」，這是來自柔道界倒地使招的技術——比賽時，在榻榻米上以倒地的狀態攻向對方的技巧。

由此便不難了解，「newaza-shi」會利用豐富的詭計，往往可將事物的情況完全地改觀，而使其有意想不到的逆轉。此外，又能暗中進行策劃，使在枱面上參與的人認為不可能的事成為可能。

倘若聽到「那個人是『newaza-shi』吔」的傳聞，那麼，可以期待該人必定會做出出人意表的事。

るだろうと期待できる。

二八（にっぱち）

厳密にいうと、にっぱちは、ちゃんとしたことばではない。ふたつの数字、2と8組み合わせである。この数字は、1年の2番目の月と8番目の月、つまり、February と August からきている。

気象上からいうと、日本では2月がもっとも寒く、8月がもっとも暑い。しかし、にっぱちと気象のことは関係ない。商売用語なのである。昔から2月と8月は商売がひまな月であることをいう。

「景気はどうですか？」たまたま2月か8月だったら、判で押したように、こんな答えが返ってくる。「にっぱちですからねえ」にっぱちは景気が悪い、と相場が決まっている。だから、取引を先に延ばしたいとき、支払いを待っても

Nippachi　二八（淡季）

嚴格地說，「nippachi」並不是正規的語詞。它是由兩個數字——2與8組合起來的。這數字是代表一年當中的第二個月份的二月與第八個月份的八月。

從氣象上來講，二月是日本最寒冷的季節，而最熱的月份則在八月。不過「nippachi」與氣象並無關連。事實上它是一種商場上的慣用語，表示二月與八月是商場上屬於淡季的意思。

對於「景氣如何？」的問話，若是在二月或八月，鐵定會有像蓋章那樣，固定而同樣的回答，「嗳，是二八吔！」二八的不景氣是既定的行情。因此，若想要把交易延後或希望對方能等些時候再支取時，經常都會以此作為藉口。遇到二八，不得已，只好這樣啦。

→旺季（kaki-ire-doki）

らいたいとき、よく口実に使われる。にっぱちじゃ、やむを得ない。というわけだ。

→書き入れ時

のれん（暖簾）

軒先に吊して日よけ、目かくしとする布（しゅろ、麻を編んだ縄のれんもある）だが、江戸時代の商家で軒先に商店名（屋号）を染めて吊す店の看板であった。

転じて店の信用や営業権などを意味するようになった。日本では契約の習慣が無かったようにみえるが、「のれんにかけて……」の約束は、その商人の全人格・全信用を担保にしての契約ともいえるものであった。「のれんを汚す」行為は、現代では禁治産者扱いされるに等しい。正に、のれんは商人の顔であり、軍人にとっての軍旗であった。現在ではのれんに当たるものは、会社の信用、社会的評価な

Noren　暖簾

它是一種中間有切口的短布簾，掛在商店或飲食店的門口，表示營業中之意。在私人住宅中，也會用布簾作為隔間或裝飾之用。本來，店家是把暖簾掛在屋簷下作為遮陽或隱蔽之用的。在十四世紀時，隨著商業的發展，為了使顧客便於進出，才以暖簾來取代原來的店門，同時，在深色的布料上，以較淺顏色染上店名或商標。

此外，暖簾一詞也代表商店的信用、營業權等。昔日的日本似乎看不到打契約的習慣。但，「憑我的暖簾……」所作的約定，卻是以該商人的人格、信用為擔保的契約。至於有所謂「玷污暖簾」的行為，在現代等於是受到禁治產者待遇。的確，暖簾是代表商人的面子，對於軍人則

どか。

なお、かつて「のれん分け」として古くからの番頭に同名・同印ののれんを与え、独立の分店を開かせることがあり、ばあいにより資金援助や得意先も分けることがあった。現代でのフランチャイザーとフランチャイジーに似ていよう。

大船に乗る

荒天の海をゆくには、小さな舟より大きな船(big ship)の方が安全だし、安心できることくらい、船乗りでなくても知っている。まだ新米のビジネスマンが、腕ききの評判高いベテラン先輩の指揮する部課に配属されると、大きな船に乗っているようなものである。

自分のやっている仕事には有能な人がついていてくれるから、うまくいくに違いないと気楽

是代表軍旗。現在相當於暖簾的東西要算公司的信用、社會的評價等這些吧。

此外，店東也會採取「 noren-wake 」的方式，允許服務多年的老店夥使用同一字號的暖簾，另立門戶，開設分店。甚至也會給予資金的援助，或分給部分老顧客等。類似現代的授權聯營或連鎖店的方式吧。事實上，只要能得到信譽卓著商店的商標，就等於名利雙收了。

Ōbune ni noru　坐大船（安穩）

在暴風雨的海上，坐大船比坐小船要來得安全，而且也更能安心；這種事情，不光是船員，連一般人都很清楚。才剛出道的業務員，若是被安排在享有名氣的高手前輩所指揮的部課時，等於是在坐大船了。

由於自己所從事的工作有高手陪著，就會以為能夠做得好而放鬆心情，或把自己比成順利運轉中的大機器的齒輪之一，這種情況下，就會有

に構えていられるとき、あるいは、順調に動いている大きな機械の歯車のひとつだ、と思っているとき、「大船に乗って」いる気がする。

そこで、「ただ、ついていきさえすれば、なにも心配することとはない」といった意味につかう。

お茶を飲む

日本人は、勤務時間中によくお茶を飲む。直訳すると、drink（飲む）tea（お茶）であるが、コーヒーを飲んでも、「お茶を飲む」といえる。

勤め人が、朝オフィスにつく。まず第一にお茶を飲む。あと、10時すぎと午後3時ごろにもお茶が出る。来客でお茶、会議でもお茶だ。

よく同僚を誘って、勤務時間中に会社を抜け出しては近くの喫茶店へ行ってお茶を飲む。目的は大体おしゃべりをすることだ。そこで、

「坐大船」的感覺。

從而，用在「只要跟著做，沒有什麼不放心的」之類的意思上。

Ocha wo nomu　喝茶

日本人在工作時間內也經常「 Ocha wo nomu 」，把它直接翻譯就是「喝茶」。即使是喝咖啡，也同樣可以稱為「喝茶」。

日本人所說的「 Ocha 」，大概都是指綠茶而言。綠茶與日本人的關係，可以說和紅茶與英國人的關係一樣。雖然紅茶與咖啡受歡迎的程度日益高漲，不過，綠茶從幾百年前就已成為日本國民的日常飲料。綠茶是在八世紀時，以藥用的名義，自中國傳入日本的。綠茶又可分為玉露(高級茶)、抹茶(茶葉末)、煎茶(茶葉)，與番

同僚に「お茶を飲みませんか」(How about a cup of tea?)と聞かれたら、ああ、あの人は、ふたりだけでおしゃべりしたくて誘っているのだな、と察する。このようなときのおしゃべりは、ふつう人事のうわさである。しばしば、お茶を飲むのは、情報交換の大切な場となっている。

お客と商売の話をするときも、喫茶店で「お茶を飲みながら」ということがよくある。

小田原評定

「小田原評定」は、現代世界でもややこしい政治・経済問題を討議する国際会議によくみ

茶（粗茶）等種類，各種茶都不加糖或牛奶，直接飲用。

上班族在早上到辦公室之後，第一件事就是「喝茶」。然後，十點多與下午三點鐘左右還會有茶喝。有客人來訪，要「喝茶」，有會要開也要「喝茶」。

在上班時間內，約幾個同事溜出公司，到附近的茶屋去「喝茶」也是常有的事，目的是聊天吧。因此，若有同事問到你「要不要喝茶？」時，就可以料到他是想要跟你單獨聊天而約你的。這種情況下的聊天，通常是在聊人事方面的傳聞。再三的「喝茶」，早已變成交換情報的重要方式。跟客人談生意的時候，往往也都在茶屋「邊喝茶……」的狀況下進行的。

Odawara-hyõjõ

小田原評定（議而不決的懸案）

現在，「小田原評定」還是經常會出現在討

られる。語源は1590年に遡る。この年、豊臣秀吉の軍勢が、小田原城にたてこもった武将、北条氏直の軍勢を攻めたとき、北条方の城中で、戦うか和議を結ぶかの相談がなかなかまとまらなかった。評定は延々とつづき、一向に結論が出なかった。ここから、「小田原評定」とは、実りない議論、結論が出ずにだらだらした会議、なにも生まれないまま果てしなく続く話し合い、のことを指すようになった。

大御所、院政

もともと、「大御所」とは隠居した公卿や将軍のいる所から、その人への尊称となった。「院政」とは、退位した天皇がなお政治を執ること。いまは、「大御所」というと、もっとも卓越した、勢力ある人物。組織やある種の業界——実業界、文学・医学・スポーツ界などで、その道の長老をさす。大御所は、衆目の

論繁雜的政治、經濟問題的國際性會議上，其語源當追溯到 1590 年。當年，豐臣秀吉的軍隊在攻向盤據於小田原城的武將北條氏直的軍隊時，北條這邊便在城中進行要迎戰或和議的討論，但一直無法協商出共識。評定就這樣拖延著，硬是搞不出結論。由此，所謂「小田原評定」者，便成了專指議而不決、冗長而談不出結論的會議，談不出結果卻又無限永續地談下去而言。

Õgosho，Insei　權威

原本，古時候隱居的將軍或公卿所住的地方才被稱為「大御所『Õgosho』」，由此演變成為對人的尊稱。所謂「院政『Insei』」者，由已經退位的皇帝來繼續執政之意。目前若談到「大御所」，所指的應該是屬於最卓越，擁有勢力的人物吧。譬如，在組織上或某種業界——企業界、文學、醫學、體育界的道上老前輩。「大

一致するところ、文句なしの人物で、現役か否かはとくに関係ない。

院政は、もう隠退したのに、組織なり、その道でなお大きな勢力を振るっていること。後任者が弱体で、その人を頼りにしているとか、在任中に権力基盤をがっちり築き上げてしまったため、引退後もなお実力を残しているようなばあいである。

おはこ（十八番）

「おはこ」は、秀でた芸なり技能をいう。いいかえれば、得手とか特殊技能である。全体的なことでなく、そのなかの特殊なことを指す。たとえば、ある人のおはこというとき、「ゴルフをやる」という全体のことではなく、なかでも「パット」がうまい、といった特定の技を指す。バンカーへかならず球を打ち込むのがおはこのゴルファーもいる。宴席でも、参加者にお

御所」是眾人所一致推崇者，無條件認定的人物，至於還在現職與否，並沒有太大關係。

「院政」是指既已隱退，卻依然在組織裡，或在該界發揮極大的力量者。這種情形多半發生在後任者軟弱無能且還依賴著該人，或由於該人在任內已經構築了堅固的權力基礎，在他隱退之後仍然留有實力的時候。

Ohako　十八番（拿手）

「 Ohako 」是指卓越的技能或本領之意，也就是拿手或特殊技能的意思也。這「 Ohako 」並不表示全面的，而是指其中的特殊者。例如，談到某人的拿手時，不會指「打高爾夫球」的全部技術，而是指其中最擅長的「 putting 」（短打球）之類的特定技術。一定會把球打進「 bunker 」（障礙，就是水中或沙坑）為拿手的球員也有。在筵席上，就有邀請與會者表演拿手好戲的節

はこをやって、とせがむ。歌あり、手品あり、お座敷芸ありだ。

「おはこ」を漢字で書くと「十八番」（No. 18）である。もとは「歌舞伎十八番」で、いまもある演題である。もともとは、歌舞伎俳優の市川家に伝わるお家芸の18の狂言を指した。十八番と書いて、どうしておはこ（honorable box）と読むのだろう。一説には、市川家では、この十八の出し物の演じ方を秘伝として大切に箱（box）にしまっておいたからだという。

→かくし芸

おすみつき

封建時代に生まれたことばである。将軍とか領主が署名した正式の文書で、これを所持するものには、ある権限なり特権が与えてあるという証明書である。一種の信任状で、領国の最高権力者が発行したので、絶対のもので

目，這時候，唱歌、魔術、各種表演都有可能出現。

將「 Ohako 」寫成漢文就成為「十八番」（ No.18 ）。原本是指「歌舞伎十八番」，到現在還存在的表演節目。起初是指歌舞伎演員市川家族的家傳絕技十八狂言，字既是寫成十八番，為什麼又要讀成「 Ohako 」（盒子）呢？有一種說法，那就是，市川家族把該第十八項演出節目當做秘傳，珍藏在盒子裡。

Osumitsuki　證件

這是在封建時代誕生的語詞。是由將軍或諸侯簽過名的正式文件，對於這類文件的持有人而言，等於拿到一張擁有某項權限或特權的證書。它是屬於國書的一種，由於是國家的最高權力者所發行的，所以是絕對的東西。

あった。

今日では、もっと広く、くだけた意味につかう。ある人なり事柄が、権威ある当事者の承認、保証ないし支持を受けていることを指す。

部下が部長に昇進のうわさについて質問する。部長は「そのうわさは本当だよ。次の人事異動で私は君を次長に推してやるよ」といったとする。すると、部下は、偉い人の「おすみつき」をもらったことになる。このようなばあい、部長は、おすみつきをやったとはいわず、ただ部下の方がおすみつきをもらったという。

稟議（りんぎ）

「稟議」とは、小はワードプロセッサーの購入から、大は会社の合併に至るまで、予定案件について、関係者全員の承諾をとりつけるため、部内に文書（稟議書）を回付する仕組みをいう。会社の意思決定なり措置が、なんらか

如今，它已經被用在更為寬廣而通俗的意義上。也就是指某人或某件事已獲得具權威者的承認與保證，乃至支持之意。

例如，部屬向部長請教有關晉升的傳聞。倘若部長的回答是「那傳聞是真的。在下一波人事異動時我會把你推上次長的位置。」那麼，這位部屬就等於收到偉大的人的「 osumitsuki 」了。這個時候，不能說部長給了「 osumitsuki 」，而只能說部屬已拿到「 osumitsuki 」。

Ringi　審批

所謂「 Ringi 」者，指小自文字自動處理機的採購，大到公司的合併案，為了要使全體有關人員對於預定案件有所共識，在部內設有送文件（審批文件）的安排之意。公司的任何決定或措施都不至於未經審批就匆忙付諸實施。

の稟議抜きで行なわれることはまずない。

提案の内容によって、稟議には、下から上にあがってゆくタテ型と、関係部課長の間に回されるヨコ型があり、最後には、事と次第によって専務なり社長のところへゆく。稟議書が回される前に根回しを十分にしておくことが大切である。関係者は承認したしるしに、それぞれ印鑑を押す。印鑑は欧米の署名と同じである。

稟議制のいいところは、みんなが関与しているので、いったん決定が下されると、その実行に会社全体が協力する。うまくいかなかった場合でも、みんなの責任になるので、特定の人が傷つくことはない。

→はんこ、根回し

浪人

「浪人」は、封建時代になんらかの理由で仕官していないサムライをいう。訳せば master-

依提案內容而有由下而上的縱型審批，與關係部課長之間傳閱的橫型審批，到最後，依據事況與經過而到達董事會或總經理的地方。在傳送審批文件之前，重要的是務必要充分做好「nemawashi（斡旋）」的工作。有關人員會分別蓋章以示同意。其實，印鑑與歐美的簽名是一樣的。

審批制度的好處在於，大家一起參與的結果，一旦做成決定，公司全體都得配合該案件的實施。因為，即使不成功，責任也是大家的，並不會傷害到特定的人。

→圖章，斡旋

Rõnin　失業者

封建時代，由於戰爭或社會的動亂等因素而失去主公的武士相當的多，他們很難找到新的主

less samurai（主君なきサムライ）というところか。サムライがいなくなった現代でも、日本にはまだ浪人がたくさんいる。

高校は出たけれど大学入試に失敗、来年に捲土重来を期して、ひとり勉強している学生も浪人である。こうした若者は何万といて、なかには2年、3年と浪人をつづけるものもいる。

もうひとつの浪人は、意に染まぬ仕事はしたくない、などの理由でみずから好んで〝失業中〟のばあいである。選挙に落ちて、次期出馬に備えている政治家もやはり浪人である。

サービス

もともとは英語の service から転じたものであるが、本来の言葉の意味のひとつ「無償の行為」から転じて日本語となったサービスは、「無料」ないし「値引き」を意味している。

公，也不容易得到和別人一樣的待遇。這些失去主公的近侍便稱為浪人。要翻譯的話大概就是無主公的武士吧。如今，雖然已找不到武士，但在日本仍然有許多的「Rõnin（浪人）」。

雖然高中已畢業，卻並未考上大學，期待著明年的捲土重來而獨自用功讀書的學生，也是「浪人」。這樣的年輕人不知有幾萬個，其中，甚至有二年、三年繼續做浪人的人也有。

另一類「浪人」則是不願意去上不喜歡的班，即以不願意做不喜歡的工作等為理由，自願處在「失業中」的情形。此外，參選失敗，為了下一檔的出馬而忙於備戰的政治家，也是「浪人」吧。

Sãbisu　服務

這是從英文的「Service」轉變而來的。從原先的語意之「免費的服務」，轉換成為日本話的「Sãbisu」，是「白送」與「減價」的意思。

在零售店買東西的時候，客人會說，「要

小売店で買物のとき、客が「サービスして」とは「値引きして」の意味である。店は「値段はもう下げられませんが、これをサービスしておきましょう」と、小さな景品や商品の数量をわずかながら増して引き渡すなどしてサービスする。少々傷んだ生鮮食品を大幅に値引きして売るときなど「サービス品」と朱書したりする。

もちろんレストランやバーなどの「サービスが良い／悪い」というばあいは、英語本来の意味とまったく同じであるが、ときおりレストランの入口などに「本日サービスデー」などの札が下がっているばあいは、別にその日のサービスが良くなるわけではない。〜を注文したらコーヒーを無料にしますとか、〜料理は〜円値引きしますの意味なのである。

Sãbisu 喔」，是要求「減價」的意思。因為價格已經不能再低，店方只好拿些小贈品或增加些微商品的數量交給客人以示「Sãbisu」。若想把已經不新鮮的生鮮食品以大幅減價出售時，往往會以紅字標示「特價品」，以利銷售。

當然，像飲食店或小酒館那種地方，「Sãbisu」的好與不好的意思與英文的本意是完全相同的；但偶爾在飲食店的門口，掛有「本日 Sãbisu day」的牌子時，並不表示該日的服務會更好，而是叫○○就送免費咖啡，或○○茶特價○○圓的意思。

——さん

日本人が女性に呼びかけるとき、Mrs. でいいのか、Miss なのか、気を遣う必要はない。接尾語の「さん」は中性なので、だれにでも使えるからだ。姓のあとにつけて田中さんとかスミスさん、名のあとにつけて花子さん、メアリーさんとなる。ただし、日本の男性がお互いに名（first name）で呼び合うことは少ない。「——さん」は不便なこともある。田中さんと初めて顔を合わせて「あっ、女性だったのか、男とばかり思っていたのに」なんてこともある。

接尾語の「さん」は会社名にもつける。「三菱さん」といった具合だ。上司はふつう部下を「さん」付けにしない。親しい友達同士も、だれだれさんとはいわない。このばあいの接尾辞は「君」である。ただ女性にはやはり「——さん」である。

会社組織では、役職にある人には、その職

— San 先生（小姐）

想跟一位女士打招呼時，是用太太的稱呼，還是用小姐的稱呼？在日本就沒有這個煩惱。因為接尾語的「San」是屬於中性的關係，對任何人都可以使用它。在姓之後、名之後都可以把它加上去；惟日本的男性幾乎都不會光用名字來互相稱呼。「— San」的稱呼也有不便的地方。和李先生初見面，才知道一直以為是男性的他，竟然是一位美嬌娘的她。

接尾語的「San」也可以加在公司名之後，例如三菱公司就叫它「三菱San」。一般而言，上司在叫部屬時不會加「San」，在好朋友之間也不用「San」來稱呼。這時候的接尾語就要改成「君」。但對於女性，還是用「San」來稱呼。

在公司的體制上，對位於要職的人，通常都只稱呼其職名，就像「部長！」「經理！」。也不只是在公司內才這樣稱呼的，在忘年會之類的宴會上或高爾夫球場那樣的地方，也都用頭銜來

名だけで呼ぶのがふつうだ。部長(manager)とか社長(president)といった風に、肩書きで相手を呼ぶのは会社内だけではない。忘年会などのパーティやゴルフ場などでも、すべて肩書きで呼ぶ。外国人には公私混同と思えるかもしないが、会社以外でも肩書きで呼ぶことがむしろ礼儀にかなったこととされている。これは、昔、人を名前で呼ぶことは失礼とされていた名残である。

→無礼講

制服

銀行では、窓口係、タイピスト、秘書など女子行員は、お仕着せのユニホーム「制服」を着る。証券会社や保険会社、デパート、スーパーでも同じだ。大会社に勤める女性も、ほとんど全員が、オフィスでも工場でも、お揃いのユニホームである。

稱呼。對於外國人，或許會認為公私混淆不清，不過，一般都認為在公司外面也要用頭銜來稱呼，才叫做合乎禮儀。這是古時候人們都認為用名字來叫人是一件很失禮的事，而一直沿用下來的遺憾吧！

→不講虛禮

Seifuku　制服

在銀行當櫃台、打字員、秘書等的女性行員，都穿著特製的「制服」。證券公司、保險公司、百貨公司、超商也都一樣。幾乎所有在大公司服務的女性員工，無論在辦公室、工廠，也都得穿整齊的制服。

頂級企業2000家公司當中，未分發制服給

トップの企業2000社のうち、女性に制服を支給していないところは、ほんの僅かしかない。逆に男子の事務職に制服を着せている会社もめったにない。代わりに男子は、上衣の襟の折返しに会社のバッジを付けている所が多い。

会社の制服は、その企業イメージにつながるところ大とあって、森英恵などの国際的に有名なデザイナーに頼む会社がふえてきて、ギャルたちにも喜ばれている。

関が原　天王山

「関が原」（1600年）と「天王山」（1582年）の戦いは、ワーテルローと同じく、日本史の針路を変えるほどの決定的な戦いであった。

「ワーテルロー」は、潰滅的な敗北を指すときにつかうが、関が原と天王山は、関が原または天王山を制するものは天下を制すといわれるように、天下の命運を左右する戦いとか、事の

女性穿用的公司，只有少數幾家而已。相反地，讓男性辦事員穿制服的公司也絕對找不到。但是令男性職員在上衣翻領的部位別上公司徽章的公司倒是很多。

公司的制服，對於該企業的形象有很大的影響。因此，近年來，商請國際性有名的設計師代為效勞的公司也越來越多，也頗受女孩子們的歡迎。

Sekigahara ，Ten-nõzan　關原，天王山

「Sekigahara」（指 1600 年德川家康與石田三成爭奪天下的戰役)和「Ten-nõzan」(1582 年）之戰，與滑鐵盧的情形相同，是一種幾可改寫日本史的決定性戰爭。

「滑鐵盧」是在指毀滅性敗北時所使用的，而「關原」與「天王山」則像「掌握關原或天王山者掌握天下」那樣，是指左右全世界命運的戰

成りゆきの重大なわかれ目をいう。

日本人は、物事を劇的なことになぞらえるのが好きで、なにか対決の様相をあらわすのに、こんな表現をよくつかう。労使の賃上げ交渉で決定的な最終段階を迎えるときが「天王山」であり、ふたつの会社が市場制覇を目指してしのぎあうのは「関が原」である。

席次

公式の席における坐る場所の順である。この意味において、欧米の公式宴会の席順とあまり違わない。席次のもうひとつの意味は、この宴会の席次に似た社内など組織内の序列のことを指す。組織内の席次の上の人は、宴会の席でも上に坐るわけだ。

年功序列の日本社会では、年齢が上なら一般に席次が上であり、役職が同じなら先任者が上席となることが多い。

爭，或事情的發展已到重大的關鍵性階段而言。

日本人很喜歡把事物予以戲劇性的比喻，在需要描述對決的情況時常會用這樣的表現方式。勞資間的調薪談判已到了最後的決定性階段是屬於「天王山」，兩家公司若以稱霸市場為目標而互別苗頭，則屬於「關原」。

Sekiji　席次

在正式的場合裡，所坐位置的順序就稱為「席次」。在此意義上，日本與歐美的正式宴會席次大致上是相同的。席次的另一種意思是，與這種宴會的席次相彷的公司內部體制上的序列。在體制上席次較高的人，在宴會的場合也一定是坐在上位。

在年功序列制的日本社會，年齡越高，通常其席次也越是上位；若職位相等，多半是先任職的人坐在上席。

→無礼講、同期

先輩と後輩

仕事の世界で、ある人に働きかけようとする場合に、まず、その人の「先輩」を通じてアプローチをするという手がつかわれる。「先輩」とは、学校の卒業年次とか、入社、入省、あるいは役職就任や経験の取得などで、相手よりも早い人をいう。「後輩」は先輩の歩んだ道をたどっている人である。

日本のように、年功序列の意識がつよく、家族主義的な社会では、先輩・後輩の関係はきわめて大切である。先輩は後輩の面倒をみる。

後輩は先輩の助けや忠言を仰ぎ、その意思を尊重する。30年ほど以前は、面識がなくても先輩・後輩の関係は生きていた。いまでは、先輩・後輩といっても、よく知らない間柄だと、その関係はかなり薄くなってしまった。

→不講虛禮，同期

Senpai 與 Kōhai　前輩與晚輩

在業界，想要對某人有所動作時，首先會採取的方法是透過對方的「前輩」來接近。所謂「前輩」是指在學校的畢業年度、進入公司、入省，或就任要職與取得經驗等方面要比別人早一步的人。而「晚輩」是指步前輩的後塵者。

像日本那樣，有強烈年功序列意識，又傾向於家族主義的社會，前輩、晚輩的關係是極其重要的——前輩都會照顧晚輩。

晚輩也仰賴前輩的協助並聽從忠告，非常尊重其心意。在三十年以前，即使互不相識，前輩與晚輩的關係是活的。如今，雖然說是前輩、晚輩，若互相之間不甚熟悉，那關係也就變得非常淺了。

→同期，人脈

→同期、人脈

社員寮、単身寮

日本の大会社は、従業員用に「社員寮」という寄宿舎を設備している。家族を遠くに残してひとりで赴任してきている従業員用の宿舎が「単身寮」である。

全国あちこちの都市に、大きな支店なり、施設のあるところでは、寮があって、他の地域から転勤してきた従業員の宿舎にあてている。

寮に入る、入らないは、自由であるが、ひとつ屋根の下に寝起きすれば、連帯意識が生まれる。寮費は、あまり高くはなく、月給から天引きされる。

企業によっては、家族用の一戸建て住宅を提供するところもある。これを「社宅」という。

→——チョン、単身赴任

Shain-ryõ，Tanshin-ryõ　員工宿舍，單身宿舍

日本的大公司都會為從業員設置所謂「社員寮（Shain-ryõ）」的宿舍。也為把家人留在遠方家鄉獨自赴任的從業員設置所謂「單身寮（tanshin-ryõ）」的宿舍。

在全國各地的都市，有大的分公司或設施的地方就有宿舍，提供給從他地轉調過來的從業員使用。

要住進宿舍與否，是個人的自由，但要是能夠住在同一屋頂下，勢必會產生連帶感。住宿費並不高，是按天數從薪水予以扣除的。

依企業，也有提供家屬用的獨棟住宅，稱之為「社宅（Sha-taku）」

→－Chon，單身赴任

社員旅行

社員旅行は、日本の企業内でグループ意識の高揚をはかるのにつかわれる方法のひとつである。〝お偉方〟も〝ヒラ〟も、全員参加する会社の旅行である。大会社では、部課単位、ないしそれ以下のグループで旅行し、皆が同じ旅館に泊まれるようにする。

ハイライトは大宴会だ。杯がどんどん回され、無礼講となる。くだけた雰囲気なので、〝下っ端〟の社員も秘書嬢も、ボスに話しかけたり、冗談もいえる。宴会は歌あり寸劇ありで、一段と盛りあがる。みんなが、なにがしかの芸を披露して興を添える。夜になると、何人かずつ、ときには十数人も相部屋になり、畳（straw matting）に床を並べて寝る。翌日は観光見物としゃれるのが相場だ。

→無礼講、かくし芸

Shain-ryokō 員工旅行

員工旅行是日本的企業為了提振員工的團隊意識所使用方法之一。是一種「偉大的人物」也好，「基層的一般員工」也好，全員都得參加的公司旅行。若是大公司，就有可能以部課單位，或以更小單位的方式來進行，使大家都能住進同一家旅館。

旅行最精采的部分是大宴會。頻繁的乾杯，一概不講虛禮。由於氣氛輕鬆，由上到下，大家打成一片，開開玩笑、唱唱歌、即興表演等，使場面更加的熱鬧。尤其以拿手好戲的公開，最能引起大家的玩興了。到了深夜，各自分成幾人，甚至十餘人，鋪床在同一個房間的榻榻米上，一起就寢。隔天都會安排觀光參觀使大家盡興。

社員食堂

大会社になると、社内にカフェテリアがある。会社が補助しているので、外のレストランよりも安く昼食がとれる。「社員食堂」には、メニューが豊富なところもある。和食あり、中華あり、洋食あり、といった具合だ。スナック式のものや一種類しか出さない簡単なところもある。

社員食堂は、安いうえに、時間に追われている人、手っ取り早く昼食をすまさねばならぬ人には便利である。一般社員ばかりではない。管理職も重役も、やはり社員食堂で同じ食事を共にする。社員食堂は会社の監督のもとに、専門の業者に委託することが多い。

社歌

外国から訪ねてきた人が、朝早く、世界中

Shain-shokudō　員工食堂

大一些的公司，在公司內設有自助餐廳。由於公司的補貼，午餐的價格往往比外面的食堂便宜許多。有些地方的「員工食堂」，備有豐富的菜色，日本菜、中華料理、西餐，各色各様，任君選擇。此外，快餐式或只提供單一餐點的簡單地方也有。

對於沒太多時間吃飯，趕時間的人，價格低廉又方便的員工食堂是最好的選擇。不僅是一般員工，主管們與董字輩的人也都會在員工食堂一起用餐。多半的員工食堂是在公司的監督之下，委託專門的業者來經營的。

Shaka　社歌

訪問日本的外國人，有一天早上，到世界知

に名の通った日本の会社に行ったときのこと、仕事を始めるまえに従業員が朝礼で「社歌」(company anthem)を合唱しているのをみて、びっくりした、という話をよく聞く。この儀式をやっている会社は、それほど多くないが、社歌のあるところは随分とたくさんある。

年の始めとか、会社の創立記念日とか、新支店の開業式とかに社歌を合唱する。社歌も、工場従業員や女子職員の制服、男子社員の背広のバッジと同じように、会社との一体感を高揚するものである。

「社旗」のある会社も多い。日本の会社でも、アメリカ流の帰属意識高揚法を実施しているところがあるが、やはり日本の勤労者には昔からのやり方が効果があるようだ。

→朝礼

名的日本大公司時，看到從業員在開工之前的早會時段，同聲唱「社歌（Shaka）」的情形而嚇一跳，這是常聽得到的故事。舉行這種儀式的公司雖然不多，但備有「社歌」的卻相當多。

在年初、公司的創辦紀念日、新分公司的開業典禮，就會合唱社歌。社歌也像工廠從業員與女性職員的制服及男性員工西裝上的徽章一樣，令員工對公司產生認同感。

擁有「社旗」的公司也很多。日本的公司也有實施類似美國式歸屬意識高揚法的地方，然而，對於日本的勞工而言，從以往傳下來的作法，似乎較為有效。

→早會

社用族

直訳すると〝company business tribe″。これでは、ちんぷんかんぷんだ。つまり、会社の経費で飲み食いできる特権社員のことである。語感からすると「交際費をたくさん使える人」といったところか。

社用接待をあれこれやらねばならず、それだけに交際費伝票をいくらでも切れる地位にある人を指す。豪華なレストランやナイトクラブ、バーでは、下へもおかぬお得意様だ。事実、こうした店は「社用族」だけで商売が成り立っている。

社用族を羨ましいとばかりはいえない。その部署が変わって、他のサラリーマンと同様、身銭を切らねばならぬ身分に戻ったとき、栄耀栄華一朝の夢をはかなむ仕儀となる。

→交際費

Shayõ-zoku　用公司的公費者

要是直接翻譯，會變成公司的佣人們。這種說詞簡直是莫名其妙。其實是指假借為公司辦事，用公司的經費吃喝玩樂的特權員工而言，在感覺上是屬於「可以使用很多交際費的人」吧。

基於各種的公關作業不能不做，因此，更有機會隨意開出交際費傳票，使得這種人在豪華的餐廳或夜總會的酒吧間很吃得開。事實上，這一類的店，光做「社用族」的生意就很可觀了。

話又說回來，社用族也沒什麼好羨慕的，部署一變而離開該位置，與其他領薪族一樣，回到樣樣都得自掏腰包的身分時，就會更加覺得榮華的短暫與世事的無常了。

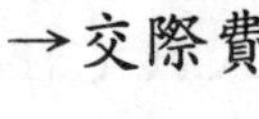
→交際費

社是、社訓

日本の会社は、たいてい社是とか社訓、またはその両方をもっている。「社」は company。「是」は what is right とか justification（正しいこと）。「訓」は precept（戒律）。ここから「社是」とは会社の原則や理想を宣明したもの。欧米の企業の「モットー」と思えばよい。「社訓」は従業員にたいする基本的な教えとか勧めを述べたもの。

「社是」は簡潔高尚で仰々しく、いかめしいことばづかいであることが多い。だが「社訓」は、これに似ているが、もっと分かりやすいことばになっているばあいが多い。

そもそもは墨筆で書かれ、額に入れて社長室や会議室に掲げられていた。会社によっては、毎朝の仕事始めに従業員が唱和するしきたりのところがある。

→朝礼

Shaze，Shakun　社是，社訓

日本的公司都有他們自己的「社是（Shaze）」或「社訓（Shakun）」，甚至兩者都有。「社是」是公司的基本方針，是宣明公司的原則與理想的，可以說等於歐美企業的「標語」。「社訓」則是公司的規範，對於從業員有基本的指點與規定。

「社是」的用詞多半簡潔高雅而莊嚴。「社訓」與「社是」雖然很相近，但「社訓」的用詞則較為淺顯而易懂。

最初，「社是」與「社訓」都是用毛筆書寫，裝在框子裡，掛在經理室或會議室的。依公司的傳統，有的會在每天早上上工之前，請從業員唱和一遍。

→早會

新入社員（しんにゅうしゃいん）

4月は、どの会社もほやほやの高卒（こうそつ）や大卒（だいそつ）を社員に迎（むか）える月である。卒業（そつぎょう）は春だが、「新入社員」は、青田買（あおたが）いで前の年の終わりまでにほとんど全員（ぜんいん）が採用内定（さいようないてい）ずみになっている。

どの会社も新入社員歓迎式（かんげいしき）を行（おこ）ない、社長が訓示（くんじ）する。これからの会社生活で、会社は社員になにを期待（きたい）するか、会社から何が期待できるか、を説（と）く。

新入社員は、このあと研修（けんしゅう）を受（う）ける。この期間（きかん）に会社の精神（せいしん）を叩（たた）き込（こ）まれ、会社の事業（じぎょう）のあらましを頭（あたま）に入（い）れる。この研修（けんしゅう）は、会社によって1週間ないし数（すう）カ月もつづく。ときには会社の休養施設（きゅうようしせつ）に〝缶詰（かんづめ）〟にし、寝食（しんしょく）をともにしながら同期（どうき）の連帯感（れんたいかん）を固（かた）める。研修期間（けんしゅうきかん）が終わると、各課（かくか）に配属（はいぞく）されて実地訓練（じっちくんれん）を受（う）け、仕事を身（み）につける。

→青田買（あおたが）い、同期（どうき）

Shin nyū-shain　新進員工

四月，是每家公司忙著迎接剛錄用的大專或高校畢業生的月份。雖然畢業的時期是在春天，但「新進員工」全體在上一年的年底以前，就已經用買青苗的方式預定錄取。

每家公司都會舉行新進員工歡迎儀式，由經理來致詞並宣明「社是」。說明從今以後在公司的日子裡，公司對員工期待的是什麼？可以從公司期待的又是什麼？

之後，新進員工得接受講習。在此期間將被灌輸公司的精神，了解公司所經營事業的概況。這種講習，依公司而定，有一星期乃至數個月之久的不等期間。有的時候也會把他們當做沙丁魚塞在休養設施內，同吃同睡以鞏固「同期」的連帶感。講習期間終了，就會被分派到各課接受實地訓練，以練就一身的工作本領。

→買青苗，同期

舌、口

どういうわけか、「舌」（tongue）と「口」（mouth）に関係ある日本語の表現には、あまり褒めたことばでないものが多い。たとえば、あの人は「二枚舌」（double-tongue）をつかうという。裏表があったり、嘘をつくので、いうことに信用がおけないことを指す。

「口車に乗せる」（しいて訳せばtake a person on a ride on one's mouth wheel）とは、甘言で釣ること（to take a person in with sweet talk）である。

「口舌の徒」(kõ は mouth、zetsu は tongue の音読み）といえば、口先がうまく、禍いを起こす人。

「舌先三寸」(tip of the tongue three inches)とは、ことばたくみにしゃべること、自分の間違いや失敗をいいくるめて、ごまかしてしまうこと。

Shita，Kuchi　舌，口

不知為什麼，日本話裡，與「舌」和「口」有關係的表現，多半都不怎麼好聽。譬如，他有「 nimai-jita （二張舌）」之說法。是指表裡不一、會撒謊、不可靠之意。

所謂「 Kuchi-guruma ni noseru 」，是用甜言蜜語騙人的意思。

「 Kōzetsu no to（口舌之徒）」，是指嘴巴很利害，會惹是非的人。

「 Shitasaki-sanzun（舌尖三寸）」，這是指很會說話的人，即善於替自己的錯誤或失敗找藉口、搪塞的人。

用口委婉表現的就有「口八丁，手八丁（ Kuchi hattchō te hattchiō）」的說法。指的是口齒伶俐，做事也規規矩矩的人。

對某人做出驚人之舉「 Shita wo maku （捲舌頭）」，表示感嘆之意。

把外國話採進來予以同化，這是日本人的家

口をつかった婉曲な表現には「口八丁、手八丁」(skilful with the mouth, skilful with the hand)がある。弁舌さわやかで、しかも、やることもきちんとしている人のこと。

なにかすぐれたことをした人には「舌を巻く」(roll up the tongue)。つまり感嘆する(astonish)。

外国語を採り入れて同化してしまうのは、日本人のお家芸だ。新感覚の表現には、これが多い。その一例に「口コミ」がある。「コミ」は英語のcommunicationの変造。これに日本語の「口」を組み合わせてmouth communicationつまりby word of mouthである。

失礼します

「失礼します」は、日本にいる外国人が知っていて便利なことばである。礼を失しないいい方である。英語でいう次のような状況やばあ

傳絕技。在新感覺的表現上尤其多。例如，「 Kuchi-komi 」，「 Komi 」是將英語的「 Communication 」予以改造者，與日語的「口」搭配就成為小廣播、小道消息之意。

Shitsurei Shimasu　對不起

「 Shitsurei Shimasu 」是住在日本的外國人所知道最方便的語詞。是一種不會失禮的說法。

進入房間時要說「 Shitsurei Shimasu 」，反

いにつかう。"excuse me, but ……"、"by your leave ……"、"with your permission ……"、"with all due respect to you ……"、"allow me to take the liberty"、"sorry to interrupt you ……"

部屋などに入るときも「失礼します」という。逆に、「さようなら」(goodbye)とか「もう、おいとましなくちゃ」(well, I must be going now)といった意味でも使われる。このばあいに「失礼します」は、「さようなら」よりもひんぱんにつかわれる。外国のビジネスマンは、日本人を訪ねて辞去するときとか、パーティから帰るとき、「失礼します」といえばよい。しかし、空港で見送りにきてくれた人達にgoodbyeをいうなら「失礼します」でなく「さようなら」である。

→結構です、どうも

之，像「再見」或「好，該告辭了」之類的意思時也用到它。到別人家作客要告辭時，從集會的會場要回家時，只要說「 Shitsurei Shimasu 」就可以了。可是，在機場對送行的人要說再見時，可不能說「 Shitsurei Shimasu 」，一定得說「再見」，才不至於鬧笑話。

→ Kekko desu ，Dõmo（很好，實在）

出向社員

日本では、事務系統の人が会社を変わることはめったにない。ある会社に入ると、ふつうは定年までそこで働くつもりでいる。しかし、会社側がある従業員を一時ほかの会社勤務に回すことがある。回された従業員を「出向社員」という。

ふつうはもとの会社に戻すという約束で貸し出すわけだが、そのまま最後まで新しい会社に居残る人もいる。

専任重役でも、子会社強化のために出向する。銀行は、融資先の会社に、経理担当として重役を出向させる。製造会社は、流通部門に、販売の専門家を出向させる。中央政府機関は、地方自治体や業界団体に、役人を出向させる。

出向社員制度は、一種の管理職スカウトみたいなものだが、他の国では珍しいことではない。

Shukkō-shain　外調員工

在日本，事務系統的辦事員是絕不會換公司的。只要進入某公司，通常都打算在該公司工作到退休為止。不過，有的時候公司會臨時性將某從業員調到別家公司去上班。這位被調派的從業員便稱為「出向社員」。

通常是以將來還得回歸原來的公司為約定借調出去的，但就這樣在新公司留下來的人也有。

專任董事也會為了強化子公司而轉調；銀行會派遣董事到融資的公司擔任經理；廠家會派遣銷售專家到商品的流通部門；中央政府機關會派遣官員赴地方自治團體或業界團體去就職。

出向社員制度是類似一種選派監督管理的人材，在其他別的國家並不罕見。

→空降

→天下り

終身雇用

日本の「終身雇用」制度（lifetime employment system）は、会社にとっても従業員にとっても、雇用の安定を保證してくれる。しかし、同時に、中途で会社を変えにくい。

その人にとって、学校卒業と同時に良い会社に入るのは、きわめて重要である。会社にとっても、この先35年くらい働いてもらうのだから、役に立つ有能な人材を確保するのはきわめて重要である。それだけに、入社試験を受け、採用になるのは、厳しい競争ということになる。

低成長時代とともに、終身雇用制の欠陥が目につきはじめてきた。会社としては、給料が高い割に有用度の落ちてきている高年齢者を抱えておかねばならないとあって、痛手を感じ

Shũshin-Koyõ　終身雇用

日本的「終身雇用」制度，對公司也好，對從業員也好，的確能保證雇用的安定性。但，相對地也很難在半途轉換公司。

對任何人而言，在學校畢業的同時能進到理想的公司，是極為重要的。對公司也是同樣的道理，往後約有三十五年的長時期需要他的服務，所以，若能確保有能力會做事的人材，是很重要的事。也因為如此，應徵、面談、考試、錄取，勢必得面對嚴酷的競爭。

與低成長時代同步，終身雇用制的缺陷有益發凸顯趨勢。公司本身勢必不得不抱養領較高薪資但有用度卻反而低落的高齡者，而有事態越來越嚴重的感覺。因為這樣，才導致時下的志願退休制度的引進。

→中途錄用，志願退休，退休年齡

るようになった。そこで導入されるのが、希望退職制度である。

→中途採用、希望退職、定年

袖の下

「袖の下」とは、under-the-sleeves ——内密に、こっそりと、隠れて金を渡すこと。英語の under-the-table を日本語に訳すと「袖の下」になる。賄賂を贈るのを「袖の下をつかう」という。収賄は「袖の下をもらう」または「受ける」。汚職したり、賄賂が通ずる人は「袖の下のきく」人である。

日本の官吏は、賄賂がききにくく、清潔である。収賄が発覚すると、金品もわずかで、大したこともやっていないのに、マスコミで大々的に叩かれてしまう。

特別の配慮を受けたことにお礼を表わす方法としては、昔からの「お中元」(mid-summer)

Sode-no-shita　賄賂

「Sode-no-shita」是私底下，偷偷摸摸，躲著人給錢的意思。這與英文的「在桌下」有異曲同工之妙。送賄賂稱之謂「Sode-no-shita wo tsukau」，收賄就叫做「Sode-no-shita wo morau」或「Ukeru」。會貪污或有賄賂管道的人是屬於「Sode-no-shita no kiku」的人。

日本的官員，絕不輕易行賄，也很清廉。若被發現有收受賄賂之事，雖然額度並不高，也沒做出什麼了不起的事，卻會被大眾傳播大大的修理。

對於受到特別照顧事宜表示謝意的方法，可以在中元節或年終的互贈禮物的季節，按照古例送些禮就行了。

と「お歳暮」（year-end）の贈答シーズンに贈物をすれば、それでよい。

創立記念日

日本の会社は「創立記念日」（the anniversary of their foundation）を重視する。10周年、20周年、25周年といった大きな節目に、盛大な創立記念パーティを開いて祝う。

社長が挨拶する。会社を今日あらしめてくれた援助と支援にたいして納入業者、下請業者、銀行、従業員に感謝の意を表する。社歌の合唱と"ばんざい"（Long Live the Company！）三唱で式をしめくくる。このあと、社員と来賓者一同に酒（rice wine）とお祝いの赤飯が振る舞われる。株主には臨時増配が出る。

近年は、大きな節目の記念日に、社史を出版するのが流行になっている。今日では、形式ばった式典に変わって、社員運動会とか特別

Soritsu-kinenbi　創立紀念日

日本的公司是非常重視「創立紀念日」的。在十周年、二十周年、二十五周年的大生日，一定會舉辦盛大的創立紀念慶祝大會。

首先，總經理的致詞是免不了的，對於提供援助與支持，使公司能夠有今天的成績的繳納業者、承包業者、銀行、從業員表示感謝之意；最後以合唱社歌與三呼萬歲來結束典禮。稍後以酒和慶賀的紅豆飯款待來賓們，對股東則臨時分發增額股利。

近年來，選較大的周年紀念日予以出版社史，已成為流行。如今，舉辦員工運動會或以特別有給休假，代替流於形式並無實質意義的集會型慶祝方式，可以說已經是司空見慣，並不稀罕了。

有給休假で祝うのも珍しくない。

→社歌

そろばん（算盤）

電卓が発明されるまで、日本のビジネスマンは、原料の買付けやら製品の売込みで世界中を飛び歩くとき、アタッシュケースに「そろばん」（abacus）を忍ばせていたものである。そろばんのおかげで、日本人は幾ケタもの加減乗除の名人になった。

電卓やコンピュータができたので、そろばんも博物館行きとお思いだろう。ところが、あにはからんや、なのである。1981年にそろばん塾は1万軒以上もあり、5年間で3000カ所以上もふえた。日本商工会議所の公認そろばん検定試験を受けた人は数十万人にものぼった。

そろばんをはじくと、計数能力が発達するばかりでなく、精神修養にもいい、とされて

→社歌

Soroban　算盤

在桌上型電子計算機尚未被發明之前，日本的業務員為了採購原料或銷售商品而必須往世界各地跑的時候，旅行公文包裡面是少不了算盤的。靠著算盤，日本人終於也成了加減乘除的高手。

有了計算機與電腦，閣下是否覺得算盤已功成身退，該進博物館了呢？可是，豈知，在 1981 年，已開張的算盤補習學校就超過了一萬多所，且在五年之間竟然增加了三千所之多。當時參加日本工商會議所公認的檢定考試者，多達數十萬人。

算盤是在十二世紀左右，由中國傳入的。即使處在今日的電子計算機時代，為孩子們開設的珠算補習班也是生意興隆。因為大家都相信，經由算盤的規則化與組織化的練習，不止可以增強

いる。そろばんには、儲かるとか、計算高いとか、商売気が強い、といった意味もある。

すみません

“I am sorry.”とか“Excuse me.”にひとしい。元来「すみません」とは、なにかまずいことをしたときに陳謝の意を表わすことばである。しかし別の意味によくつかう。

名前も知らぬ人に呼びかけるとき、ウエイトレスに注文するとき、道で方角を尋ねるときが「すみません」の典型的なつかい方である。形式ばらずに「感謝します」をいうのにもつかう。

なにかをして欲しいときには、どうぞ（please）の意味で「すみません」である。ある人を会社に訪ねる。受付で「すみません（Excuse

心算能力，對於精神的修養也有益。此外，這種手指的運用方式，對於增進腦力頗有幫助。

算盤有各種不同含意的解釋。如佔便宜、斤斤計較、吝嗇等。

Sumimasen　對不起

「 Sumimasen 」等於說「對不起」。原本「 Sumimasen 」是在說錯話或沒把事情做好的時候所表示歉意的話，但卻常用在別的意思上。

向不知名的陌生人打招呼時，向侍者叫東西時，在街上問路的時候就是「 Sumimasen 」的典型用法。不拘形式的道謝，也可以用它。

希望別人能替你做某件事時所用的「請」，意思也是「 Sumimasen 」。例如到某家公司去探訪友人，在詢問處請教：「『 Sumimasen 』（對不起），我想找林先生。」「『 Sumimasen 』（請問），他的辦公室要怎麼走？」「『 Sumimasen 』（謝謝）。」終於找到林先生，但因路上堵車而

me）、原さんにお会いしたいのですが」「すみません（please）、その部屋にはどう行ったらいいのですか」「すみません」（Thank you）といって原さんのところへゆく。「すみません（Sorry）、お待たせしてしまって」

→どうも、ちょっと

スネかじり

よく「あいつは親父の“スネかじり”（gnawing at＜his father's＞shins）だ」などといういいかたを耳にする。その若者は、自分で一人前にかせげる年頃になっているのに、まだ経済的に親にたよっている、という意味である。

数世代も昔、まだ日本の賃金がとても低かったころ、学校出たての若者は初任給ではとても食べてゆけなかった。

この時代には、「スネかじり」はごくあたりまえのことで、別と恥ではなかった。

遲到，「『Sumimasen』（抱歉），讓你久等啦。」

→實在（Dõmo），對不起（chotto）

Sune-Kajiri　（啃父兄腿）

經常會聽到「那傢伙是啃父兄腿（『Sune-Kajiri』）的人」的說法。意思是，雖然該年輕人已到達可以自食其力的年齡，但事實上他的經濟來源卻仍依靠父兄。

早在好幾個世代以前，日本的薪資還很低廉的時候，學校剛畢業的年輕小伙子，若只靠初次任職的薪水，無論如何也養不活自己的。在那個年代，「Sune-kajiri」是極為普遍的現象，而且也不見得是可恥的。

隨著日本經濟的日益增長，起薪的額度也越

日本が経済的に豊かになるにつれて、初任給も上がり、社会に出たばかりでも、自立してゆけるだけの給料がもらえるようになった。そこで、新種の「スネかじり」息子が出てきた。学校を出ても定職につかず、なにか特別の勉強をやっている連中とか、もらった給料は遊びにつかって、食住は親におんぶ、という連中のことである。

すりあわせ

湯呑み茶碗の糸底は、上薬がかけられていないものがあり、うっかり卓上に置くと、机の表面を傷つけてしまうことがある。だから、新しい陶器を買ってきたら、まず糸底同士を「すりあわせ」て、机などを傷つけないようにしなければならない。

このことから、グループ内メンバー個々の意見の相違点を調整し、相互に譲歩しながらグ

調越高，雖然說是剛踏入社會，也可以領到足以自立生活的薪水了。但是卻出現了另類新品種的「Sune-kajiri」兒子。即使學校已畢業卻還沒去找工作就業，正在補習準備考執照或留學的人，或者是把領到的薪水淨用在吃喝玩樂上，食住的擔子仍由父兄來替他扛的人，統統稱之為「Sune-kajiri」。

Suri-awase　協商

喝茶用的茶碗底托，有的並沒有上過釉子，若不小心放到桌上，經常會發生刮傷桌面的事情。因此，買回來的新陶器，務必先讓底托互相磨擦，使其不至於傷到桌面。

由這件事引伸，若團體內成員有各自的不同意見時，想法子把成員的意見逐一予以調整，在互相讓步的過程中謀求共識，就叫它「suri-awase」。此外，團體與團體互相之間意見的調

ループ全体の意見一致を図ることを「すりあわせ」と呼んでいる。またグループ相互間の意見調整も「すりあわせ」ということもある。前者は根回しともいえるし、後者は交渉事ともいえようが、いずれにしろ、同じ茶碗の底をすりあわせるように、もともとあまり大きな相違点のないことが前提だろう。

政治用語としても使われるこのことばは、せいぜい党内意見調整程度で、外交用語としては無理なようである。

→根回し

棚おろし

日本に商品を売り込む外国ビジネスマンが是非知っておかねばならないことばがある。それは「棚おろし」である。文字どおりの意味は、棚（shelf）からおろす（take down）こと。stocktaking、inventory のこと。「帳簿棚おろ

整也有稱為「 suri-awase 」的時候。前者亦可稱為「 nemawashi（斡旋）」，而後者或許也可稱為「交涉事情」，不管怎麼樣，就像擦兩個茶碗的底托那樣，當以原本並無太大差距作為前提吧。

這句話也可以當做政治用語使用，充其量也只屬於黨內意見調整的程度而已，若要用在外交場合，似乎有嫌牽強的樣子。

→ nemawashi（斡旋）

Tana-oroshi　盤點

向日本銷售商品的外國商人，必須要知道的一句話就是這「 tana-oroshi（盤貨）」。照字面上的意思是，從棚架（「 tana 」）上拿下來（「 oroshu 」）。而「帳簿 tana-oroshi 」是存貨清單，「 tana-oroshi-zon 」則是清點損貨。

し」が book inventory、「棚おろし損」は inventory loss である。

棚からおろして勘定する、という、もとの意味が、比喩的につかわれると、欠点を探す (find faults)、あらを捜す (pick holes)、けちをつける (run down)、批判する (criticize)、そしる (disparage)、という風に変わる。男の暇つぶしで最大の話題は、女の子の棚おろしであろう。

単身赴任

「単身赴任」とは新しいポストにつくため、家族を同伴せずに、別の都市または別の国に赴任することである。単身赴任は、高校へゆく年頃の子供をもつ中年サラリーマンによくみられる。日本の教育制度では、すでに高校にあがっている子供が転校するのは、とても不利である。そこで、遠く離れた任地に赴任する父親は、家

雖然原本指的是從棚架上拿下來清點的意思，但用在比喻上就會變成找缺點、找碴兒、吹毛求疵、批評、譏諷。男生在閒著無聊的時候，最多的話題大概就是對女生的「 tana-oroshi 」吧。

Tanshin-funin　單身赴任

所謂的「單身赴任」是指不帶著家人同行，單獨到另一都市或別的國家任職。對於家裡有高中年齡層小孩的中年上班族，可是司空見慣的。在日本的教育制度下，讓已經上高中的孩子轉校是一件極不利的事。所以，父親若要遠赴異鄉任職，就會把家人留下來，去過獨身的生活。

「單身赴任者」是屬於「業務獨身者」的身

族をあとに残し、ひとりの生活を送る。

「単身赴任者」は「ビジネス独身者」である。独身といっても、未婚の独身とは違う。会社によっては、家計が別別になるので、「ビジネス独身者」に特別手当支給の配慮をするところもある。

→――チョン、社員寮

手

体のもっとも重要な部分である手（hand）をつかった表現は実にたくさんある。ここでは、ほんの数例をあげるにとどめる。

事業をひろげるとか、新規に始めるとき、新しい商売（new business）に「手をつける」。その商売の資金手当てをするため、銀行に「手を打っ」て融資を求める。必要なことを確実にやれるように措置する意味につかう。たとえば売買交渉の決着をつけるのも「手を打つ」で

分。雖然說是獨身，與未婚的獨身是不同的。因為分開住的時候，勢必要負擔雙份的家計，因此，有的公司對這類「業務獨身者」會支給特別津貼，以示關懷之意。

→— Chon（單身漢） Shain-ryõ（員工宿舍）

Te 手

把身體最重要部分的手，利用在表現上的語詞並不少。在這裡，我們只舉幾個例子來做說明。

擴展事業或新創企業時是「atarashĩ shõbai ni te wo tsukeru」，「te wo tsukeru」是著手，也就是著手做新的買賣之意。為了籌措該新買賣所需資金，就要跟銀行「te wo utsu（打交道）」以求取融資。這是使事情得以確實可行而採取措施的場合用的。例如要使買賣交涉有結果也是

ある。その支払いを「手形」(bill)で受け取るといったいい方もある。「手を引く」は中止である。

契約書を作るとき、「手落ち」(slip, careless error, oversight)がないかどうか確かめる。契約書に間違いがあれば、あなたの「手落ち」になる(your fault, your blame)。

交渉では、自分の「手の内をみせる」(show your hand)まえに、相手の「手の内」(inside of the palm＝intentions)を探ろうとする。相手が頑固(obstinate)で、分からず屋(unreasonable)で、妥協しない(uncompromising)と、「手に余る」(too much for the hand＝intractable, unmanageable)。そこで、あきらめて「手をあげる」。すなわち、「お手上げ」(give up, at a loss what to do)となる。たいへんな困難や厄介事にぶつかって「手を焼く」(experiencing so much difficult or trouble)と、もう「手を切り」(cut the hand＝stop dealing

「te wo utsu」。將收受以「te-gata（支票）」方式付款的「tegata」的說法也有。至於「te wo hiku」則是指撒手不管之意。

在交換契約書時，一定得仔細核對，以確定有「te-ochi（疏忽）沒有？」要是發現契約書有錯誤，是你的「te-ochi（過錯）」囉。

在交涉的場合，尚未亮出自己的「te no uchi（本事）」之前，會想要去探查對方的「te no uchi（意圖）」。倘若對方是個既頑固又不講理也不肯妥協的人，就很「te ni amaru（沒辦法）」。於是乎，只好「te wo ageru（舉手）」投降，也就是「O-te-age（服輸）」了。碰上很困難的麻煩事而「te wo yaku（束手無策）」時，就會想要「te wo kiru（切斷關係）」。

製造內銷日本市場的商品時，萬萬不可「te wo nuku（偷工＝潦草從事）」，因為日本消費者的眼力是很高的，所謂「te wo nuku」，也可以指惡意的省工、不用心、趕工的意思。

with, cut off connections）たくなる。

日本市場向けの製品を作るとき決して「手を抜い」ではならない。日本のお客は目がこえているからだ。「手を抜く」とは、cut cornerの悪い意味で、手間を省いたり（economize on labor）、きちんと気を配らなかったり、工程をとばすことをいう。

手当

日本の会社員の月給は、たいてい2本立てである。いわゆる本俸、それに「手当」と称するもろもろの賃金外給与である。手当の項目を並べたら、このページがらくに一杯になるほど、たくさんある。

その人の個人的状況から割り出されるもの（扶養家族手当、住宅手当など）、仕事内容と結びついたもの（役職手当、特殊機器操作手当、過勤手当、夜勤手当など）がある。

Teate　津貼

日本的公司員工薪水，大致上是以本俸為主，再加上所謂「 teate （津貼）」的薪資外給付。如果有興趣問津貼的項目有多少，答案則是，可能有列滿整一頁稿紙那麼多之多。也就是有滿多項的意思。

從當事人的個人狀況可推斷出的（扶養家屬津貼、住宅津貼等），與工作內容有關的（如職務津貼、特殊機器操作津貼、加班津貼、夜班津貼等）都是。

この仕組みからわかるように、「手当」とは、決まった給料とは別建てのものをいう。しかし、実際には従業員も会社側も、手当を月給の一部とみなしている。その證拠に、本俸と手当を別にわけて支給する習慣はなく、月給として、込みで払うようになってきている。

定期採用、中途採用

日本の会社は、年に一度、高校・大学卒業期の春に社員採用するのがしきたりである。この採用を「定期採用」という。大会社ともなると、何百人もの新卒をとる。

採用はかならずしも空きを埋める必要があるからとか、特定の仕事につける人達を雇うため、とはかぎらない。何名採用するかは、それぞれの会社の長期の戦略的考慮から割り出される。

会社が、定期採用の枠外で雇い入れる必要が生じたとき、「中途採用」する。特殊技能者

從這樣的架構上也可以看出，所謂的「津貼」，與固定的薪水是不同的東西。但是，實際上從業員與公司方面都同樣地把津貼視為月薪的一部分。因為有證據可顯示，本俸與津貼並無分開來支給的習慣，一向都與月薪混在一起支付的。

Teiki-saiyō，Chūto-saiyō 定期錄用，中途錄用

日本的公司，習慣上以一年一度的頻率，在高中和大專畢業期的春季，錄用新的員工。這種錄用就叫做「定期錄用」。如果是個大公司，所錄用的新人可多達幾百人。

這一類的錄用，未必是有添滿空缺的需要，或為了要雇用有能力擔任特定工作的人材。需要雇用的人數得依各公司從長期性政策上的考量來計算。

除了定期錄用新人之外，公司若有必要再雇用額外的人材時，就要採取「中途錄用」的方式

を急に入用とするときとか、会社の事業拡大で経験ある人材を一度に大量に必要とするとき、中途採用が行なわれる。

→新入社員、引き抜き

定年

日本は終身雇用制だというが、厳密には、一生涯雇用を保證するわけではない。日本人の男子平均寿命は70歳代半ばとなったのに、雇用は、各会社の雇用規定により、55歳とか57歳、60歳で打ち切られる。従業員が「定年」（the age for compulsory retirement）に達すると、心身状態や能力にかかわりなく、自動的に職を失う。

10年くらい前は55歳がふつうの定年年齢だったが、いまは会社側が徐々に引き上げている。だが、年輩者がふえてきたにもかかわらず、古い定年制度を守っている会社も多い。

了。急需雇用擁有特殊技術的人材時，或為了要擴展公司的事業而有必要將擁有經驗的人材，以一次大量的予以雇用時，就會進行「中途錄用」。

→新進人員，挖角

Teinen　定年

雖然日本所採用的是終身雇用制，但嚴格地說，並不保證一輩子的雇用。日本的男性平均壽命已升高到七十多歲了，但雇用卻依各公司的雇用規定，在五十五歲或五十七歲，頂多在六十歲就被打斷。如果從業員已到達「定年」層，不管其身心狀態與能力如何，一律都會自動失去工作。

大約十年前，普遍的以五十五歲作為退休年齡，但目前各公司都已逐漸把它拉高。然而，儘管年長者漸漸地增多，固守著早年的「定年」制度的公司卻還很多。

年屆退休者，可以拿到以一次付清的退休津

定年退職者は、一時金で退職手当を支給される。それと国から支給される年金があれば、老後のお金をそれほど心配せずに、どうにかやってゆける。

→終身雇用

天引き

日本の会社員は、「天引き」制度があるので、毎月の給料を額面どおりにまるまる支給されることはない。法律によって、所得税が源泉徴収される。健康保険、失業保険、社会保障などの払込金も差し引かれる。会社と労組との合意により組合費も給料差引きである。

さらに、会社と社員と物品・サービス納入業者との三者取決めで引かれる分がある。会社を通して買った商品の月賦代金、積立貯金、グループ保険の払込金など、まだある。社宅の家賃など、会社の規定にもとづく差引分があ

貼，若還能由政府領到年金的話，大可不必煩惱晚年的生活所需，可以說不會有問題的。

→終身雇用

Tenbiki　預扣（款）

在日本，公司員工因為「預扣」制度的存在，每個月的薪水是不可能如面額完整被支給。依據法律上規定，所得稅都以預先扣繳的方式被徵收。健康保險、失業保險、社會保障等各種保費的繳納，透過公司與工會的同意，工會會員費的繳納也統統都在薪水中預先扣繳。

還有，依公司和員工及商品、繳納服務業者之間所商定的扣款。透過公司所購買商品的按月付款、儲蓄存款、團體保險的繳納等，以及宿舍的租金等，也有依公司的規定扣除的部分。

由於有如此各類的「 tenbiki（預扣）」，使

る。

こうしたもろもろの「天引き」で、月給袋は軽くなるばかりだが、便利でもあるので、社員から苦情は出ない。

外様

「外様」とは、日本の社会の仕組みを象徴的にあらわすことばである。。直訳すると outside person とか outsider となる。

封建時代には、幼少から藩主に仕え、一生同一藩主に仕えるのが当たり前であった。また、その子息も父親の仕える藩主に仕え、父親同様一生同じ藩に属することとなっていた。これが「譜代」の侍であり、一方扶持を離れた浪人が、途中から他家へ仕えたばあいは「外様」と呼ばれた。

今日、学校を出ると同時に入社するのでなく、何年間か他の会社に勤めてから中途入社

得薪水袋只會變薄，卻也不可否認其方便性。因此，員工們也不會叫苦。

Tozama　傍系人

這句「 tozama 」，是一種以象徵性表現日本社會的結構的話語。若要直接翻譯就會成為局外人。

在封建時代，人們從小就被送到諸侯家學習服侍，同時以終其一生侍奉同一藩主視為當然的事。慣例上，兒子也和父親一樣，服侍同一藩主，一輩子都屬於同一藩。這就是所謂「世裁」的近侍。另方面，離開俸祿的浪人，若是轉而侍奉另一個藩主，他就被稱為「 tozama（傍系）」。

如今，學校畢業時並未到甲公司上班，等到在乙公司工作幾年之後才中途轉到甲公司的人，才稱之「 tozama 」。其實，空降而來的人

した者が「外様」といわれている。天下りしてくる人も同様に外様である。日本のタテ社会では、生え抜きでないものは、すべて外様と呼ばれる。

→天下り、中途採用、子飼い

魚心あれば水心

これは男女の間柄をいうときによく使われる諺（proverb）である。本人に憎からず思っている気持ちがあれば、相手にもそれに応えようとする気持ちがあることの意。

ことばどおりに訳すと、“If the fish has the heart for the water, the water will have heart for the fish.”似たような気持ちのあること、とか、気持ちが合致することをいう。商売の世界でいうと、“give-and-take”（互いに譲りあう）の関係をいう。

英語にもこれに似た諺がある。“Roll my

也同樣是「 tozama 」。在日本的縱系社會，若不是老職員，就統統稱之為「 tozama 」。

→空降，中途錄用，心腹

Uogokoro areba mizugokoro 一好換一好

這是在形容男女間關係時常被拿來用的諺語。你對我懷有好意，我也會對你表示好感之意。

按照語意是指抱有相似心情，或持同樣感覺之意。以商界為例，是指互相讓步互惠的關係而言。

英文裡也有類似的諺語。如「 Roll my log and I'll roll yours.」（你來幫我滾木頭，那我也要來幫你滾木頭），與「 Scratch my back and I'll scratch yours.」（你來幫我搔背，那我也來幫你搔背）。「 Do as you would be done by.」（為別

log and I'll roll yours."（こっちの丸太をころがしてくれ、そうしたら、そっちの丸太もころがしてやろう）"Scratch my back and I'll scratch yours."（こっちの背中を掻いてくれ、そしたら君の背中も掻いてあげるから）"Do as you would be done by"（君がしてほしいことを人にしてあげなさい）

やぶ蛇

部長が部の運営の仕方について改善策があれば、なにか提案を出すように、と部下にいう。すると、あそこが悪い、ここがいけないと、たくさん苦情が返ってきた。これこれについては、やり方を変えた方がよい、という要求も出てきた。部長には、思いがけないことだった。"stirred up a hornet's nest"（蜂の巣を突っついた）のである。これを日本語では「やぶ蛇になった」という。

人做你希望別人為你做的事）。

Yabu hebi　自找麻煩

部長對部屬說，對於部的營運方式，覺得哪裡該改善，可以踴躍提案。於是，那裡不好，這裡不對……，有不少的牢騷反應。甚至還有關於這個跟那個最好把作法改變一下的要求也出現了。對部長而言，是很意外的事，也就是捅到蜂窩了。這在日本就叫做「yabuhebi ni natta（自尋苦惱）」。

部屬把某案提出來了。部長則不慌不忙，先給予誇獎一番，接著命他立刻起而實施。這時，

部下がある提案をする。部長は、そりゃ妙案だとほめて、さっそく実行に移したまえ、と命ずる。驚いたのは部下の方だ。いい出したばかりに、余計な仕事を引っかぶって、あくせく働かねばならぬ羽目となった。これも「やぶ蛇」である。

やぶ蛇の直訳は“snake in the bush”（やぶの中の蛇）である。“stirring up the snake lying peacefully in the bush”（やぶの中に静かにしている蛇を突っつき起こした）という意味である。そこで“Let a sleeping dog lie”（眠っている犬を起こすな）とか“Don't stir up a hornet's nest”（蜂の巣をつつくな）の意味のことをいいたいときには、こういえばよい。

「それはやぶ蛇になりますよ」

厄年

日本人が、これほどの素晴らしい技術・産

嚇一跳的一定是部屬。就因為提了案，攬來額外的工作而落到必須辛辛苦苦工作的地步。這也是「 yabuhebi 」。

「 yabuhebi 」的直譯是草叢內的蛇。意思是把安安靜靜在草叢內睡覺的蛇給捅醒了。因此，若想要說「不要吵醒睡覺中的蛇」或「不要去捅蜂窩」意思的話語時，可以這麼講，「 Sore wa yabuhebi ni narimasu yo.（那樣是會自找麻煩喲！）」。

Yakudoshi　厄年

日本人之能夠在技術、產業的開發上獲得如

業開発をとげたのは、科学する心、応用する知恵があればこそである。したがって、これほどの成果をあげた国民が、縁起をかつぐ（superstitious belief）なんて、まず誰も思うまい。ところが、さにあらず、なのである。

日本の社会には、縁起・迷信でことを決めるものがたくさんある。そのひとつが「厄年」。男女を問わず、人間にはもろもろの厄（misfortune）が一度にやってくる不幸な年回りが、前から定められているのだ、という思い込みである。この不幸な年齢になると、その人はとても用心深くなる。ふつうなら、どういうこともないのに、手をつけようとしない。

男の大きな厄年は42歳、女は33歳である。小さい厄年は男25歳と60歳。女の小厄は19歳だけ。

此可觀的成績，是由於擁有研究科學的精神與應用的智慧使然。因此，任誰也想不到，能獲得如此大成果的國民，竟然遇到事情時也愛講究吉凶。然而，事實卻是如此。

在日本的社會，有滿多這種以吉凶、迷信來決定事情的人。「yakudoshi（厄年）」就是其中之一。

根據民間的信仰，人的一生當中，在某一歲時將會生病或遭遇到其他不幸。至於究竟在幾歲時會遭遇到這樣的災難，則是依地域或歷史而有不同的說法。最普遍的說法是，男性以四十二歲，女性以三十三歲為最危險的年齡。以這個年齡作為厄年，想必是由以前的男女性健康狀態上推斷而來的吧。此外，這些二位數在發音上都成為不祥的數字。例如，四十二也可唸成四二，與死同音。同樣的，三十三也可唸成三三（散散），具有悲慘之意。

通常，面臨厄年的男女都會請一些親戚朋友來吃飯，其目的是希望大家能分擔他們的不幸。

横めし

字義は、横の食事で、これでは、なんのことかわからない。ヨコとは、タテ書きの日本文字にたいする英語など横書きのことばを意味する。来訪の外人客と一緒にするビジネスランチ、ディナーのことである。

日本人は中学生以来（12歳）英語を習っているのだが、どうも語学がうまくない。そのため、英会話をしながらの食事は考えながらのこととなるから「どうも横めしは食べた気がしな

此外，將屆厄年的男女也會到神社或寺院，祈求神佛保佑，驅散惡靈。厄年的前一年被稱為前厄，凡事必須得小心。同樣的，厄年的後一年叫做後厄，也要多多保重。

再者，男人的四十二歲與女人的三十三歲被稱為大厄年，而男人的二十五歲與六十歲，及女人的十九歲則被稱為小厄年。

Yoko-meshi　與洋人吃飯

依字面來看，似乎是指橫式或傍側的餐，當然不知在說什麼？所謂橫者，應該是指與日本文字的縱寫相對的英文的橫寫話語而言。也就是與來訪的洋客人一起吃的商業午餐、商業晚餐的意思。

雖然，日本人是從中學生（ 12 歲）以來，一直都在學英語，但不知怎麼，總是不流利。因而，邊講英語的飯局勢必得不斷地絞腦汁，使得這餐飯吃起來並不覺得有吃飯的感覺，而常令人

い」などと、敬遠気味となるわけである。この本の読者で、日本語の堪能でないあなたが「タテめし」を食べるのが苦痛であると同様に。

よろしく

交渉や会議が終わって別れるとき、日本のビジネスマンは「さようなら」とはいわずに、よく「よろしく」という。初めて紹介されたとき、初対面のときも、日本人はお互いに「よろしく」という。だれかに best wishes を伝える（convey）ように頼むとき「どうかXさんによろしくいってください」。

なににでもつかえることばだが、意味あいもいろいろある。最初にあげた例は次の意味である。“I'm depending on you.”（あなたを頼りにしています）“I hope you will take proper action.”（しかるべく措置してくださるものと思っています）“Please give it your considera-

興起敬而遠之的念頭。就如這本書的讀者卻不太精於日本話，與日本人吃「 tate-meshi 」是件苦差事，是一樣的道理。

Yoroshiku　請關照

當交涉或會議已告結束，就要離開的時候，日本的商人不會說「 sayonara 」，而以「 yoroshiku 」來代替「 sayonara （再見）」。第一次被介紹時，或初次見面的生客，日本人都會互相道「 yoroshiku 」。要請人家代為傳達信息時也同樣說「 yoroshiku 」。

雖然在任何場合都可以用的話語，然而意思卻有許多種。最先所舉的例子是指「拜託你」、「想必會給予適當的處理」、「請多關照」、「等你的好消息」的意思。這種表現方式，通常都不會具體的說出成為問題的情況的。

至於第二個用例則具「你好嗎？」「幸會！幸會！」的意思。雖然在用法上是一樣，卻含有

tion.”（どうぞご配慮のほどを）“I hope you will give us a favorable reply.”（色よい返事をお待ちしております）この表現は、問題になっている事柄を具体的に示さないのが普通である。

第2の用例では、“How do you do.”（ごきげんいかが）とか“Pleased to meet you.”（お会いできてうれしいです）と、つかい方は同じだが、“I hope you will be favorably disposed towards me”（よしなにお計らいくださいますように）というニュアンスがある。第3の用例では、“Give my best regards to……”とか“Remember me to……”の意味である。

有給休暇

給料が支払われる休假（the paid leave）のこと。日本のサラリーマンには、年に20日間くらいの「有給休假」（paid holidays）がある。もちろん、日曜、祝祭日12日、それに週5日

「就依你意思適當處理好了」的意思。

第三個用例是「請代問候」或「請給問好」的意思。

Yūkyū-kyūka　有給休假

這是指有薪水可領的休假。日本的領薪族在一年當中可以拿到二十天左右的「有給休假」。當然啦，星期天、節慶日的十二天，再加上實施週五日制的地方也將星期六加在有給假日之列。

制のところでは土曜も有給の休日に加えられる。

有給休假の日数は、勤続年数（length of service）による。1年目が年7日、あと年2日ずつふえて、最高20日間といったところだ。

年輩の人、とりわけ事務職のビジネスマンは、せっかく有給休假がありながら、こなそうとしないばあいが多い。忙しくて休んでなんかいられない、というのが口ぐせだ。若い世代になると、有給休假は当たり前のこととして、がっちり休む。その生活態度に年輩組感化されるようになってきた。

いまでは、サラリーマンだと夏に1週間の休假をとるのはざらである。もっとも、仕事のやりくりをつけて、それだけ休めれば、の話だが。

→夏期休暇

有給休假的天數，是依據連續工齡計算的。第一年有七天，往後每年增加二天，最高上限則是大約二十天。

上了年紀的人，尤其是從事業務工作的商務人員，難得擁有有給休假，卻多半都不想去消化它。通常都會用「忙都忙死了，哪有福氣享受休假」的口頭禪。如今，年輕的一代早已將有給休假視為理所當然的同時，也會充分利用這種好不容易取得的休假。對於這樣的生活態度，年長者也逐漸有被同化趨勢。

目前，只要是屬於領薪族的，普遍都會在夏季裡拿一個星期的假期。當然，這也要看個人是否能把工作安排妥當，之後才談得上是否安排拿休假。

→暑季休假

残業(ざんぎょう)

「残業(ざんぎょう)」(to remain behind to work)はovertime workのこと。日本の会社では、「残業(ざんぎょう)」はごく当(あた)り前(まえ)のことで、社員は、毎月決(まいつきき)まって入る「残業手当(ざんぎょうてあて)」(overtime pay)をあてこんでいる。とくに工場(こうじょう)で働く人がそうだ。

残業手当は、基準賃金(きじゅんちんぎん)より20%以上の割増(わりま)しだが、それでも若い人は残業よりは働かない方を選(えら)ぶ。

ふつう、課長以上の管理職(かんりしょく)は、残業手当(ざんぎょうてあて)がつかないのに、勤務時間後(きんむじかんご)も残(のこ)って、だれよりも遅(おそ)くまで働く。責任感(せきにんかん)もあろう。会社への忠誠心(ちゅうせいしん)もあろう。引(ひ)き立(た)ててもらいたい気持ちもあろう。あるいは、根(ね)っからの仕事好(しごとず)きなのかもしれない。

→手当

Zangyõ　加班

「zangyõ」是指超時工作的意思。對於日本的公司而言，「zangyõ」是極自然而然的事，公司員工都在指望每個月固定會滾進來的「加班津貼」。尤其對在工廠裡工作的人來說更是如此。

加班津貼的額度會比基準薪資高出百分之二十以上，雖然是這樣，多半的年輕人還是寧願選擇不工作也不願意加班。

一般說來，課長以上的主管們，儘管領不到加班費，下班時間過後卻也會留下來，繼續工作到比任何人都晚。責任感是原因之一吧！此外，或許也有對公司的一番忠誠？盼望因此而被重用？或許根本就是個喜歡工作的工作狂也說不定。

→津貼

善処します

「善処します」とは「貴意に沿うよう最善を尽くします」（I shall do my best to respond to your wishes）とか「適当に処理します」（I shall deal with it accordingly）とか「しかるべく留意します」（I'll attend to it in a suitable manner）とか「なんとか取り決めてあげましょう」（I'll fix it up for you）のように肯定的で前向きのニュアンスをこめたことばである。仕事の話でも、日常一般でも、広くつかわれる。

製造業者から送ってきた品物が規格外れだった。文句をつけると「善処します」。

ここで注意すべきことは、この表現には、どうこうするという具体的行為をなにも約束していないことである。一般的に「最善を尽くします」というだけである。「善処します」と聞いて、やれ安心と思っても、約束どおりの措置

Zensho shimasu　我會妥善處理

「Zensho shimasu」是句屬於像「我會尊重貴意盡最大的努力去做」、「我會適當處理」、「我會適當地留意」或「我會來想法子做成決定」那樣含有肯定而又具積極意義的話語。在工作的話題上，或日常一般的場合，都會廣泛被使用。

例如，製造業者所送到的商品是不合規格的，你若對其表示不滿，他就會回以「zensho shimasu」。

在這裡應該注意的是，在這一類的表現上，並沒有約定要如何加以解決的具體行為。只是一般性的說聲「我會竭盡全力」罷了。儘管聽到對方說的「zensho shimas」，放下了心，實際上卻完全沒有採取照約定的措施。詢問其原因，回答的話語一定是同樣的「我已經竭盡全力了，真是……」。如此這般。

→我會考慮

がさっぱりとられていない。どうしたのかと聞く。まず一様に答えが返ってくる。「最善は尽くしたのですが、どうも……」

→考えておきます

あご（顎）

あごはchinであるが、「あごで使う」はlead a person by the nose、「あごであしらう」はturn up one's nose at a personという感じか。日本人は鼻よりもあごを動かして表現することが多い。ワンマンなボスは部下の気持ちを無視してあごでこき使い、部下が不満をいおうものなら、以後はその部下をあごであしらうことになる。権力者のいうことにしたがわざるをえないサラリーマンとしては、このような上司をもったら災難である。やはりコミュニケーションをうまくはかって仕事の能率をあげたいものである。

顎（ago）

顎是指下巴的意思。「ago de tsukau」是頤指氣使，也就是以倨傲的神氣支使人。「ago de ashirau」則帶有瞧不起、慢待的味道。在鼻子與「ago」相比之下，日本人多半喜歡用「ago」的表現方式。獨斷獨行的老闆會不管部屬的感覺而經常「ago de tsukau」。部屬若有意見，往後該部屬就得面對「ago de ashirau」的場面了。對於不得不服從掌權者的命令的上班族而言，頂頭若有這樣的上司就得自認倒楣了。其實重視溝通並以良好的互動來提升工作效率才是正面的。

不過，不少有才幹又有愛心的上司，也會舉出某種程度高目標的課題來命令部屬，部屬若已

しかし有能で人情のある上司でも、部下にある程度高い目標課題をかかげて命令することは多く、部下が懸命に努力しても目標が達成できないときには、部下は音をあげて「あごを出し」てしまう。この辺のかねあいをうまくはかるのが優秀な上司ともいえ、部下の気持ちや不満を赤ちょうちんで一杯飲みながら聞いてやるのが、したわれる上司ともいえる。

→赤ちょうちん

あく（灰汁）

本来はlyeを意味する。灰を水に混ぜてできる上澄み、または植物中に含まれる渋みの強

拚了命也盡了力卻仍然無法達成所定目標，就會認輸，並且呈現（ ago wo dasu ）精疲力竭的模樣。要能夠找出程度上的平衡點的才可稱為優秀的上司；而要能夠邀約部屬到紅燈籠，邊喝酒邊聆聽部屬的感覺或不滿意的才可稱得上是備受愛戴的上司吧。

→ aka － chõchin（紅燈籠）

灰水（ aku ）

灰水（ aku ），原本是指灰與水混合後所形成的上面一層澄清部分的水。此外，在有些植物

い液を指し、転じて人間の性質を形容する表現に用いられるようになった。ふつう、個性が強く、洗練されていない様子をいう。

「彼はあくが強い」といえば、自己主張が強く、強引で、転んでもタダでは起きないタイプをいう。英語でいえばto be pushyないしto be self-assertiveで、この手の人は、あまり回りから好かれない。しかし、やり手を回りがねたんでこう批評することもありがちで、いずれにせよ損な性分だ。

逆に「彼はあくの抜けた人だ」とか「あくのない人だ」といえば、粋でさばけた人をいう。英語ではto be a polished man. いやみがなく無欲で、さっぱりしていて、誰からも好かれるタイプだ。ただ、無気力な人を皮肉っていう場合もあるので、こういわれた人は、どちらの意味でいわれたのかを考えてみる必要があろう。

裡面具有強烈澀味的液體也稱之為「 aku 」，後來才慢慢演變到用在形容一個人的個性特質的表現上。通常是指個性較強、不太高尚的樣子的人。

若是聽到「 kare wa aku ga tsuyoi 」的時候，該知道這個人具有強烈的自我意識，主張多而蠻幹，即使跌倒也不會白白的爬起來，這是屬於很俗氣（ aku ga tsuyoi ）的一型。擁有這種性格的人普遍都不太受歡迎。不過，偶爾也會有能幹的人被周遭嫉妒者批評的情形，但無論如何，這是屬於不討好的性格吧。

反過來，若有人說「 kare wa aku no nuketa hito da 」或是「 aku no nai hito da 」，意思是說他具有瀟灑而通情達理的性格，是屬於不矯揉造作、不貪，且又爽朗、非常討人喜歡的類型。但是，在挖苦懦弱無氣魄的人時也會被拿來用；因此，若有人被別人這麼說的時候，似乎有必要想一想，究竟指的是那一種的意思？

朝飯前

ＴＶをおそくまで見て、翌朝食事もせずに学校に駆け出す子供、ダイエットの一手段として朝食をとらぬ若い女性、いずれも朝飯前に働いているわけだが、この言葉が使われだしたころは１日２食の時代、朝に食べなければ後は夜までヌキだ。これでは働けない。

だから「そんなことは朝飯前だよ」といえば、「そんなことは俺には簡単、簡単。朝飯前でもできるほどだ」と仕事の容易な意味に使われる。「お茶の子（さいさい）」ともいう。ほんの軽食だけで（腹一杯食べておかなくても）できる仕事の意味である。

いずれも自分の力を誇示していうのだが、忙しくて大わらわになっているとき、上司に呼ばれて「君、別件だが、これを何時までにやっといてくれ。忙しいようだが、君には朝飯前だろ？」と、おだてられ、まんまと二重に忙し

易如反掌（ asameshi － mae ）

晚上看電視看到很晚，一大早不吃早餐就衝出家門趕去學校的小孩；為了減肥以不吃早飯作為手段的年輕女性，他們全都在早餐前就已投入工作。而此話被開始使用，是在一日只吃兩餐的時代。要是不吃早餐就得等到晚上才能吃到飯，簡直沒辦法工作嘛。

所以，倘若有人說「那麼一點事『 asameshi － mae 』啊」、「那樣的事對我來說太簡單了。早餐前就可以解決了」，意味著工作性質的容易。換句話也可以說成「 ocha － no － ko （ sai － sai ）」。只要吃一些（不需要吃得飽飽的）也可以做好工作的意思。

平時都以誇張的方式表示自己的能幹，但若遇到正忙得不可開交時卻被上司請去，以「老李，這是個別的案子，請你在幾點以前把它處理好。看來你好像很忙，不過，對你來說該是『 asameshi － mae 』吧？」的話語給戴上高帽子，

くなったりすることもあるからご用心。

→お茶をにごす、おおわらわ

あて馬

相手の気持ちがどこにあるかをうかがうための道具、試案、候補者などをいう。また。A社に工事をさせようと思いながらB社・C社にも競合させて公開入札をし、結局A社に落札させたりすると、B・C社は「あて馬」になったという。

もともと、主役である種馬に代わって牝馬の

因此，勢必造成忙上加忙的局面。看來還是小心為妙啊！

→ ocha wo nigosu（敷衍過去），õwarawa（竭力）

對抗馬（ate – uma）

這是為了打聽對方意向所使用工具之一，意味著試行方案、候選人等事宜。此外，雖然想讓 A 公司來承辦工程，卻同時也讓 B 公司、C 公司來參與公開的競標，最後還是由 A 公司得標，那麼，B、C 公司就變成「ate – uma」了。

原本的意思是指代替主角充當試情牡馬的種馬，也就是本身並不能成為主角的種馬。

気をそそる牡馬のことで、自分が主役にはなれない。

馬になぞらえた言葉では、他に「つけ馬」「やじ馬」などがある。

昔、花街などで愉快に遊んだのは良いが、いざ払おうとすると金がたりない。馬を引いて帰るように（「つけ馬」）残金取立て者を引いて帰るはめになる。もっとも現代では、無銭飲食をするとたちまち警察につき出されるだろうが。

火事だ、事故だ、けんかだとなると、やりかけの仕事も何も放り出して見物に出かける好奇心のかたまりみたいな人が「やじ馬」である。やじ馬の顔には「なんだ、なんだ？！」と書いてある。

あとの祭

前夜祭、本祭、後の祭と、順番にくる祭の

以馬作比喻的詞彙，還有像「 tsuke － uma 」及「 yaji － uma 」之類的。

從前，在花街柳巷盡情的玩樂，到了要結帳的時候卻突然發現口袋裡並沒有足夠的錢，結果就會變成牽著馬回家（ tsuke － uma ），但必須帶著要帳的人回家。當然囉，在目前這個時代，要是發生吃霸王飯不給錢的事件，免不了會引來警察的。

經常可以在火災、打架或發生事故的現場發現到，將手中的工作丟下不管，專程跑來看熱鬧的一群好事者，這些抱有非常好奇心的一群就是所謂的「 yaji － uma 」。而這些「 yaji － uma 」的臉上通常都寫著很大的問號：「怎麼啦？發生什麼事?!」。

馬後課（ ato － no － matsuri ）

這並不是依前夜祭（在節、祭日之前夕所舉

ひとつではない。祭が終わった後とか、祭に間に合わなかった道具や見物人のことで、「手おくれ」とか「時代おくれ」の意味に使われる。

本来は死後の祭、葬式のことであり、「死んでから後ではどれほど祭が立派でも、自分にはわからないからつまらない」ところから出たものらしい。だが、いまでは、先のように「いまごろ来たってもう後の祭だよ。船の出ちまったよ」などと、間に合わなかったことに使う。

同様に、「けんか過ぎての棒ちぎり」など、けんかが終わって棒を持って来ても、役に立たない。「六日のあやめ、十日の菊」もある。見ごろを過ぎてはどうしようもない。日本人は、ことのほか月が好きで、十五夜（旧暦で満月）ならずとも、十六夜、十七夜と、秋には月を愛でもするのだが。

行的祈福活動），本祭（正式祭典），「ato－no－matsuri（節日的第二天）」，按順序進行的祭典之一，而是指祭典結束之後，或是以未能趕上祭典的道具或參觀者之立場，用在「耽誤」或「過時」的意思上的。

原本是指死後的祭典、葬禮等事宜，但，「人已死，在死後縱使有風光的祭典，本人也無法得知，沒啥意思」，可能這才是馬後課的出處吧。然而，目前卻都用在像前面的「現在才來已經『ato－no－matsuri（太遲）』了，飛機已經起飛了」之類，指已經耽誤的事情。

同樣的，如「kenka sugiteno bōchigiri（雨後送傘）」等，比喻架已打完了方送來棍棒也無濟於事。此外又有「muika－no ayame, tōka－no kiku（六日菖蒲十日菊）」之類，形容時機已過，也就無用武之地。日本人都特別的喜歡月亮，不僅在陰曆十五日夜晚（中秋夜），連十六日夜晚、十七日夜晚……，在秋天都會以愛來比擬月亮。

勉強

一般には、学問に励むこと、学習することをいう。

子供たちが学校から帰って、遊びに出ようとすると、お母さんから、「勉強済んだの？」「勉強しなさい」と尻を叩かれる。そのお母さんが買い物に出かけて八百屋さんなどで「それもう少し勉強しなさいよ」、八百屋は「おなじみさんだから○円勉強するか」といえば、これは値引きの意味である。

薄利多売をモットーとする商人哲学からすれば、少々安く売っても商品回転を速め、結局総利益は増えることになることから、仕事に励む、精を出すの意味で、勉強が値引きを意味するようになったのだろう。

なお、スーパーマーケットの隆盛で正価販売が当たり前となり、主婦が商店に「勉強しなさいよ」がいえなくなった反動で、子供に「勉強

學習（benkyõ）

通常是指勤奮做學問或做功課。家裡的小孩從學校回來，正準備出去玩的時候，會遭到媽媽的催促：「功課做完了沒？」「去做功課。」當這位媽媽出外購物，彎到蔬果店時拿起一把青菜要求老闆：「這個東西再『benkyõ』一些嘛！」老闆若是回答：「老主顧了，就『benkyõ』○圓吧。」這是等於減價的意思。

從以薄利多銷的座右銘的商人哲學的立場，就算賣得便宜一些，也會因此而加速商品的流通，結果總利益也只會增加，從此以勤奮、努力工作為動機，使「benkyõ」變成了減價的意思的吧。

如今因超級市場的興隆，使得不二價販售也變成了理所當然的事，主婦就不能像以往那樣要求商店來個「benkyõ一些嘛」的情況下，反過來向小孩要求，「要『benkyõ』啊」的情形有增多趨勢，這跟最近母親們的熱心教育是有密切

しなさいよ」ということが増えたのが、最近の母親の教育熱心につながった、とはとんだjoke.

→サービス

茶坊主

昔、城中で茶の給仕をした武家の役職の一つである。剃髪し僧衣を着たので坊主（僧のこと）と呼ばれた。僧の姿になるのは、身分・階級を超越した世界に生きるという意味で、お茶を出すような軽い仕事をする軽い身分の武家が将軍に仕えるためには、身分を超越する必要があったのだろう。

軽輩にしろ将軍のそばに仕えるからには、その威を借りて威張る者が出てくることは当然で、そういう種類の人間に対して、一般に権力者にへつらったり「ごますり」ばかりしているいやな奴、あるいは軽輩のくせに上司のお気に入りとうぬぼれて周囲の人々に威張り

切關連的 ?? 真會開玩笑。

→ sābisu（減價）

司茶者（cha – bōzu）

從前武士執政的時代，在城中掌管茶道的武士稱之為「cha – bōzu」，當年，這也算是武士的行業之一。由於必須剃髮穿僧衣的緣故才稱為「bozu（僧）」的。之所以要裝扮成和尚的樣子，是為了表示他是生活在超越身分與階級的世界。從事像端茶這麼簡單工作的基層武士，為了要侍奉高高在上的大將軍，大概也有超越身分的需要吧。

即使身為晚輩，既然在大將軍的身旁做事，當然就會有狐假虎威、亂擺架子的事情，對這一類的人物，一般都會將他視為只會奉承掌權者的「gomasuri」，討人厭的傢伙，或只是個晚輩卻以為討上司的喜歡就自負，到處逞威風的臭屁傢

ちらす鼻持ちならぬ奴、との意味で「あの茶坊主め！」と陰口をたたく。

もっとも本人は、会社に対する忠誠心の表われと思っているだろうし、陰口をたたく方も、自分の不器用さを内心あわれんでいるのかも知れない。

→ごますり、お茶

ちゃらんぽらん

何事にもいいかげんで、でまかせのうそでその場をしのいでいくようなこと。「あいつはちゃらんぽらんだ」と軽蔑される。仕事も途中で

伙，還在背地罵他是個「該死的『cha － bõzu』」呢。

其實他本人或許會以為這是忠於公司的一種表現，而在背地罵他的人說不定也在內心自嘆自己的笨拙吧。

→ gomasuri（拍馬屁者），ocha（茶）

馬馬虎虎（charan － poran）

意味著對任何事都以敷衍塞責、隨便胡說來應付該場面之類。這類人都會以「他是個『charan － poran』的傢伙」被輕視。做事時會在中途丟

ほったらかして別の方にフラフラと行って持続しない。悪人との印象はないようだが、他人は迷惑する。

「ちゃら」はごまかし、でたらめ。「ちゃらにする」といえばバクチなどの借りを消すこと（かならずしも返済するのではない）「なかったことにする」わけだ。

「ほら」は昔用いられた大きな貝でつくったいわば拡声機。「ほらをいう、ふく」とは、小さいことを大きくいう、大袈裟にいうこと。「あいつは昨日１メートルもの魚を釣ったなんて、あれはほらだよ」などという。

下不管，到處溜達而無法專心。雖然不能說是個壞人，卻會讓人受不了。

「chara」的意思是作假、胡扯。所謂「chara ni suru」是表示可以把像賭債之類的借款一筆予以勾消（未必要還債）「nakatta － koto ni suru（當做沒發生過）」的意思。

「Hora」是古時候所使用以很大的海螺殼做成的號角，可以說是當年的擴聲機。而所謂的「hora wo iu（說大話），或 fuku（吹牛）」是表示把小事說成大事、誇大其詞之意。如「那傢伙說昨天釣到一公尺長的魚，鐵定是『hora』沒錯」之類的說法。

對此「charan － poran」一詞，就有由「chara」與「hora」所合成的複合語之說。但無論如何，聽起來總讓人覺得不是很上道就是。

→ nakatta － koto ni suru（當做沒發生過）、ocha wo nigosu（敷衍應付）、ōburosiki（吹牛皮）

この「ちゃら」と「ほら」との合成語との説もあるが、「ちゃら」をいいかえての「ちゃらくら」「ちゃらぽこ」などと同じいいかえかも知れない。

→なかったことにする、お茶をにごす、大風呂敷

ちょうちん

lantern である。ろうそくをなかに入れ、竹と紙で回りをおおう「ちょうちん」は、室内でも戸外でも、なくてはならぬ照明具であった。

身分の高い人や商家の主人などが外出するときには、お伴を従えるのがふつうだが、お伴は夜になるとちょうちんに火をつけて主人の足元を明るくする。一方、お祭りになると、町内一同ちょうちんに火を入れて軒先に吊し、町を賑やかにする。ときには何百人もちょうちんを手にお祝いの行列を組んだりもする。

燈籠（chōchin）

這是將蠟放在裡頭，以竹和紙覆蓋在周圍的提燈。古時候不管是室內或戶外，燈籠這玩意是日常不可或缺的照明工具。

像身分較高的人或商家主人等在出門的時候，一般都會帶著隨行的跟班，到了晚上，跟班就會把燈籠點亮幫主人照路。此外，遇到節慶、廟會等活動的時候，各街的住戶都會同時點起燈籠並把它懸掛在屋檐端，使得街上顯得更加的熱鬧。有時候也會集合好幾百個提著燈籠的人組成慶祝的遊行隊伍。

このことから、「ちょうちん持ち」といえば、えらい人の言葉に加えて支持演説をぶったり阿諛したりすること。「ちょうちん記事」は新聞記者などが紙上で「ごますり」記事を書くこと。「ちょうちんをつける」は大勢のおもむくまま自分も同調すること。株式市場などで大手の売買に自分も上乗せして売買をするのも「ちょうちんをつける」ことである。

→赤ちょうちん、ごますり

チョンボ

中国に起こったゲームは実に多い。なかでも、チェス（日本の将棋）、カード（日本の花がるた）は世界中に普及している。その一つが麻雀で、本場中国では禁止されているが、日本の男性では知らない者がないくらいだ。学生街、ビジネス街の裏通りには、数多くの雀荘

從這一類的事情，演變到後來竟然把「chõchin－mochi（打燈籠的人）」比喻成對偉人的話加以支持講演一番或是拍馬屁；「chõchin－kiji」是指新聞記者們在報上寫「gomasuri」消息的意思；而「chõchin wo tsukeru」是隨大家的意向自己也採取同一步調表示贊同之意。像在股票市場跟著大戶的進出，自己也做追加買賣，這同樣也是「chõchin wo tsukeru」的意思。

→ aka-chõchin（紅燈籠），gomasuri（拍馬屁者）

無意的犯錯（chonbo）

起源於中國的遊戲可真不少，其中的 chess（日本的象棋）、card（日本的花牌）等，已普及世界各地；而麻將在發源地的中國大陸雖然是被禁止的，但對於所有的日本男性而言，可以說無人不曉。在學生街、商務街的巷道裡，林立著為數不少的麻將屋，已普遍成為男性重要的社交

が立ち並び、男達の重要な社交の場となっている。

「チョンボ」とは、この麻雀ゲームで和ってもいないのに誤まって和り宣言をすること、またはルール違反の和りをすることである。当然、ゲーム参加者に罰金をとられる。

このことから、誤まって犯したミス、見過ごし、手落ちをいう。ただどちらかといえば軽いミスであり、むしろご愛嬌的でさえある。「彼はまたチョンボをやった」といえば、「彼はバカだが、憎めない奴だ」ぐらいの意味である。もっとも繰り返しチョンボをする人は完全にバカにされてしまうが。

場所了。

所謂「 chonbo 」者，在玩麻將遊戲當中並沒和卻以為和了而做出錯誤的宣布的意思，或做出違反規則的和的意思。理所當然會被參與遊戲者拿走罰金。

由這樣的事而指誤犯的錯失、看漏、疏忽之意。大致說來都是屬於一些小錯誤，反而帶著點兒可愛的味道。若聽到「他又搞『 chonbo 』了」，那是說「他雖然有些笨，卻並不討人厭」的意思。其實經常重複會「 chonbo 」的人，最後還是會完完全全被輕視的。

大黒柱

家の中心に建てて家全体の支えとする太い柱。転じて家族や集団で、その成員すべてが頼りにする中心的人物や物のことをいう。

大黒とはサンスクリット語Mahākalaの訳名で、仏教の守護神、とくに食物や台所の守護神として民俗信仰にとりいれられている。また、「えびす」（商売の守護神）などとともに七福神のひとつで、幸せをもたらす神様である。

似たような表現に「屋台骨」がある。車がついて移動できる、そばなどの行商店舗（屋台）の骨組みのことである。

「彼は某社の大黒柱だ」とか、「昨年発売の新商品がいまや当社の大黒柱だ」のように、健全性をいうに対し、「あの会社は屋台骨がゆるんでいる（組織がガタガタになっている）」とか「あの会社は屋台骨がしっかりしていない（中心になる人物、商品がない）」のように

棟樑（daikoku – bashira）

豎立在房屋中心以支撐整棟房屋的粗大柱子。轉而指在家族或團體裡面，受到所有成員的信賴的中心人物或物體的意思。

所謂「daikoku」，是 Sanskrit 語 Mahākala 的譯名，以佛教的守護神，特別是以食物或廚房的守護神溶入在民俗信仰裡。此外，祂是與「Ebisu（商業守護神）」同被稱為七福神當中之一，會帶來幸福的神。

在類似的表現上有「yatai – bone」這句話。這是指裝有輪子可以使其移動，就像賣麵的小販所用攤床的支架那東西。

如「他是某公司的『daikoku – bashira』」，或「去年出售的新產品，如今已成為本公司的『daikoku – bashira』了」的建設性說法之外，另外也有「那家公司的『yatai – bone（組織）』已呈鬆懈之象」，或「那家公司的『yatai – bone』並不堅固（找不出中心人物、商品）」具負面以

否定的表現で使われる。

→ドル箱

独身貴族

直訳すればa bachelor nobleということになろう。「なるほど、結婚＝人生の墓場いりをしていない男のことをいうのだな」などと早合点してはいけない。もちろんその意味あいもあるが、独身貴族は男女ともに使う。

昔と違って炊事、洗濯、掃除すべてを電気製品がすませてくれる現在、家庭をもたない独身

否定性表現的說法。

→ dorubako（金庫）

單身貴族（dokushin – kizoku）

請不要看到這句子就貿然予以斷定「的確，這是指沒有結婚、尚未跨進人生墳墓的男人」；事實上卻也帶有這樣的味道。而單身貴族也並不光指男人，女人也可以用它。

與從前比較，做飯、洗衣、打掃幾乎全可依賴電氣成品的現在，即使沒有成家的單身漢也不需花多少時間在家事上，薪水又可以全額依自己

者も家事にあまり時間を使わずにすむ。給料もマルマル自分の才量で使える。love affairsにも……？

というわけで　若さと時間と金と、3拍子兼ね備えた独身者に中年層が捧げた羨望の言葉である。とくに海外旅行やおいしい店の食べ歩きなど、活発に青春をenjoyしている女性社員などは貴族中の貴族である。

もっとも、男女ともに結婚すれば貴族ではなくなるのだが、「社内結婚」を狙う独身貴族がワンサといるのは、これまた矛盾だろうか？

→社内（結婚）

的意思來支配，甚至在愛情遊戲方面……？

由於這些理由，對著兼備青春、錢財、時間三者的單身漢，這是中年層過來人捧出的羡慕詞。尤其是，到國外旅遊、吃遍大街小巷的名餐名點店……等，有足夠的能力享受青春的女性員工，可都是貴族中的貴族啊！

男生、女生若是結婚了，當然就會自動喪失貴族的頭銜，但奇怪的是，偏有不少單身貴族天天祈盼著「社內結婚」──與公司裡的同事結婚了。你說這是否也很矛盾？

→ shanai （ kekkon ）社內（結婚）

ドル箱

直訳すればdollers box、金箱のことである。なぜ金箱を円箱とかpound boxとかいわないのかは定かでない。

金箱から転じて、ある会社の種々の分野や商品群のなかでもっとも収益の高い部分を指す。「あの会社の新商品ビタミンXは発売後たちまち同社のドル箱になった」などという。「～部は当社の最大のドル箱だ」とも使われる。

資金源をいうこともある。「彼は最近新事業を興したが、どこかでドル箱（「かねづる」とも）を見つけたらしい」などと。この場合、ドル箱の代わりにsponsorともいう。ある男の実力を見込んで資金を提供してやる資産家のことである。

→大黒柱

金庫（dorubako）

「dorubako」就是dollars box，也就是錢櫃、金庫的意思。為什麼不把金庫說成圓庫或鎊庫（pound box）？這就不清楚了。

在某公司，各種領域或各種商品當中收益最高的部分都可稱為「dorubako」，「那家公司的新成品維他命 X 在出售後很快就變成了該公司的金庫」，或「某部是我們公司最大的金庫吔」之類的用法都可行。

有時，資金來源也可以稱為「dorubako」。如「他最近創辦了新事業，說不定在哪兒找到了「dorubako」（也可以說成「kane－zuru（能出錢的人）」之類。這時候，金庫「dorubako」也可以稱為「sponsor（資助者）」。這是指看上某個男人的能力並提供他資金的資產家而言。

→ daikoku－bashira（棟樑）

ドサまわり

劇団や芸人の地方巡業をいう。「ドサ」の語源はやくざなどが使った土地の名の隠語で、佐渡のことらしい（同様に上野をノガミ、銀座をザギンなど）。佐渡といえば昔の流刑地で、しかも労役が辛く、まともに生きては帰れないところだった。

このことから、地方巡業ばかりをする役者をドサまわり——「中央に戻れない」といったものだろう。

日本の官庁や会社では、地方支店などに数年勤め、また中央や海外店に数年といった具合にcareer pathしていくことがふつうであるが、たまたま地方勤務が連続したりすると、「おれはドサまわり専門だよ」と自嘲する。海外支店でも、後進国の場合は「ドサまわり」として敬遠される。

こうした敬遠される場所に赴任を命ぜられる

流動劇團（dosa－mawari）

這是指流動劇團或走江湖的藝人。「dosa」的語源是流氓或賭徒們所使用地名的黑話，大約是指佐渡吧。提到佐渡，古時候，那是收容被處流刑者的地方，所課的勞役又極其艱辛，是個很難令人像樣兒的活著回來的地方。

由此，才把在各地從事巡迴演出的藝人稱為「dosa－mawari」——「不可能回到中央」的吧。

日本的政府機關或公司，通常會讓員工在地方分支機構或分店裡工作幾年，再到中央或海外的機構或店工作幾年的方式，逐步地進行職務訓練以培養企業管理人材；但，碰巧遇到被留在當地繼續工作的員工，往往會以「我是『dosamawari』專家吔」來自我解嘲。即使是海外分支機構，地點若是在落後國家，也會被當做『dosamawari』而不受歡迎。

被調往如此不受歡迎的地方就職的情形可

と「飛ばされた」という。日本では滅多に首になることがないかわりに、こうした処遇がある。その人の career path がいきどまりになったことを意味する。

→辞令、窓際族、左遷

外人

本来外人とは、仲間以外の人とかあまり付き合いのない人のことで、また外国人一般をも意味するものであった。

鎖国時代の日本が常時交際する外国人はただの二つ、唐人（中国古代王朝唐の人の意から、転じて中国人の意）と夷人（オランダ人、夷とは野蛮の意）とであった。19 世紀後半、欧米人がどっと入ってくるようになると、軽蔑の意味がある夷人では具合が悪くなって、異人と称するようになる。髪の色、眼の色、肌の色が異なる人の意味である。

稱為「 tobasareta （被派遣或被踢出去）」。在日本並沒有解雇這回事，因此以這樣的待遇來取代它。意味著該人的職務訓練已經到盡頭了。

→ jirei（辭令）、 madogiwa － zoku（窗邊族）、 sasen（降職）

外（國）人（ gaijin ）

原本所謂的「 gaijin 」，指的是夥伴或同事以外的人或沒啥往來的人，以及住在日本的外國人。

遠在鎖國時代，與日本經常來往的外國人只有二種人，其中之一，是中國人（由中國古代的唐朝人轉為中國人），另外則是夷人（荷蘭人，夷是野蠻之意）。直到十九世紀後半，歐美人大量的湧入，再也不好意思沿用帶有輕蔑意味的夷人而改口稱為異人（與夷同音）。意思是頭髮、眼睛、皮膚的顏色統統都與日本人不一樣的人。

到了歐美人成群訪日的二十世紀，異人的稱

欧米人がたくさん渡来する20世紀では、異人はすたれて毛唐（毛深い唐人＝外国人）という侮蔑的な言葉も使われた。これを敗戦後あらためて外人と呼ぶようになったので、ここには外国人を対等にみる精神が働いている。ただこの言葉の歴史が語るように、外人には東洋人を含まないニュアンスがあり、主に白人を指すのである。

→うち

呼已嫌不夠傳神，另外又起用了污辱性詞彙的「ketõ（毛唐人＝外國人）」。之後，經歷了二次世界大戰，在戰敗之後重新改口而變成現在的「gaijin」稱呼，在此，我們可以清楚的看到，日本人已學會以平等的態度對待外國人。唯，就像這一句詞彙的歷史所表示那樣，這外（國）人並不包含東洋黃種人，主要是指白人而言。

外國人在日本往往會覺得自己頗受禮遇。譬如，當他們在同路時，對方一定會親切地指點，遇到困難時，日本人也會樂意幫他解決。日本人經常會招待他的外國朋友到高級餐廳用餐，尤其當外國人到日本的公司或朋友家拜訪時，更會收到對方贈送的高價禮物。不過，在日本公司任職的外國人，對於這種永遠被視同客人的待遇，卻也說出了他們的不滿。因為，在重要的決策過程中，往往都沒有他們的份兒。而且他們所提出頗富創意的提案，若不是被婉拒，就是根本不受重視。唯一的理由則是提案內容並不符合日本的習慣。至於日本人為何會採取這種自相矛盾的態度

呢？原因之一，是來自日本人傳統的文化觀。日本人認為，日本文化是相當獨特的，不僅很難對外國人解釋，外國人也不容易適應日本人的生活方式。由於有這樣的想法，與傳統內、外感覺的相結合，使得日本人對於更深一層異國文化的理解也變得躊躇不前。日本人已經建立了只屬於自己而極度排外的社會風氣。他們對於擁有其他文化的外國人的態度是，只要對方是處於客（外）人的立場就得以禮相待，但是，偏不歡迎對方加入自己的圈圈。之所以如此，是因為他們不知道應該如何對待那些人。

然而，現代的日本人已經了解到異國文化之間交流的必要性，而且也體會到日本文化在形成日本人的力量之際，同時也成為日本人的束縛。因此，日本人應該努力找尋一個新方向，藉以學習如何拓展更大、更多元的文化社會才好。

→ uchi（我們）

下戸

昔、上戸（豊かな家、税金を沢山おさめる家）に対して、その反対の貧しい家、民衆を呼んだ名である。それが酒を飲まない人、飲めない人をさすようになった（酒がめをたくさん持つことのできるのが上戸で、酒がめをまず持てないのが下戸）。したがって酒も飲めない。

日本人には体質的に酒を飲めない、あるいは少量でもひどく酔う人が欧米人に比べて多い。そういう生理的に酒を飲めない人までも、貧乏で飲めないのだろう。下戸だ、とからかったのがおこりだろうか。

なお、反対に酒飲みのことを上戸とはいわない。「左きき」とか「左党」という。左手に盃を持つことからきたという説もあるがあやしい。酒も甘い物も両方とも好きな人は「両刀遣い」などという。最近アメリカで評判になっている五輪書の著者である17世紀の剣豪

窮人（geko）

從前，與「jõko（上戶）」（有錢人家、高額度納稅戶）相對的貧戶，眾人都稱之為「geko」，後來卻轉為指不喝酒的人，或喝不起酒的人（能夠擁有大批酒缸的人家為上戶。沒能力擁有酒缸的才叫做「geko 下戶」）。因此之故，也喝不起酒。

在日本人當中，因體質上的關係不能喝酒的人，或稍喝一點兒就會醉倒的人比歐美人要多。對這一類在生理上無法喝酒的人，以「窮得沒法子喝酒了嗎？」「他是『geko』吧！」的話來嘲弄，是否就是「geko」的起源？就不得而知了。

而，相反的，愛喝酒的人並不叫他「jõko（上戶）」，倒要叫他「左撇子」或「左黨」。有左手拿杯子為語源之說，但並不可靠。愛吃甜食又喜歡喝酒的人，我們會叫他「ryõtõ－zukai（手使雙刀的人）」。最近在美國頗獲好評的五

宮本武蔵が左右の手に一本ずつ刀をとって闘ったことにちなんでいるが、あまり飲食がすぎると、上戸が貧乏＝下戸になってしまうから要注意。

下駄を預ける

下駄は木でつくった5センチほどの高さの日本古来の履物である。日本は現在でも家庭に入ると履物を脱ぐが、昔は劇場や商店などでも脱いで上がった。履物は下足番に預けるのだが、いったん預けると、相手の同意なしには（履物がないから）帰れなくなる。

輪書之作者，十七世紀的劍術名家宮本武藏是位手使雙刀者，這是「 ryōtō－ zukai 」的出處。在此奉勸各位，過分的吃喝可能使上戶變成下戶的，務必小心啊！

聽從擺佈（ geta wo azukeru ）

「 geta 」是由木頭所做，約五公分高度的木屐，是日本人自古以來腳上穿的東西。現在在日本，要進屋子裡還是得脫鞋子，古時候則是連劇場或商店等地方都要脫下鞋、木屐等才能進去的。腳上穿的鞋子則交給看管鞋的人。一旦寄存了，若沒有對方的同意就不能取回，因為沒鞋子

転じて、ゲタを預けるとは、事柄の処理や責任、自分の行動のしかたなどを相手の決断に委ねてしまうことを意味する。「君にゲタを預けたよ」とは、その案件を君の責任のもとにすべて処理せよとのことである。

なお、「ゲタをはく」とはゲタには厚み（高さ）があるところから、マージンの上乗せをする、ないし正価より高く売ること。ボート競技の3隻レースで、真中のクルーがとびぬけて勝つこともいう。下駄を上から見た形である。

麻雀などで誰かがひとりで勝っていると、「勝負はゲタをはくまでわからないよ」と仲間がからかう。勝負は最終までわからないとのことだ。

義理

社会生活を円満にすごすために人が行なうべ

可穿，也就不能回家了。

如今，「 geta wo azukeru 」已轉變成把處理事務的責任、自己的行動方式等以委託方式交給對方全權處理之意。像「我把『 geta 』交給你了」，是請你負責把該案給處理好的意思。

此外，「 geta wo haku（穿木屐）」是因為木屐的厚度轉而比喻利潤或保證金的追加，或以高於定價出售的意思。在划船競賽時，若是三艘船當中的中央一艘以顯著超前得勝也可以用「geta wo haku 」的說法。這是從上面看到的木屐模樣。

在玩麻雀遊戲時，若一直都是某甲一人獨贏的情況下，夥伴們就會對他說「穿木屐之前還不知道輸贏呢」。意思是說，勝負在結束之前是無法預料的。

人情（ giri ）

人情，與基本上強調在社會關係中必須相互

きこと、正しい道といった意味だが、実に広い範囲で使われる。

「あの人には義理がある」といえば、かつて世話になったことがあり、いずれお返しをしなければならない人、恩人のこと。

「義理を果たす」はお返しをすること、また中元・歳暮などの付け届けや冠婚葬祭の交際上出費を果たすこと。これをキチンキチンとやる人は「義理がたい人」とほめられる。だが、そのお返しや交際に心がこもっていないと義理一遍（通り一遍）と、かえって悪評を受ける。

「義理の仲」は、義父母、義兄弟など血族でないが、血族のような交際をしなければならない仲。

会社のなかで、上司と部下・同輩間に「義理がからむ」と、そこには一つの閥＝人脈的結合ができたことになる。

→閥、仁義、恩

扶持的日本式倫理，有著很深的淵源。基於這種觀念，日本人就得盡到作為一個日本人的責任與義務。（其實我們也一樣。）

若是有人在某些方面受到他人的照顧或協助，就得設法報答對方，像「我對那位林先生有『giri』」。這句話所透露的訊息是，我曾經受到他的照顧，我得設法回報他，林先生是我的恩人等。又如「giri wo hatasu」這句話，指的是報恩，其實也可以用在一般應酬方面。例如A先生請B先生吃飯，下次一起進餐時，B先生就會回請A先生。所以，餐廳也可以說是為了讓人們建立這種人際關係的地方。對於上司或岳父母、公婆、媒人、孩子的老師等有特殊關係的人，在中元節或年底都得送禮，這個時候，到百貨公司選購禮品的人總是擠得水洩不通。即使是左鄰右舍，遇有水、火災或喪事時，也都會互相幫忙。像這樣，人人為了維護自己的體面，期待著將來可能得到的好處，在婚喪喜慶等各種場合盡他應有的人情。

今天，年輕一代雖然很容易輕視這些社會性義務，不過，隨著年歲的增長，也會改變觀念而成為「giri － gatai hito（嚴守交往禮節的人）」。

成年人有各式各樣的人際關係和該盡的義務，要是忽略了那些社會上的人情往還，就無法維持令人滿意的生活。不過，盡義務也要有誠意，否則就會受到「giri ippen（假仁義）」的惡評。「giri no naka」指的是義父母或義兄弟姐妹，雖然沒有血緣的關係，卻必須要有像血緣之間之交往那樣的交情。

在公司裡面，上司與部屬、同事之間若有「giri ga karamu（絆上人情）」的情形，就表示他們已結成了一個派系（閥），也就是人脈的結合。

歸根究柢，人情這玩意，或許可以說它是屬於一種黏劑，會把人們結合在一起的社會性黏劑吧。

→ batsu（閥）、jingi（人情）、on（恩）

ご縁

「縁」とは仏教語。万物はすべて原因があって生まれるわけだが、その原因から結果を生む媒体が縁である。過去（因）、現在（縁）、未来（果）ともいえる。

男女の仲、近所の付き合い、取引先との付き合い、すべて縁があって始まる。この場合、「縁」丁寧にいって「ご縁」とは、機会であり、「縁がある」とは関係があるの意味となる。

「あの会社とは縁がある」といえば、その会社と当社とは取引があるか、競合関係にあって入札などに同席することが多いことなどを指す。

ただ日常で縁といえば、男女間の関係をいうことが多い。縁の話＝縁談とは、若い男女をもつ親のところにもちかける結婚の話で、縁があると夫婦になり、縁がないと結ばれない。「縁を切る」とは、夫婦の別れ、「金の切れ目

緣份（go — en）

「en（緣）」是由凡事都有起因的佛教思想衍生而來的。透過居於因果之間的緣（過去＝因，現在＝緣，未來＝果），社會上的各種關係都是因為緣而開始，而且隨著緣的深淺而產生變化。

不論是男女的關係或鄰居的交往，乃至於與顧客的交易，若有緣就能順利進展。因此也可以說，因為有了緣，我們才能與別人有建立人際關係的機會。「有緣」也可以解讀為「有關係」的意思。正因為有了緣，事情才得以順利推展。

就如「我們和某公司有緣」，意思是，我們公司和某公司有交易上的往來，或互相處於競爭關係的同時，經常會在競標的場合上同席。

如果，某項事業計劃必須獲得某機關的支援，那就必須先認識該機關的有力人士，而所謂的認識也就是有緣的意思。你或許也聽說過，某人到一個從未想到過的地方工作之類的事，那也

が縁の切れ目」とは、遊里での愛情は金がなくなるとおしまいということ。

5月病

日本では有名校に進学することは、そのままその後のエリートコースを約束されるパスポートにもなる。だから受験生にとって受験勉強の重圧は大変なものだ。なかには、無事合格しても心身に変調をきたす者も出てくる始末だ。これが5月頃集中的に起こるので5月

可以說是因為他與那地方有緣。只是，在日常生活裡，一提到「緣」，多半是指男女間的關係而言。家裡有適婚年齡子女的父母，都會有人來說媒（「en no hanashi」或「en — dan」），要是有緣就會成為夫妻，相反的，沒緣就不能結婚。

所謂「en wo kiru（斷絕姻緣）」是指離婚的事，而所謂的「kane no kireme ga en no kireme（錢斷情也斷）」者，指的是煙花巷裡的愛情，沒錢就完了。

五月症候群（gogatsu — byõ）

在日本，要是能順利考進名校，就等於取得未來通往成功之路的護照。因此，對於考生而言，準備應考的壓力可以說是沉重的。這當中，就算考取了卻招來身心病變的例子也不少。由於這些狀況都會集中在五月的時候發生，因此才被稱為「gogatsu — byõ（五月症候群）」。

病と呼ばれる。

この現象が、近年企業に入社した新人にも多く見られるようになった。なかには2／3カ月で退職したり、自殺するものさえ出てくる。

これは、有名大学に入ること、有力企業に入ること、そのことが人生の目的であるかのように思いこみ、それが達成されたら、目的を達成した虚脱感と、生活環境の変化、周囲の人が自分より優れてみえることなどから、ノイローゼに陥ってしまうのだろう。真面目な人ほど多いらしい。

多少のエリート性と多少の不真面目さが5月病にかからぬ条件だろうか。

這樣的現象，從近幾年才進入企業界求發展的許多新人身上也看得到。而其中有的是才上班二～三個月就辭職，甚至連自殺的人也出現了。

這是因為，一般年輕人似乎都以為考進有名望的大學，進入有實力的企業、公司才是人生的目的，一旦達成了目的，卻又因達成目的之後的虛脫感，以及生活環境的變化，周遭的人怎麼看都比自己優秀之類事故，搞到陷入神經衰弱的困境；再者，越是認真的人也越會有這種現象。

或許，具有某種程度的優越天賦以及稍具放得開的幽默，才是避免罹患五月症的先決條件吧。

業者

内容的には企業の意味であり、官公庁や財団以外はすべて業者であるが、この言葉には侮蔑的なニュアンスが伴っている。

封建時代は、商人の地位がもっとも低く見られた時代で、商人といえば、狡猾で人をだまして儲けることばかり考えていると思われた時代である（この点西洋でも同じだが）。幕府や大名に出入りした商人が、近年では業者と呼ばれるようになったが、やはり「油断のならない者」のニュアンスが抜けきれていないようだ。

社会的に認められた大会社でも、官公庁から見れば業者であり、その下請けは大会社の業者、孫請けは下請けの業者で、このチェーンはどこまでもつながる。

だから、取引相手の企業に向かって、貴社は我社の取引相手だのつもりで、「貴社は我社の業者のひとつだ」などというとんでもな

業者（gyōsha）

在內容上指的是企業的意思，除了政府機關或財團以外的，全都是屬於業者，但這句話卻伴隨有污辱性的含意。

封建時代，是商人的地位最被看低的時代。只要說到商人，就會令人連想到，既狡猾又只會想法子騙人以利賺錢的人（在這樣的事情上東西方都是一樣的）。從前在幕府或大官轄區內出入的商人，近年來雖然已被改稱為業者，卻似乎仍然脫不了「不能放心的人」韻味的樣子。

即使在社會上已經受到肯定的大公司，若從政府的角度看來仍舊是個業者，在其下的轉包商就是大公司的業者，而再隔一層的下游承包商則是轉包商的業者，這樣的連鎖可以一直延續下去。

因此之故，要是向交易對手的企業抱著「貴公司是我們公司的往來客戶」的想法，說出類似「貴公司是我們公司的業者之一」的話語，肯定

いことになる。

ただ「同業者」にはそんなニュアンスはまったくない。単に同一業種の企業の意味である。

はえぬき

ある土地で生まれて以来ずっと育ち、または入社以来一貫してその会社・業種で働いてきた人をいう。植物の地付きからきた言葉だ。「彼は当社はえぬきの経理マンだ」などと使う。同じような言葉に「きっすい」がある。混じり物のない、純粋の、といった意味で、例文のはえぬきをきっすいとも言い換えできる。ただ、はえぬきは会社、土地を変わっていないの感に対し、きっすいは職種を変えていないの感じになる。

だからはえぬきの江戸っ子は、父祖以来の江戸っ子で、江戸以外に住んだことがない人であり、きっすいの江戸っ子は父祖以来の血統的江戸っ

會變成一場大笑話。

但是，「同業者」就完全沒有那樣的味道。只是單純同一業種企業的意思罷了。

道地（haenuki）

這是指在某一個地方出生以來就在當地成長，或從進入公司以來始終都在該公司工作，從事同一業種的人而言。這是出自植物土生土長的詞彙。用在「他是本公司『haenuki（道地）』的經理人材」之類。類似的意思裡有「kissui（純粹）」這句話，指的是不含雜物、純粹的意思。上面例子的「haenuki」也可以換成「kissui」來使用。惟，「haenuki」是帶著沒有轉換公司或土地的感覺；相對的，「kissui」就帶著沒有改變職種的味道。

因此之故，「haenuki」的東京人，是自祖先以來即是東京人，從來沒有在東京以外的地方住過的人。而「kissui」的東京人，是指自祖先

子（こ）であると同時（どうじ）に性行（せいこう）、言動（げんどう）すべてが江戸っ子的な人を指（さ）す。住所（じゅうしょ）は変わっていても良（よ）い。

対する言葉は「外様（とざま）」で、「天下（あまくだ）り」も同じ。きっすい、はえぬきで固（かた）めている会社では、外様（とざま）はなじめないこともある。

→天下（あまくだ）り、子飼（こが）い、外様（とざま）

羽目（はめ）をはずす

ハメは馬銜（はみ）のことで、馬（うま）からハミをはずすと馬が勝手（かって）な行動（こうどう）をする。転（てん）じて、拘束（こうそく）されないこと、興（きょう）に乗って程度（ていど）を越（こ）えること、を意味

以來在於血統上是東京人的同時，在個性、言行方面全都很東京的人；即使不一樣的住所也無妨。

相對的詞彙則有「 tozama 」和「 ama － kudari 」。在以「kissui」、「 haenuki 」為經營體制的公司，「 tozama」是很難融合在一起的。

→ ama － kudari（指派）、kogai（心腹）、tozama （旁系人）

脫序（ hame wo hazusu ）

「 hame 」指的是馬銜（ hami ）。若從馬頭上取下馬銜，馬就不受拘束而隨意亂跑。轉而，把不受拘束、乘興會做過頭的事情稱之為

している。羽目板＝境界の境をはずして、限度を越えてしまうのが語源との説もある。

ハメをはずして構わないのが「無礼講」。いずれの民族でも共同社会の日常生活を維持し再生産するために、定期的に祭典を行ない、日常的価値を一時的に転倒し、狂気と浪費を導入する。共同社会の色彩をもつ日本のビジネス社会では、ときどきハメを外すことが個人にとっても集団にとっても祭典の役割を果たすのである。ただし、やりすぎると「ツケが回る」恐れがあるから要注意。といって、まったくハメを外さない人間も「気のおけるヒト」として敬遠される。

→無礼講

「hame wo hazusu（超過或過了頭）」。有人說，語源出自拔下「hame－ita（壁板）」＝地界的界限，好超越限度的意思。

在日本社會，即使「hame wo hazusite（做得過火）」也不傷大雅的，可能就只有「bureikõ（不講虛禮的沒大沒小）」了。任何的民族都會為了維持並更新共同社會的日常生活，定期性舉行慶典或慶賀的活動，把一般平常性價值臨時予以顛倒並引進瘋狂和浪費。對於頗具共同體色彩的日本商界而言，偶爾的過分、盡興，對於個人也好、集團也好，都會起到作用的。但是，太過分恐怕也會帶來副作用，凡事適可而止最安全。話是這麼說，但，在參與者當中若有正經八百而「hame wo hazusanai」的人物，此公必定會被視為「ki no okeru hito（很拘束的人）」，同時也不太討人喜歡。

→ bureikõ（不講虛禮、沒大沒小）

花

本来の意味のほかに、英語と同様、華やかなもの、飾り、選りすぐられたもの等を意味する。諺的な用法としては、「錦上に花を添える」＝名誉の上にさらに名誉を重ねる、「花を持たせる」＝勝ちを譲る、などがある。ただし後者には、花は与えるが果実は与えないという皮肉なニュアンスも含まれている。

同様に若い女性社員を指す「職場の花」は、彼女たちへの賛美であると同時に、実際の仕事に対する貢献は期待できないという意味が反面

花（hana）

除了原本的花的意思以外，與英語同樣，含有華美的、裝飾的、精華的意思，當做諺語的用法，則有「kinjõ ni hana wo soeru（錦上添花）」、「hana wo motaseru（給人面子）＝讓賢」等。但是，後面一句卻也含著雖然給面子卻並不給裡子的諷刺意味。

同樣的，指著年輕女性員工所說的「shokuba no hana（職場之花）」，對於他們是一句讚美的話的同時，還帶有無法期待她們在實際工作上的貢獻的反面意思。

就特殊的用法而言，例如「hana － michi（花道）」。這是指歌舞伎演員由觀眾席的後方通到舞台上的木板橋的意思，源自主角是由此通路進場與出場，轉而把經營者的光榮引退說成「hana － michi wo kazaru」，而晚輩們所做共襄盛舉的活動就要說成「hana － michi wo tsukutte ageru」啦！

にある。

特殊な用例として「花道」。歌舞伎の舞台で、客席の後方から本舞台へ続く板の橋のことで、主役がここから登場・退場することから、経営者が栄光に包まれて引退することを「花道を飾る」といい、後輩たちが彼のためにそのように演出してやることを「花道をつくってあげる」という。

腹の虫

前に述べたように腹は多様な働きをもつが、この腹のなかにはある種の虫が棲んでいて、宿主の感情を支配する。はっきりした理由もないのに嫌いな人間は「虫が好かない」からであり、不利益をこうむってなすすべもないときには「腹の虫がおさまらない」。近い将来起こることを漠然と予感するのは「虫が知らせる」からであり、なんとなく不機嫌なのは「虫の居

蛔蟲＝喻生氣時的感情（ hara － no － mushi ）

就像在前面所說的那樣，肚子具有多樣性功能，在這肚子裡棲息著某一類型的蟲，經常控制著宿主的感情。例如，沒什麼明顯的理由卻偏不喜歡對方這個人，是因為肚子裡的「 mushi ga sukanai（從心眼裡討厭）」之故；蒙受到不利卻一點辦法也沒有的時候就會「 hara no mushi ga osamaranai（怒氣不息）」；對於即將發生的事

どころが悪い」（虫が危険な場所にいる）からである。幼児がひきつけや激しい腹痛を起こすのも「疳の虫」が暴れるからである。

近年まで日本人は、寄生虫の罹病率が高く、胃や腸のなかに寄生する寄生虫が実際に種々の症状や苦痛を引き起こしていたので、この事実からの連想で上記のような言葉が生まれたものらしい。現在、寄生虫はほとんど駆除されてしまったが、言葉のうえの「腹の虫」は、社会生活におけるストレスの増大のためか、相変わらず健在である。

→腹、気

莫名有感覺，是因為「 mushi ga siraseru（預感）」的緣故；不知為什麼總覺得不稱心，是因為「 mushi no idokoro ga warui （蟲住在危險的地方）＝（心情不順）」的關係；之所以會引起幼兒抽筋或激烈腹痛，也是因為「 kan no mushi（想像中在幼兒體內引起痞積抽風的一種病原蟲）」在肚子裡面不安靜的關係。

近年之前，日本人的寄生蟲罹患率可以說是偏高的，寄生在腸胃裡的寄生蟲會引起各種的症狀與痛苦，也是不爭的事實，或許是由此事實，因而聯想出如上述那樣的話語吧。

如今，雖然寄生蟲已全被消滅了，但語言上的「 hara － no － mushi 」，是否因社會生活的壓力不斷的增加卻依然健在？

→ hara（腹）、ki（氣）

はしご

一段一段と上に昇ることから、①出世のはしご（出世階段ともいう）といういいかたがある。これは英語と同じニュアンス。ただし油断すると、②二階に上げてはしごを外される。形式上高位の役職につけて、実際はその権限の行使を、たとえばそのための下部組織を与えないなどして制限し、影響力を封じこめてしまう意である。英語では二階に上がればkick down the ladderで済むが、おみこし社会の日本でははしごを外されて下との連絡を失えばやがて失脚(lose one's feet)する。

そのほか、③はしご酒の略。「赤ちょうちん」やバーを次々に飲み回る意。はしごを何段も昇ってはじめて「本音」が出る人間が少なくないから、日本のビジネス社会では不可欠の行事である。ただし最終階梯に近づくほど費用は上役の個人負担になるので、彼らにとっては地

梯子（hashigo）

源自一階一階地登，而有了「升官之梯」（也稱為出息階梯）的說法。這與英語具同樣的語言神韻。但是不小心就會被「抬上二樓，拆走梯子」。形式上把他捧上高層職位，實際上卻限制他行使的權限。譬如為此並不提供下屬組織藉以限制、封死其影響力。要是外國人，既然上了二樓，大可以 kick down the ladder（傾下梯子）便了事；但是在抬轎子型社會的日本，要是被拆掉梯子而失去與下屬的聯繫管道，不久就會失去立足之地。

此外，「hashigo — zake（這家喝到那家的喝酒方式）」也是常用的話。由於不少人是登上好幾階的梯子才會透露「hon — ne（真話）」，在日本的商界，這是不可或缺的行事之一。惟，越接近最後的階梯，費用負擔就越會動到上司個人的頭上，因此對他而言，這是隨著地位雖然不好受卻不得不盡的非正式行事之一吧。

位に伴う非公式のつらい義務一つである。

→赤ちょうちん、本音

ヘソを曲げる

「ヘソ」や「つむじ」は、身体のまんなかについているのがふつうである。だから、それが曲がってついている人、すなわち「ヘソ曲がり」「つむじ曲がり」といえば、「素直でない者」「変わり者」「ひねくれ者」「いじわる」などの意味になる。

「ヘソを曲げる」は「ヘソ曲がり」を動詞的

→ aka － chōchin（紅燈籠）、hon － ne（真話）

鬧彆扭（heso wo mageru）

「heso （肚臍）」與「tsumuji （毛髮中的旋兒）」，通常長在身體的中央。因此，若是長歪的人，也就是所謂的「heso － magari （脾氣彆扭的人）」、「tsumuji － magari（乖僻的人）」，意思是彆扭、乖僻、怪胎、壞心眼的人。

「heso wo mageru 」是把「heso － magari 」以動詞化表現者，意味著，雖然沒有任何的正當

に使ったもので、正当な理由もないのに腹を立てたり、ひねくれたり、わざと人にいじわるをしたりすることである。

「正当な理由」がないかわり、「裏の理由」――たとえば、仲間はずれにされる、面子をつぶされる、など――がかくされていることが多い。

男らしくない、小人物のイメージであるが、上司にヘソを曲げられると、部下は泣かされる。

左うちわ

直訳すると、左手でうちわをあおぐ to work a fan with the left hand となるが、実際は、

理由，卻只是在生氣、鬧彆扭、故意對別人使壞等。

雖然沒有「正面的理由」，但多半藏有「背後的理由」——例如，被排擠在圈外、被刮了臉（丟臉）等。

彆扭的人往往沒有男子氣概、小人的形象，若不幸遇上脾氣彆扭的上司，他的部屬就有苦頭吃啦。

安閒渡日（hidari – uchiwa）

直接翻譯就會成為用左手搧團扇，但實際上卻在說安閒渡日的意思。「uchiwa（團扇）」

何の心配もなく安楽に暮らす to be (live) in ease and luxury, a comfortable life in retirement を意味する。うちわは、折りたたむことのできる扇子の同類であるが、扇子が主として外出時や観劇で使われるのに対して、うちわは自分の家でくつろいだときに使われる。

では、いったいなぜ「左手でうちわを使う」ことが、上のような意味になるのだろうか。昔武士は、不意の襲撃に備えて、利腕を開放し、いつでも剣を使えるように心掛けており、そのためうちわは左手で用いたそうである。このことから、不意に備える。余裕をもつ、気楽に暮らすの意になったといわれる。

何の心配もなく、生活に必要な金は自然に入ってくる気楽な暮しぶりをこれにたとえた。息子は立派に成人して、家も手に入れ、銀行預金も適当にあり、年金も入ってくる。日本のサラリーマンのすべてが、定年後を左うちわで暮らしたいものだと熱望している。

與可以摺疊的「 sensu （扇子）」可以說是屬於同類的東西，扇子主要用在外出時與看戲時，相對的，團扇是在家中休息的時候使用。

這麼說，到底為什麼「用左手搧團扇」的動作會變成上述的意思呢？從前，武士們都會開放兩隻手中好使的那一隻手（一般人為右手）以備突然的襲擊，時刻提心於使劍上面，為了這個緣故，似乎都用左手來搧團扇；轉而，被引用到以備意外、使自己從容不迫、安閒渡日之意思上。

就這樣，把沒有任何顧慮、生活所需的錢會自己滾進來，可以安閒地過日子，作為比喻。兒子已長大成人，房子也買了，銀行存款也有相當的額度，之外還有年金的收入。這是日本所有的上班族所熱切盼望，退休後能以「hidari－uchiwa」終其一生的理想境界。

→ teinen（退休年齡）

→定年

火の車

地獄に落ちた罪のある亡者（死人）たちを運ぶという燃えている車のことで、非常に熱く、苦しいところから、経済状態が非常に苦しいことを「火の車（のようだ）」という。

国家財政でも、企業会計でも、また家計や個人の「ふところ」の場合でも、同様に使われる。簡単にいえば、「金庫」や「財布」のなかが空っぽの状態をいう。

また、同じ車でも、「自転車操業」といえば、自転車が止まれば倒れるところから、hand to mouth でペダルを踏み続けて操業して、倒産せずにいる。ギリギリの状態である。自転車操業状態と火の車状態とは、どちらのほうが苦しいか、ややむずかしいが、火の車のほうだろうか。

艱苦（hi — no — kuruma）

這是在比喻運送掉進地獄帶罪死人的火焰車，由很熱、很苦，轉而指經濟狀況處於極度艱苦之意，形容像是「hi — no — kuruma（火焰車）」的樣子。

在國家的財政方面，企業的會計面，以及家庭的經濟狀況或個人的腰包，也都同樣可以用上它。簡單的說，那是指「金庫」或「錢包」已經呈現中空狀態之意。

此外，即使同樣是車，所謂的「jitensha — sõgyõ（自行車作業）」，則是指，自行車要是停了就會倒下來，為了要維持營業不得不咬緊牙關繼續工作，處於不安定的經營狀態的行業。自行車作業狀態與火焰車狀態，要分辨哪一種較為艱苦確是有些困難，大概是火焰車吧。

再者，用同樣的漢字寫的火車，在中國就會

なお同じ漢字で火車と書けば、中国では蒸気機関車のことになる。

ひとり相撲

相撲は柔道とならんで国民の伝統的スポーツである。まだプロスポーツとして昔も今も絶大の人気がある。近ごろは外人の相撲ファンも増え、また年6回の大会の優勝表彰でUSAの航空会社代表が祝辞を述べるのも好評を得ている。

子供遊びの指相撲や腕相撲も、相撲は2人で対戦するものだが、相手が強すぎてまるで「相撲にならない」（対戦相手にならない）のに一所懸命立ち向かっているのを「ひとり相撲をとっている」という。また周囲の協力を得られず、一人だけで難事業に取り組んでいるのも「ひとり相撲」である。

はたから見ていて気の毒になるほどだが、本

變成蒸氣火車。

唱獨角戲（hitori － zumõ）

「sumõ」（相撲）與「jũdõ」（柔道）是同屬於日本人傳統的運動項目，自古以來一直都是非常受歡迎的職業性運動。相撲迷的外國人也在逐漸增加，而且，在每年六次的大會優勝者表揚的場合，USA 航空公司代表所致祝詞也獲得了好評。

即使是兒童們玩的所謂「指相撲（兩人各以其四指互相扣握，以拇指壓住對方拇指為勝的一種遊戲）」或「腕相撲（扳腕子）」，都屬於必須由雙人對戰的遊戲，如果對方太強，已造成「sumõ ni naranai（不是對手＝根本不能相比）」的局面下，卻依然拚命以赴的情形就稱為「hitori － zumõ wo totte － iru（在唱獨角戲）」。而如果得不到周遭的協助，以一己之力投入艱辛事業

人は大真面目だから、悲劇でもあるが喜劇でもある。「みんなの協力を得られないのだからよしとけばいいのに」と、同情よりもあわれんでいる（といって手助けはしたくない）のだ。

冷飯食い

文字どおりに訳せばcold cooked rice eater。米飯は炊き立てが一番おいしい。昔、家制度が厳格だった時代、一家の主人や跡とり息子のように大切にされる人は、自分の好みの時間に炊きたての温かい御飯を食べられたが、次、三男

的情況也是屬於「唱獨角戲」之類。

在旁觀看的人都會感到同情，但其本人卻是非常認真的，因此，可以說既是一場悲劇也是一場喜劇。「大家不肯幫忙就不要做嘛」，這與其說是在同情，倒不如說是在憐惜（卻偏不想伸出援手）罷了。

吃閒飯的人（ hiya － meshi － kui ）

照字面翻譯就是吃冷飯的人。白米飯要算剛燜好的熱飯是最可口。古時候，在家庭制度非常嚴格的時代，像身為一家之主的主人或繼承產業的大兒子那種受大家愛護的人物，才可以在自己高興的時間享受剛燜好的熱飯，次男、三男或寄

や居候となると、そうはいかない。一家の中心人物が食べ終わった後の残り物を、冷飯と一緒にボソボソと食わされたのである。

このようにあまり重要でない部署や地位に置かれていて、昇進も遅れているような人を「冷飯食い」といい、そのような境遇に置かれることを「冷飯を食わされる」という。「窓際族」とも似ているが、紀州藩の冷飯食いから藩の太守どころか8代将軍となった吉宗（18世紀前半）の例もあり、先の見込みの少ない窓際族とは少しニュアンスが違うようだ。

→窓際族

いっぱい食う

ふつうには、たくさん食べること、腹一杯食べることだが、「いっぱい食った」とか「いっぱい食らわせてやった」といえば、「はめられた」「はめてやった」と同意義である。食事や

食的人就沒有那種福氣啦。只有將家庭的中心人物吃過飯之後的剩菜當寶貝，拿來配冷飯乾巴巴地吃的份兒。

像這樣，被配置在不太重要的部署或崗位，晉升也已慢了很多的人，就會被封為「 hiya － meshi － kui （吃閒飯者）」，而受到那樣的待遇，則稱為「 hiya － meshi wo kuwasareru （受到冷遇）」。雖然與「窗邊族」有些類似，但這些「 hiya － meshi －kui 」，遲早都還會有翻身的機會；在這一點，與未來已沒多少希望的「 madogiwa － zoku 」，是有些許的差異。

→ madogiwa － zoku（窗邊族）

受騙（ ippai kū ）

一般的情況下，是指吃很多、吃到肚子飽飽的意思，但，若是說「 ippai kutta （上當了）」或「 ippai kurawasete yatta （騙了人）」，則與「上了圈套」、「讓他陷入圈套」同樣意思。多

酒をさかんにすすめて相手を油断させ、信じこませて、後で罠にはめることをいう。

詐欺や美人局に似たようなもので、食べる側にも何らかの下心があるから結果的に「いっぱい食う」わけだ。狐と狸の化かしあいという言葉があるが、これは、どちらもどちら、両方とも悪人とのニュアンスである。「畜生！いっぱい食わされた」と嘆くと、周囲の人は、「悪人同士の化かしあい、負けた方がバカだよ」と内心せせら笑う。

一方、同じいっぱいでも「いっぱいやるか？」「うん、いっぱいだけだよ」といえば赤ちょうちんなどで酒を呑みながら話をしようか、との誘いかけ。この場合の一杯は a glass of sake。一杯だけのつもりがいっぱい（たくさん）呑んで「午前さま」（帰宅が午前1～2時）になることも多い。

→赤ちょうちん

半是指拚命勸吃酒茶使對方解除戒心，取得信任，之後使他陷入圈套的意思。

這，與詐欺或美人計（仙人跳）頗為相似，由於被勸酒的一方在事先也有某些意圖，因此當然會有「 ippai kũ 」的自受結果了。有句話說到，狐狸之間的「 bakashi － ai （互相使詐）」，這是表示，半斤就是八兩，雙方都不是好東西之意。要是氣憤而喊出「混蛋！上當了」，周遭的人腦裡會想到「壞蛋間的使詐，輸者才是笨蛋呢」，心中也會偷笑。

另方面，即使是同樣的「 ippai 」，若是用在「要不要來一杯？」「好吧，只是一杯喔」的時候，是表示邀請對方到紅燈籠（小酒館）之類地方邊喝邊談天之意，這時候的「 ippai 」是指一杯酒。不過，原本打算只喝一杯，卻不知不覺喝下「 ippai（一大堆）」而變成「 gozen － sama（凌晨一、二點才回家）」的情形，也不少。

→ aka － chõchin（紅燈籠）

いらっしゃいませ

友人知人の訪問をうけたときに歓迎して「いらっしゃい」「いらっしゃいませ」You are welcome, というが、接客業ではこの言葉はとくに重視される。デパートや銀行ではできるだけ丁寧な態度で笑顔をみせながら挨拶するよう社員教育されている。

内気で恥ずかしがり屋の多い日本人の場合、用件もうまく切り出せないお客が多く、May I help you ? という意味で「いらっしゃいませ」といわれる。しかし新鮮さや意気を売りものにする寿司屋や魚屋、八百屋の場合には、「い」を省いて「らっしゃい」と景気よく叫ぶ。この場合は Walk up. という意味である。映画館やショーでも、お客を呼びこむのに必死になって叫ぶ。

座敷で正座して三本指をついて「いらっしゃいませ」といわれるような料理屋だと、お勘

歡迎光臨（irasshai－mase）

在日本，有親朋好友來訪時，通常是以「irasshai－mase（歡迎光臨）」來表示高興與歡迎。若是屬於接客服務的行業（在日本是指理髮店、澡堂、女招待、藝妓等），這句話就會備受重視了。在百貨公司或銀行，都會教導員工務必盡可能以親切而面帶笑容的和藹態度，向顧客行禮打招呼。

日本人多半都很內向，臉皮也很薄。想說的話連一半都說不出來的客人比比皆是。因而具有「需要幫忙嗎？」意思的「irasshai－mase」就格外的顯得重要。不過，把新鮮度與氣勢作為賣點的壽司店、魚屋、蔬果店，請會把「i」給省略掉，而活潑地大喊「rasshai」，這是「請進！」之意。電影院或演出的場所，也會為了招攬客人而拚命地喊叫。

若在鋪著草蓆的房間，女招待正坐著以三隻手指點蓆，弓著身子說「irasshai－mase」的飯

定は相当に高くつくと覚悟しなければいけない。

色気

「色」の意味のうち、容姿と愛情とに限定された意味となる。「隣の〇〇ちゃん近ごろ色気が出てきたね」は、少女が娘になってきて男の眼を惹くようになったこと。「色気づく」も同様だが、やや品が落ちて、異性を意識しすぎるようになったとヤユするのに用いる。

一方「色気を見せる」となると、この場合の

館吃飯，必須要有天價消費額的心理準備，否則別進去，以免出洋相。

欲望、性感（iroke）

在「色」的含意當中，限定於容貌與愛情範圍內的，如「隔壁的某A小姐最近似乎『iroke ga dete kita』」，是指小女孩已長成姑娘且會引來男人的注意了的意思。「iroke－zuku（懷春）」的意思雖然也同樣，但品味卻稍嫌低了些，通常會被用在嘲笑某人對異性的過分在意的時候。

另方面，例如「iroke wo miseru（表示感興

色気は欲望を意味する。「取引の引合いに色気を見せる」のは、取引したい気持ちの表われだし、他の会社から引き抜きの話があったことに「色気を見せる」のは、転職しても良いとのことだ。サラリーマンは常に昇給・昇格には「色気を見せる」が、その様子があまりギラついていれば、「あいつは〜部長席に色気タップリだ」などとからかわれる。「色気タップリ」は、盛りをすぎた女性の厚化粧や若づくりの服装などにもからかい気味に使うのである。

色をつける

色の意味は、それこそ色々ある。color, hue などがそのひとつだが、姿・形が美しい、様子が良い、などの意味から転じて、そのような人、美男を「色男」といい、色男は恋遊びの対象。だから色だけで愛情を表わすようにもなる。

趣）」，這時候的「 iroke 」是表示欲望。「在買賣洽價上『 iroke wo miseru 』」是一心想要成交的表現，對於別家公司的挖角「 iroke wo miseru 」，是表示很樂意轉業的意思。

上班族對於晉升與升職，往往都會「 iroke wo miseru 」，但，那種姿態若是太明顯，就會受到「那傢伙對於部長的位置『 iroke tappuri 』（滿有野心）」之類的嘲笑。

此外，「 iroke tappuri 」也是一句對於中年婦女的濃妝艷抹與打扮得時髦，投以取笑意味的話語。

上顏色（ iro wo tsukeru ）

「 iro 」有各種各樣的含意。色，色彩、特色、色調等。又有從形貌之美、好樣兒等的意思，轉而把像那樣子的美男子稱為「 iro － otoko 」，而「 iro － otoko 」往往都會成為戀愛遊戲的對象。所以只用「 iro 」也可以表現愛情的存在。

「色好み」は恋遊びの好きな人。「彼女はY君のイロだ」といえば、愛人か恋人のこと。「色事」は男女間の情事、「色事師」はいわばplayboyか。

一方、愛情といってもloveやlikeだけでなく、思いやりといった意味もある。「色をつける」はそのように物事の扱いに思いやりをかける、特別な配慮をする、くらいの意味になる。転じて労働組合との団体交渉などで、最後のギリギリのときに社長が「わかった、もう～円色をつけよう」とは、給与ベースを～円プラスすることだ。しかしたいていの場合、こうした公開の場所よりは、「今度のボーナスでは君には色をつけといたよ」と耳打ちするほうが多いようだ。従業員操縦の1方法なのである。

→春闘

所謂的「iro－gonomi（好色）」是喜歡戀愛遊戲的人。「她是B先生的『iro』」這句話裡的「iro」是愛人或情人的意思。「iro－goto」是男女間有關感情的事，而「iro－goto－shi」則是所謂的playboy花花公子。

另方面，雖然說是愛情，也並非局限於愛或喜歡，也含有體貼之類的意思。「iro wo tsukeru」就是像那種，凡事都以體諒對待、給予特別的關懷之類的意思。由於轉而，在工會代表與資方交涉場合，在最後的緊要關頭，董事長的「我明白了，再○圓『iro wo tsukeyõ』」語中的「iro wo tsukeyõ」是把工資提高或增加～圓的意思。可是，一般情況下，比起這種公開的場所，「你這次的獎金『iro wo tsukete oita－yo』」之類耳語的時候似乎較多。這是駕馭從業員的方法之一吧。

→ shuntõ（春季鬥爭）

石橋を叩く

木の橋と違って、石の橋は堅固で、まず壊れる心配は要らない。にもかかわらず「石橋を叩いて渡る」のは、壊れないかどうか確かめなければ安心できない、余程用心深い人だろう。だからこの表現は、物事に慎重なタイプの人を例えるのに使われる。ときに慎重すぎて臆病な人は「彼は石橋を叩いても渡らない」と冷笑される。

しかしビジネスには、この石橋を叩いても渡らない程の細心さも、また逆に果断なる実行力も、ともに要求される。

日米経営の比較論だが、「日本では、経営者にこの石橋を叩く程の慎重なタイプが多く、そして一線ビジネスマンに勇猛果敢な戦士が多い。しかし米国のそれには逆が多い」とよくいわれる。しかし、経済が高度成長から安定成長へと軌道修正するのにともない、日本でも、

謹慎（ishibashi wo tataku）

木橋與石橋是不一樣的，石橋較為堅固，起碼你不需要擔心它會壞掉。儘管如此，卻偏要「ishibashi wo tataite wataru（敲打著石橋過橋）」，若不在事先確定不會壞就不能放心，是相當小心的人。因此，這種說法是在比喻凡事慎重型的人時用的。但是，過於謹慎而膽怯的人只好去承受「他呀，『ishibashi wo tataitemo wataranai』（即使敲過石橋也不過橋）」的挖苦話。

不過，在商場上，這一類即使敲過了石橋也不過橋那樣的細心，以及相對的果斷行事能力，是缺一不可的。

在日本，經營者當中以這種敲打石橋的慎重型人物較多，而站在第一線的業務員則多半屬於勇猛果斷的戰士，但在歐美，情況卻是相反的。隨著經濟由高度成長往安定成長的軌道有所修正的時候，日本也同樣地，越是屬於被稱之為尖

先端成長産業といわれる分野ほど、勇猛果断タイプの経営者がふえてきている。

仁義

儒教の重んずる五徳、仁義礼智信のはじめの二つで、孟子は仁（博愛）、義（正義）を道徳の根本原理とした。日本の武家社会に入って社会秩序を整える道徳律として、武士は仁義を行なった。これが変形してアンダーグランド社会で親分・子分の関係を規定する原理として使われるようになった。「仁義を切る」とは、彼らの行なう特殊な身振り・言い回しによる自己

端積極成長產業的領域，就有越多的勇猛果斷型經營者。這是很自然的趨勢。

仁義（jingi）

仁與義，是儒教所著重的五德，仁義禮智信的頭兩項，孟子曾把仁（博愛）與義（正義）當做道德的根本原理來提倡。引進到日本的武士社會之後，武士們就以整頓社會秩序的道德規範來奉行仁義。後來變了樣兒，成為賭徒，流氓集團的封建道德、仗義，被當做規範首腦與嘍囉間關係的原則。而所謂的「jingi wo kiru（行個見面禮）」，是透過他們自行的特殊姿勢與措詞的自

紹介のことで、これから一定の手順を踏んで挨拶することを指すようになった。ひいては、ある会社が新規事業を起こそうとしたが、その分野で競争相手になりそうな会社に対し、過当競争にならぬよう、あらかじめ「仁義を切る」、また、同業他社の社員を引き抜こうとするときも前もって「仁義を切る」などと使われる。

「根回し」とも少々似た意味あいがあるが、やはりアンダーグランドの隠語的で、公式の場では使えない。

→根回し

鞄持ち

a brief-case bearer, つまりボスの鞄を抱えてあちこちへお供をして回る人のこと。欧米の秘書 (secretary) に近いけれども、秘書ほどに有能ではない。鞄をもって歩くだけしか能のな

我介紹的意思，由此而成為專指按一定的程序行見面禮，進一步引伸到用於某公司想要創辦新事業時，對於在該領域可能成為競爭對手的公司，事先「jingi wo kiru（打個招呼）」，或想把同業別公司的員工挖走的時候，也在事先打個招呼。

這和「nemawashi（幹旋）」雖然有相似的含意，但畢竟只是一句地下行話，在正式場合是用不得的。

→ nemawashi（幹旋）

跟班（kaban — mochi）

這是幫人家提著公事包以隨員身分跟著上司到處跑的人。雖然與歐美的秘書有些相似，卻並不具備秘書的能耐、專業，只具有提公事包的能力，卻老愛跟在老闆的身邊拍馬屁、看臉色的

い、そのくせいつもボスの身辺にいてご機嫌を伺っている人のことをいう。

「あいつは誰それの鞄持ちだ」といういいかたには、したがって大いなる軽蔑と幾分かのねたみがつねに含まれている。無能なくせにへつらいだけで側近に取り立ててもらっている連中だとやっかみながら皮肉る言い回しとしては、このほかに「ごますり」「茶坊主」「腰巾着」などという言葉もある。

「腰巾着」とは、昔腰にぶら下げた巾着・小物入れのこと。現代の女の子がニューファッションとするポシェットみたいなもの。腰にぶらさがっている腰巾着と同様に、えらい人の後にうろうろくっついてお追従をする姿からきたものだろう。

→ごますり、茶坊主

人。

在「那傢伙是某人的『kaban－mochi』」的措詞當中，往往包含著極度輕視與若干的醋味兒。對於明明是無能，但光靠著拍馬屁就能被重用的一夥人，既吃醋又諷刺的說法，則另外還有「gomasuri」、「chabõzu」、「koshi－ginchaku」之類的詞彙。

所謂「koshi－ginchaku」，是指從前的男人掛在腰上的錢袋或是存放小東西的袋子。就像現代女性所攜帶最新流行的小型提袋的東西。也就是因為和帶在腰上的錢袋同樣，緊跟在大人物後面效仿的樣子，才變成現在的含意的吧。

→ gomasuri（拍馬屁）、chabõzu（司茶者）

火中の栗

Chestnuts in the fireである。「火中の栗を拾う」とはto pick somebody's chestnuts out of the fireで、英語の意味とまったく同じである。それもそのはず、この言葉はイソップ物語から出ているのだから。

イソップ物語は、16世紀後半イエズス会らの宣教師によって日本にもたらされ、その後の鎖国のあいだも日本人に親しまれてきた。「虎の威を借る狐」や「すっぱいぶどう」など、西洋と同じ意味のことわざが日本にも生まれた。だが、火中の栗などは、日本昔話の「さるかに合戦」（かにが栗などの助けをかりてずるいさるをやっつける話）に類似のシーンがあるから、これが西洋に起源をもつ言葉とは、日本人の多くが知らない。

なお、危険を冒す意味のことわざに「虎穴に入らずんば虎児を得ず」という中国起源のも

火中之栗（kachũ － no － kuri）

是指火中的栗子。所謂「kachũ － no － kuri wo hirou（火中取栗）」，與英語 pick somebody's chestnuts out of the fire，具完全相同的意思。那是當然的了，因為這句話是出自「伊索寓言」。

伊索寓言，是在十六世紀後半透過基督教會的宣教師傳到日本，在之後的封建鎖國期間也受到日本人的歡迎。例如「tora － no － i wo karu kitsune（狐假虎威）」或「suppai budõ（酸葡萄）」之類，在日本也出現了與西洋同意義的諺語。可是，由於「kachũ － no － kuri」與日本童話的「saru － kani － kassen（猴蟹之戰）」（螃蟹取得栗子的協助狠狠地打敗狡猾的猴子的故事）有類似的場景，因此，多半的日本人並不知道它是起源於西洋的話語。

此外，含意相似的諺語當中，有所謂的「koketsu － ni － irazunba koji wo ezu（不入虎穴焉得虎子）」這句中國的諺語，這是說為了本

のがあるが、これは、みずからの利益のために冒す危険をいい、他人のために危険を冒す「火中の栗を拾う」とは異なる。

→虎の子

甲斐

古代からある言葉で、「かい」はききめ、効果の意味で、山梨県の古名甲斐とは無関係である。

「生きがい」は生きる喜び、人生の価値などを表わすから、「いまの仕事は俺の生きがいだ」とか、「孫ができて老後の生きがいを見出したよ」などと使われる。

したがって「甲斐性なし」とは、生きる値打ちのない頼りない役立たずに対して使われる侮蔑の言葉で、次々と会社をつぶしてしまう経営者や、酒やバクチに明け暮れて働きのない亭主は、従業員やかみさんから「このカイショ

身的利益挺身而冒險之意，與為了別人而冒險的「火中取栗」是有差別的。

→ tora － no － ko（虎子）

價值（kai）

「kai」是從古代就存在的詞兒，是效果、用處的意思，這與山梨縣的古名「kai（甲斐）」並無任何的關係。

「iki － gai」是活得有勁、有意義，由於是表現人生的價值之故，可能被用在「我現在的工作是我的『iki － gai（活著的意義）』」，或是「有了孫子，我才發現到晚年的『iki － gai（生趣）』」之類。

因而，所謂的「kaishō－ nashi（不中用的人）」，是向活得沒有價值、不可靠、不中用的人所使用污辱的話語。例如一家又一家把公司給搞垮的經營者，或只顧喝酒與賭博度日而沒有生

なし」とののしられる。

「かいがいしい」は、みるからに生き生きと働く様子をいう。きびきびしていること。「かいしょう」がどちらかといえば下から上に対して使われるのに対し、「かいがいしい」は上から下に向かっての誉め言葉であることが多い。甲斐性のある社長が甲斐甲斐しく働く社員を持てば、その会社は発展する。

かまとと

かまぼこの「かま」と、魚の幼児語「とと」との合成語。かまぼこは魚のすり身からつくる保存食のひとつ。日本古来のソーセージともいえる。こんなことは子供でも知っている。

だから、成年の女性が「かまぼこっておととからつくるの？」と聞けば、いささかおかしい。知らないふりをしている、可愛い女のふりをしているのに違いない。

活能力的老闆，就會被職員或老闆娘斥為「kaishō－nashi」了。

「kaigai－shii」是指一看就像生氣勃勃地工作的樣子，也就是俐落的意思。「kaishō（志氣）」，是運用在由下對上的時候，相對的，「kaigai－shii」多半是用在由上往下的稱讚話語。有「kaishō」的經理要是擁有「kaigai－shiku」做事的員工，這個公司的發展是可期的。

裝糊塗（kamatoto）

這是「kamaboko」（魚糕）的「kama（魚腮下長胸鰭的部位）」，與幼兒語的魚「toto」的合成語。「kamaboko」是由魚漿製成的魚板之一，也可以說是日本自古以來就有的魚肉香腸。這種事，連小孩都知道。

所以，要是有成年女性問到「『kamaboko』是用『ototo』做的嗎？」就有點兒奇怪了。裝著不知道？一定是在假裝可愛小女生的模樣

「彼女はかまととだよ」とは、なんでも（とくに男女間のこと）知っているくせに、知らないふりをする人のこと。それが30／40歳をすぎてもまだ同じようなことをいっていると、「かまくじら」（whale）とからかわれる。

最近では「ぶりっ子」が流行語。「可愛い子のふりをする子」を縮めていったもの。そのうち「かまとと」は死語化して「ぶりっ子」にとってかわられたら「かまととってなんのこと？」などと問いかける「ぶりっ子」が出てくることだろう。

神風が吹く

鎌倉時代の1274年と1281年の2度にわたって蒙古の軍隊が来襲したが、その都度、偶然にも台風が吹き荒れ、蒙古の船は難破・沈没し、そのため日本は侵略を免れることができた。

了。

至於所謂的「她是『kamatoto』吔」，是指什麼都（特別是男女之間的事）知道，卻假裝什麼都不知道的人。要是過了三十、四十歲，仍然在說同樣的事，這時，就會被笑稱「kamakujira（鯨魚糕）」了。

最近的流行語是「burikko」。這是把「假裝可愛的小孩模樣兒的人」予以縮小者。將來，若是「kamatoto」已死語化而被「burikko」給取代的時候，有可能會出現開口就問「『kamatoto』是什麼？」這類的「burikko」吧。

吹起神風（kamikaze ga fuku）

遠在鎌倉時代，一二七四年與一二八一年，有過兩度的蒙古軍來襲，但每一次都因為剛巧碰上颱風的襲擊，蒙古的船隊因此遇難沉沒，日本也因而能夠免於侵略。這種對於日本可說是幸運

この日本にとって幸運な大風は神の加護によって吹いた風（＝神風）、との信仰が生まれた。

その例から、企業あるいは産業界では、それまでの独自の最善の努力にもかかわらず先行きの見通しがまったくたたず四苦八苦しているときに、ふだん信仰心の薄い日本人でも、苦しいときの神だのみ「神風が吹いてくれないかなあ」と思うことがある。一つの大きな出来事から、大量の製品の注文を受けて、爆発的に企業が成長することを期待して。

→棚ぼた

鴨

冬になると日本の池や沼に飛来する渡り鳥の一種。その代表格がマガモで味がよい。身体が大きく集団行動をとるため、昔から狩猟の恰好の獲物とされ、またわりに簡単にとれた。

このことから、くみしやすい相手を例えてカ

的大暴風，是靠神旨的保佑吹起的風（就是神風）的信仰，從此誕生了。

由此例子，在企業或是產業界，縱使用盡了方法全力打拚，卻看不到前途而處於非常的苦境之下，即使在平時欠缺信仰的日本人，也有臨時抱佛腳，心想「可不可以來個神風？」的時候。期待著透過某種突發事件，收受大量的訂單，使企業得以有爆炸性的成長……。

→ tanabota（意外的幸運）

野鴨子（kamo）

每到了冬季，日本地方的池沼就會飛來成群的候鳥「kamo（野鴨子）」，其中最具代表性的「magamo（綠頭鴨）」，因為體形較大又是成群活動的關係，自古以來就被當做最適當的獵物，況且又容易捕捉。

モと呼ぶ。また勝負の相手が弱そうだったら「ヤツをカモにしてやる」と強がりをいったりする。

ところで鴨の肉は、ネギと料理すると更に味がひき立つ。だから「鴨がネギを背負ってくる」とか、略して単に「鴨ネギ」といえば、ただでさえ好都合の話なのに、そのうえに好条件が重なることをいう。

世間知らずのおぼっちゃんや家庭婦人は、何事も疑ってかかることをしないため、すぐ悪人のいいカモにされてしまう。この悪人の毒牙の犠牲になってしまったら、「エジキにされた」わけだ。

→いっぱい食う。

因為這個緣故，把容易對付的人比喻為「 kamo 」。要是遇到較弱的競賽對手，往往會說「我要把那傢伙像對隻『 kamo 』一樣幹掉」之類的逞強話。

至於野鴨子的肉，若能夠搭配蔥一起烹調，味道就更棒了。因此，若有人說「 kamo ga negi wo shotte kuru（野鴨子帶著蔥飛來）」，或簡單的只說「 kamo － negi 」的時候，意思就會變成，本來就已經夠順利，還會有好的條件重疊在一起。換言之，越發隨心所欲的比喻。

一些不懂世故的富家少爺或家庭婦女，由於單純、沒什麼疑心，很容易的就會成為壞人的「 kamo 」。要是變成了這些狠毒壞蛋的犧牲品，等於是「 ejiki ni sareta（被當做餌食了）」。

→ ippai kũ（上當）

閑古鳥が鳴く

閑古鳥は、かっこうの異名。かっこうは5月頃日本にくる夏鳥で、秋には南の国へ帰る渡り鳥。〝カッコウ、カッコウ〟と鳴くかっこうの鳴き声は、もの淋しく、「閑古鳥が鳴く」のたとえは、いかにも生活が貧しくて、打ちひしがれているさまをいう。

ビジネス界でも「閑古鳥が鳴く」は、静かで寂しいさま、転じて商売などがはやらないことを意味する。操業短縮で設備や機械が遊休化し、従業員が工場の草むしりなどで時間をつぶしているときには、閑古鳥の声がする筈だ（日本では簡単にレイオフしないから、会社では不況期遊休人員を抱えていることがしばしばある）。

しかし一般には「水商売」の場合に使うことが多い。客が１人も居ないバーで、ホステスらがぼんやりと客待ちしていると、頭上で閑

淒涼（ kanko － dori ga naku ）

「kanko － dori（杜鵑）」，是日本郭公的異稱。郭公鳥在五月的時候飛到日本，與燕子同樣，是夏天的候鳥，等到秋天又會成群飛回南方的老家。「kakkõ, kakkõ」的鳥鳴聲，顯得寂寞而淒涼。因此之故，把「kanko － dori ga naku（寂靜、荒涼）」，比喻為過得很貧困而備受挫折的光景。

在商界常說的「kanko － dori ga naku」，是形容既安靜又荒涼，轉而意味著生意並不怎麼好。例如，因為縮減工作量使得設備或機器成為閒置狀態，工作人員也以除草之類在殺時間的時候，當然就會有郭公鳥之鳴聲（在日本是不會有什麼臨時解雇或停職之事，因此，在不景氣時，公司往往就會有閒著沒事做的人）了。

不過，通常是用在「mizu － shõbai（服務業）」的場合為多。例如，連一個客人都沒有的酒吧，女服務員呆坐在角落等待客人，這種情況

古鳥が鳴く。

カラオケ

カラ（empty）と「オーケストラ」（orchestra）との合成語である。この種の合成語づくりは日本人の特技である。カツドン（katsu-retsu ← cutlet＋domburi）＝ご飯の上に pork cutlet を載せた食物。半ズボン（han＝half＋zubon ← jupon＝pants）＝short pants。ジャリタレ（jari＝child＋tarento ← talent）＝子供の俳優・歌手。生コン（nama＝crude, half-done, rare＋

下，就會有郭公鳥在頭上鳴叫了。

伴唱機（kara — oke）

所謂「kara — oke」者，是「kara（空）」與「orchestra（管弦樂）」的合成語。創造這一類合成語的是日本人最拿手的。例如①「katsu — don」：「katsu」＝ cutlet（炸肉排）；而「domburi」則是深底厚磁的大碗，合成的結果成為，把肉排扣在飯上面的大碗食物。②「han — zubon」：「han（一半）」，後面附加「jupon ＝ zubon（褲子）」，就成半長的褲子。③「jari konkuriito ← concrete）＝ready mix cement。それこそ無数にある。

カラオケは、伴奏のオーケストラ曲をカセットテープで聞かせる装置。いたるところのバーや赤ちょうちんに置かれ、少々酒の入った客がカセットのオーケストラを従えて自慢の歌を披露する。見知らぬ客同士が歌い合い、酒を呑み、たちまちに意気投合することもある。静かに酒を呑みたい人はいささか迷惑だが、カラオケ・バーは、1日の仕事の疲れを癒やし、うさを晴らすのに最高の場所となっている。

→赤ちょうちん

－ tare 」：「 jari ＝ child （兒童）， tarento ＝ talent （演員）」，把它們加起來就變成兒童演員，歌手。④「 nama － kon 」：「 nama（生的）」與「 kon ＝ concrete （混凝土）」，合成為拌好的混凝土，真硬的意思。像這樣的合成語實在太多，簡直不勝枚舉。

「 kara － oke 」是把作為伴奏的管弦樂曲子以放錄影帶的方式呈現的設備。無論在酒吧或是紅燈籠（小酒館），到處都可以找得到，帶有幾分酒意的客人會跟著錄影帶的管弦樂唱起他拿手的歌。即使素不相識的客人，在唱唱、喝喝之間也有很快就意氣相投的時候。對於想要安靜喝酒的人來說，雖然有些許的為難，但，「 kara － oke 」吧，為了恢復辛苦一天的疲勞與解解悶，卻已成為最好的去處之一。

→ aka － chõchin （紅燈籠）

片棒をかつぐ

直訳すれば carry one end of a pole on one's back だが、本来は「参加する」「協力する」、to take part in～、to be a partner in ～の意味に使われる。昔の駕籠かきが、棒の中央に人を乗せる駕籠をつるし、両端を2人でかつぎ調子を合わせて走ったことに由来している。

ただし、この表現は一般に悪事や悪企みに参加した場合などに使われることが多く、善事に力を合わせた場合などにはあまり使われない。つまり、なにがしか非難の気持ちが込められているのであるが、これは駕籠かきがしばしば客を物かげにかつぎこんで金などを強奪する「雲助」に早替りしたことに由来するものであろうか。

一方「肩を入れる」という表現もある。同じく駕籠やみこしなどをかつぐために棒の下に肩を入れるのだが、この場合は悪い意味はない。

合作（ katabõ wo katsugu ）

這一句「 katabõ wo katsugu 」，原本的意思是兩個人抬東西時抬起的一方。用在「合夥幹」、「合作」的情況。出自從前的轎夫，把坐人的轎子吊在一根竿的中央，由兩人將兩端抬起，配合著跑的模樣。

但是，這種表現一般是用在參加做壞事或搗鬼的時候為多。合力做善事的情況就不怎麼用它。也就是說，有某種批判的含意在裡頭。是否因為轎夫經常會搖身一變而成為「 kumo － suke（無賴）」，把客人抬到隱藏處予以搶奪財物，而來的？

另方面，也有「 kata wo ireru（協助）」的表現方式。同樣都是為了抬轎或神輿才會把肩膀移到槓子下面的，這時候就沒有壞意思在裡頭，而變成協助相撲力士或歌手，使他們能夠討人喜歡、成名那樣的助一臂之力意思。

→ mikoshi（神輿）、 sumõ（相撲）

相撲とりや歌手の援助をして人気を得させる、援助をするなどの意味となる。

→みこし、相撲

痒いところに手が届く

直訳すると、scratch an itchy place rightly。おや、この人は虫さされか、それとも水虫か。そうではない。本来は、「十分に行き届いて手落ちがない」to be very attentive to (one's) every wish の意味である。

痒いところを掻くことには、生理的な一種の快感がある。ために、老いて腕が背中に回らなくなった老人向けに、「孫の手」という背掻き棒さえあるくらいだ。行き届いたサービスを受

體貼入微（ kayui － tokoro ni te ga todoku ）

把它直譯就會成為搔到癢處。喲，這人是被蟲叮，還是香港腳？非也。原本是「照顧得無微不至」的意思。

要是搔到了癢處，一定會有一種生理上的快感。因而，對那些胳膊無法繞到脊背的老年人，就有所謂的「 mago － no － te （搔癢耙）」的棒子可代勞呢。受到體貼入微的照顧時，那種適舒的滿足感，跟這種快感似乎可以相比吧。

けたときのスッキリした満足感は、この快感に比すべきものがあるだろう。

この態度はそれゆえ、サービス業に従事する者、宮仕えをする者のもっとも肝心な心構えである。反対に、せっかくサービスをしても、それが肝心のポイントをはずしていたり、重大な落度があったりすると、かえって相手に歯痒い思いをさせる。これを隔靴掻痒（靴をはいたまま足をかく＝ききめがなく、かえっていらだつ）といって、このようなサービスなら、むしろしないほうがよい。

稽古

元々は、古いことを考え学ぶこと、古い本を読んで参考にすることだが、こんな意味はもうほとんどの日本人も知らない。次いで、学んだことを練習するの意味となって、稽古といえば剣道や柔道の道場での練習を意味するように

因此之故，對於從事服務業者或在宮中做事的人而言，這種態度是最重要的條件囉。相對的，雖然很刻意的服務，卻有些偏離重點，或有嚴重的錯誤時，反而使對方覺得不耐煩。這就是所謂的「隔靴搔癢」，這樣的服務，說真的，不做也罷。

學習（ keiko ）

原本的意思是指研習古時候的事物、讀古書以資參考等，但，幾乎所有的日本人都不知道這樣的含意。接著，變成把學到的東西重複做練習的意思，到後來，只要說到「 keiko 」，一定是指在劍道或柔道的道場中的練習。現代的游泳訓

なった。現代ではswimming school, athletic gymなどや最近大流行のjazz danceなどもそうだ。

また「かくし芸」をつけるために小唄などを秘かに習いにいくのも稽古である。女言葉で「お稽古」と言えば、嫁入り前の女性が琴、生花、お茶を習いにいくことで、若い女性をたくさん雇う会社では、会社の費用で女子社員に「お稽古」をさせている。

これら伝統芸能を習うことを総称して「稽古ごと」といい、swimming schoolやピアノ、バレーなどを習うのはレッスンといいわけるようだ。

→かくし芸

練、體操運動等及最近大為流行的爵士舞等，也都是「keiko」的項目。

此外，為了學一些「kakushi－gei（拿手玩意兒）」，暗地裡去練唱小調，也算是「keiko」。而婦女們所說的「o－keiko」，是指未婚女性去學琴、插花、茶道的意思。雇用許多年輕女性員工的公司，通常都會用公司的公款讓女性員工去參加「o－keiko」的。

通常都把學習這些傳統技藝的事總稱為「keiko－goto」，而把學習游泳或鋼琴、跳芭蕾舞等歸為「ressun（練習）」，兩者似乎有此分別。

→ kakushi gei（拿手玩意兒）

煙に巻く

物が燃えるときに生ずる煙で遠くが見えない、というように、煙は視界をさえぎるもの、人為的に敵の目をさえぎって味方の状態をはっきり見せないようにすることを、「煙幕を張る」という。

「煙に巻く」は、英語ではto mistify, to bewilder。相手が知らないことにかこつけて、大袈裟にあることないことを、巧みに、一方的に、反論の余地をも与えずにしゃべりまくり、いかにも筋の通った話のようにまとめあげるから、相手をその気にさせてしまう。聞き手側は惑わされ、茫然とさせられる。

ビジネスでは、相手を煙に巻いたつもりでいても、いざ契約を交わすときになると、相手は逆に理路整然と反論してくるから、ついボロが出てしまうことがしばしばある。一時的に煙に巻いたつもりでいても、それでは契約は成立

連矇帶唬（kemu ni maku）

就如，燃燒東西的時候，由於產生的煙而無法看到遠方，煙是擋視線的東西。以人為的方法，遮住敵人的眼睛讓對方無法看清我方的狀況，稱之為「enmaku wo haru（施放煙幕）」。

所謂「kemu ni maku」，是藉著對方沒搞清楚，誇張的把有的沒有的事，巧妙地、片面地，根本不給思考的空間說得沒完沒了，並把它說成好像很有道理的樣子；就這樣，誘使對方願意自投羅網。聽者會被搞得迷迷糊糊，像隻呆頭鵝似的。

在商界，儘管你以為已經把對方連蒙帶唬搞定了，但，一旦到了立契約的時候，卻常有露出馬腳的情況。就算暫時的以為騙過對方，契約還是無法成立。因此，若不是以誠信對待對方，有賺頭的洽談也會被爽掉，真的，務必小心為妙。

しないから、誠心誠意で相手と対応しなければ、ウマミのある商談もホゴにされるから、ご用心、ご用心。

鬼門

鬼が出入する門の意味で、東北の方角である。ここには玄関や台所、手洗いなどをつくってはいけないとする一種のタブーである。南西を裏鬼門といい、同様にタブーの方角であり、家屋や塀、墓などをつくるとき大工などが苦労するところである。

ここから転じて不得意な方面や苦手の交渉相手を隠語風に鬼門と呼ぶ。「あすこの社長は俺には鬼門だ。君、かわって行ってきてくれ」「うちの子の鬼門は数学だ」などと使われる。

鬼門（kimon）

鬼門是諸鬼們進出的門，位於東北方角落。在這個角落不可建造玄關、廚房、衛浴間等，是一種民間的禁忌。再者，把西南邊稱為後鬼門，同樣屬於忌諱的角落，是木工們在起造房屋、圍牆、墳墓等的時候最傷腦筋的地方。

因此之故，將屬於不擅長之事或不容易應付的交易對手，以行話稱之為「kimon（鬼門）」。例如，「那一家公司的經理，對我來說簡直是鬼門。你就替我走一趟吧」，「我家小孩的鬼門是數學課」等的用法。

なお、鬼は牛の角を頭にし、虎の皮のパンツをはいた姿で画かれる。東北の方角を昔はうしとら（牛と虎）といったから、こじつけたものらしい。

釘をさす

釘を打つともいう。木工家具などのように木材同士切込みをつくってかみ合わせ、のり付け

再者，鬼的樣子都以頭上戴著牛角，穿著虎皮短褲的畫像被呈現。由於從前是把東北方向稱為丑寅（牛與虎）之故，才有此牽強附會的比喻吧。

叮問好（ kugi wo sasu ）

「 kugi wo sasu 」也可以說成「 kugi wo utsu 」。就像木頭家具那樣，木材的兩邊都先行

すればもう木材同士離れない筈だが、さらに念のため釘も打っておくことである。

このことから、念のための確認行為を意味するようになった。同義句に「ダメを押す」がある。囲碁の一局が終わって、勝敗を確認するための作業である。

「釘をさす」のは、台風などの場合、屋根瓦や戸が飛んでいかないようにすることでもある。相手の行動が変な方向に向かわないように、あらかじめ警告を発しておくことである。「明朝早く子供たちと遊園地に出かけるんでしょう。今日は早く帰ってくださいよ」などと奥方

切割，之後令其咬合，再塗上黏膠，按理說已經很牢固不可能脫落的，但為了慎重起見，連鐵釘都給釘進去了，這就是所謂的「kugi wo sasu」。

由這個地方演變成為了慎重起見的確認行為的意思。有句同義詞稱之為「dame wo osu」。係指下完一盤圍棋之後，為了要確認勝負的作業。

「kugi wo sasu」用在像颱風的時候，使屋頂的瓦蓋或門板不至於飛走的意思。使對方的行動不至於脫軌，事先給予警告的意思。例如「明天一早要跟孩子們去兒童樂園，你就早點兒回來，好嗎？」等，被太太叮問之下，雖然是在週末，先生也不能像往常那樣地從這家喝到那家了。

→ hashigo（梯子）、dame － oshi（一再叮嚀）

に釘をさされると、旦那は週末といえどもはしご酒はできなくなる。

→はしご、だめ押し

前倒し

電車や自動車が急停車すると、乗客は前方に倒れる。この形から、たとえば国や地方公共団体が景気刺激のために第3四半期公共事業予算を第2四半期中に支出すること、などをいう。官公庁用語であるが、企業でも事業計画の前倒し達成などという。ただし、公共事業予算と違って、事業計画の場合は「将棋倒し」のように連続じて少しずつ前送りになるところが辛い。

反対に、予算の繰延べ支出ということもあるが、企業の事業計画には繰延べは許されず、単に未達成となる。

将棋倒しは、日本の将棋（チェス）の駒を

提前預支（mae － daoshi）

電車與汽車等在緊急煞車時，坐在上面的人都會往前傾。由這個模式出發，例如政府或地方公共團體為了要刺激景氣，將第3四半年度公營事業的預算往前推，在第2四半年度內就先行支出的情形，稱之謂「mae － daoshi」。雖然是屬於政府機關內的用語，但，企業界也會說成提前達成事業計畫等。但是，與公營事業預算不同的是，事業計畫的情形卻會像倒象棋那樣連續少額依次提前，是較為艱苦的地方。

相反地，也有所謂的暫緩支出，但對於企業的事業計畫，這樣的暫緩是不被容許的，只會成為未達成的結果。

倒象棋，是從日本的將棋（象棋），排好的

並べて倒すことからきている。意味はドミノ倒しとまったく同じ。

前向きに

言葉自体の意味は、「前方に向かって」であり、「積極的に」と理解してもさしつかえはないが、実際に日本語の会話（とくに交渉ごと）のなかで使用される場合は、大分ニュアンスが違ってくる。

「考えておきます」が日本語の言い回しでは、“no”に近く、「善処します」もまた何かを期待できるような表現ではないことは前に紹介したとおりであるが、それでは、これに「前向きに」という語を加えていったらどうなるか。

「前向きに考えておきます」といわれたら“no”ではなく、かすかながら肯定の希望がのぞいてみえる。「脈がある」わけだ。

「前向きに善処します」といわれたら、その

象棋倒了一個以後就一個壓一個地倒下去而來。這與骨牌效應的意思可以說是完全相同。

積極的（maemukini）

這句話本身的意思是「面向前方」，以「積極的」來了解也沒什麼不對，但，實際上要在日本話的會話（特別是在交涉業務）上使用的時候，意思就有很大的差距。

「kangaete okimasu（我會考慮）」，若以日本語的說法就會比較接近「否」，而「zen－sho shimasu（我會善加處理）」也不是有什麼可期待的表示，這些都已經在前面介紹過了。那在這些句子之前，若把「maemuki」一詞加上去，會是什麼結果？

若是聽到「maemukini kangaete okimasu（我會好好兒考慮）」，並不表示「No」，雖然肯定的希望並不多，但卻「myaku ga aru（有一線希望）」。

人はまったく何もするつもりがないわけでもなさそうだとの期待がもてる。

しかし、大きな期待は禁物である。「まったくの“no”ではない」というだけで、具体性はやはり何もないかも知れないのだから。

→脈、考えておきます、善処します

味噌

大豆を加塩発酵してつくった、醤油と並ぶ日本の代表的な調味料の一つ。美味な調味料という意味で、「この企画は提携先の販売網をそのまま使えるところがミソだ」というように、利点を強調するときに使う。また「手前ミソ」とは、ホームメイドの味噌のことで、昔は味噌を各家庭で自製して味を競ったところから、自分の業績や手腕をあたりかまわず宣伝するこ

要是聽到「 maemukini zensho shimasu 」，你就可以期待對方可能有些許的動作。

不過，也不可抱持太大的期望，這只不過是「非完全的『 No 』」罷了，因為說不定還是有落空的可能的。

→ myaku（脈搏）、 kangaete okimasu（我會考慮）、 zensho shimasu（我會善加處理）

味噌（ miso ）

把煮熟後的大豆搗碎，加上小麥、大麥或米和鹽做成的味噌，與醬油並列為日本的代表性調味料之一，可用於各種不同的烹調上。由於調味料的味美，經常會被應用在強調好處的時候，就像「可以就地利用合夥對象的銷售網，這一點是此企劃『 miso 』＝（好處）」那樣。此外，所謂的「 temae － miso 」是指自己家裡製造的味噌之意，古時候味噌都是各家庭自製的，同時也互

とをいう。逆に、味噌は外見が赤褐色の柔らかい粘土状で汚らしく見えるため、「ミソがつく」「ミソをつける」とは、立派な業績や経歴に汚点となるような失敗を犯すことをいう。ただし、この場合の失敗は致命的というほど重大なニュアンスではない。能力を自慢していた人間が口ほどにもないミスをやってしょげ返ったりすると、まわりの人間は「とうとうミソをつけたな」と内心で喝采する。

→チョンボ

宮仕え

宮は天皇や貴人の家を指し、宮廷などの意味で使われた。したがって宮仕えとは宮廷などに勤務することで、いわば現代ビジネスマンの祖先型である。

昔も今も、他人に雇用されて働く場合には、

相品評，由此，將到處宣傳自己的業績或本事之事，稱之為「temae – miso」。

相對的，因為味噌的外觀是呈赤褐色而柔軟的黏土狀，顯得髒兮兮的關係，若犯了會對亮麗的業績或經歷造成污點的失敗，就得說「miso ga tsuku」或「miso wo tsukeru」。但是，這個時候的失敗並沒有嚴重到致命的程度。若有人自誇他有多能幹、有多大本事，卻不如嘴巴的能幹；犯下了失誤，垂頭喪氣的時候，周遭的人就會在心裡叫好，說「終於『miso wo tsuketa』」。

→ chonbo（無意中犯錯）

當差（miya – zukae）

「miya」是指天皇或富貴人家，從前是把它拿來當宮廷的意思用的。因此，所謂的「miya – zukae」，是指在宮廷等地方工作之意，其實就是現代上班族的始祖。

不論是古時候或是現在，被別人雇用在做事

俸給のためにいやな仕事も我慢してしなければならない。宮仕えという言葉には、上司とは無理をいうものだ。だけどその無理を通してやらないと大変だ。われわれは生活のためにこんなしたくもない仕事をしているのだから我慢しなければいけないのさ、というサラリーマンの自嘲の気持ちがこめられている。

「すまじきものは宮仕え」という歌舞伎芝居の有名なせりふがある。江戸時代から庶民の共感を呼んだ古い言葉である。宮仕えには、こういうニュアンスがあるので、自分は会社勤めです、という単なる自己紹介の際にしゃれたつもりで「私は宮仕えです」と使うのはやめた方がよい。

モーレツ

高度成長時代（'60～'70年代）の働き者のビジネスマンをはやした言葉。

的時候，為了薪水的緣故，再不喜歡的工作也不得不忍著性子去做。在這句「 miya － zukae 」的語詞裡面包含著，所謂上司是不講理的傢伙，但若是不買他的帳，後果必定不堪設想；我們是為了生活才在做始終並不想做的工作的，只好忍耐點兒之類上班族自我解嘲的心情。

不知你是否聽過「 sumajiki mono wa miya － zukae （為人不當差）」這樣的話？這是歌舞伎舞台上有名的名詞，也是從江戶時代就引起平民共鳴的舊話。由於「 miya － zukae 」裡頭包含有這種意思的關係，要是在「我在公司裡做事」之類，單純作自我介紹之際，自以為得體地說成「我是『 miya － zukae 』」，那就不好了。

拚命三郎（ mõretsu ）

這是誇獎高度成長時代（日本是在六〇～七〇年代）的工作群——上班族的話語。

第二次大戦で壊滅的な損害を受けた日本は、ゼロの状態から再建の道を歩み出さなければならなかった。ために企業に働く従業員は、「企業戦士」ともてはやされ、猛烈に仕事をした。朝、いったん家庭を出ると、定時勤務のあとも仕事のために残業につぐ残業をこなして深夜帰宅し、会社の儲けを大きくするために身を粉にして働いた。

このビジネスマンの姿を指してマスコミがモーレツ社員と、ひやかし半分にはやし立てたのが始まりである。日本のGNPを世界第2位に押し上げるのに功のあった陰の主役だが、一方、それに対抗するようにグータラ社員も映画、マスコミに登場し、大衆の共感を呼んだ。モーレツは流行らなくなったが、消滅したわけではなく、日本企業の中に息づいている。

在第二次世界大戰受到毀滅性損傷的日本，不得不從零的狀態出發踏出重建之路。因此之故，在企業裡工作的從業員，都會被當做「企業戰士」受到極大的歡迎，也非常努力的投入工作。早上，一旦出了家門，定時工作之後會為了工作加班又加班，直到深夜才得以回家，為了使公司能有更大的利潤而卯足了力，拚命地工作下去。

當時的媒體就指著這種上班族的樣子以半開玩笑的口氣大肆渲染為起源。雖然他們把日本的 GNP 推上世界第二位，使他們成為一群有功的幕後主角。但，在另一方面，似乎有意對立的吊兒郎噹型的員工也出現在電影、大眾傳播媒體上，引起了眾人的共鳴。雖然拚命三郎已經不再流行，卻也並非已經消滅，依然還活在日本的企業當中。

脈

事物のつながりをいう。人脈、山脈、血脈など。また脈拍のことである。

転じて、「脈がある」とは、まだ生きていることで、一見悲観的な状況のなかでも希望の手掛りがあるという意味だ。「今朝のテレックスによれば、この商談にはまだ脈がある」「社長は興味なさそうな様子だったが、実力者の専務が好意的だったからこの企画にはまだ脈がある」などと使う。

昔、将軍の侍医は将軍の手首に糸を結び付けてもらい、自分は別室でその糸の端をさわって将軍の健康状態を診察したという。噂だけだとしてもこんなやり方で脈をみるのは大変だが、現代ではあちこちの小さな情報（＝糸）を頼りにその企画・商談の成否の「脈をみる」。

同じ意味で「打診する」という。内科医が胸などをトントンと叩いて触診することからき

脈（ myaku ）

這是指事物的連帶關係。像人脈、山脈、血脈等之類，也是脈搏的意思。

轉而，所謂「 myaku ga aru 」者，則是還活著的意思，看起來雖然處於悲觀的狀況當中，但還有一線希望的意思。用在「根據今晨的用戶電報（ telex ），這回的洽談依然『 myaku ga aru（還有一線希望）』」，「雖然，總經理的樣子看似沒啥興趣，但掌權的常務董事卻是好意的，因此這項企劃仍然『 myaku ga aru 』」等。

古時候，將軍的侍醫都要請人幫忙，把絲線繫在將軍的手腕上，自己則在別的房間摸著該絲線的線端來診斷將軍的健康狀態。就算只是一種傳言，用這樣的方式來把脈當然是很不容易。現代的方式是根據各地方的小型情報（線）來為該企劃、洽談的成否「 myaku wo miru（把脈）」。有同樣意思的說法「 dashin suru（試探）」，是從內科醫生的叩診動作過來的。

ている。

→人脈

なかったことにする

白紙に戻す、何かの事が起こる前の状態に返すことである。

何かの約束をするが、周囲の事情の突然の変化でどうしてもその約束を履行できそうもなくなったとき、相手に「泣きを入れて」その約束はなかったことにしてもらう。契約書を取り交すようなビジネス上の約束では、こんなこともできないが、個人間の交際上ではよくあることである。

當做沒這回事（ nakatta － koto ni suru ）

使其還原為白紙，使重新返回發生某件事情之前的狀態的意思。

例如，做了某種的約定，但由於周遭情況突然發生了變化，致使無論如何也不太可能履行該約定的時候，因而向對方「 naki wo ireru （賠禮道歉）」，請求對方當做沒發生過該約定（ nakatta-koto ni suru ）。像必須互相交換合同書的那種商務上的約定，就不能做這樣的事，但在個人之間的交往上卻是常有的事。

なかったことにしてもらった方はペナルティーを払うこともあるが、いずれにせよ相手に義理・恩義ができたわけて、いつかはこの借りを返さないといけない。「なかった〜」と、双方とも約束したことは忘れましょうということなのだが、なくす行為により生まれる新たな義理は忘れてはならない。

なお、force majeure は天災などによる免責条項で、その場合、契約はなかったことにでき、双方責任がないが、日本人同士ではそれではおさまらないのである。

→義理、泣き

獲得同意「nakatta-koto ni suru」的一方，雖然也有付出代價被處罰的時候，但無論如何總是欠了對方一份情，必須找個機會還這個人情債才行。所謂「nakatta-koto ni suru」，是表示雙方都願意忘掉約定之事的意思，然而由勾銷的行為所產生新的人情，是不可以忘記的。

另外，由於不可避免的天災人禍，雖然可依據免責條款，使合同得以「nakatta-koto ni suru」來解除雙方的責任，但在日本人與日本人之間卻是不能就這樣了結的。

→ giri（人情）、naki（哭）

鳴かず飛ばず

中国の戦国時代、楚 (Chú) の国の荘王 (King Chuang) (BC 7 世紀末) は、即位後も遊楽にふけって国政を省みなかった。諌言する者は死刑だ。ある家臣が謎々を王に出した。「鳥が丘の上にあり、3 年間飛びも鳴きもしません。これは何という鳥ですか?」荘王は「3 年飛びも鳴きもしないのだ。一度飛べば天に昇り、一度鳴けば人を驚かそう。お前のいわんとすることはわかった」と。死を恐れず諌言する家臣の言をいれて荘王は政治にはげみ、後に戦国時代の王のなかでも有力な5人に数えられるようになった。

現代の日本では、期待されながら一向に実績を挙げない人をさしていう。「彼は入社試験をトップの成績で入社したのに、いまだに鳴かず飛ばずだな」などと使う。

ただ中国の故事と違って、こういわれる人は

無所作為（nakazu tobazu）

中國的戰國時代，楚國的莊王（BC 七世紀）在登基之後，依然沉迷於遊樂，無暇顧及國家的政治。若有人膽敢挺身進以諫言，必以死刑伺候。有一天，某位家臣向莊王出了個謎題，說：「在山丘上有一隻鳥，有三年之久不叫也不飛。這隻鳥是什麼鳥？」莊王回答：「既然三年之久不飛也不叫，一旦飛起來必然沖天，一旦叫起來必然驚人。你想說的，我明白了。」隨後，莊王接納了不怕死而挺身進諫言的家臣之言，勤奮治國，終於成為戰國時代諸王當中被列為頗具實力的五人之一。

在現代的日本，是指被寄以厚望卻一直無所表現的人。例如，「他是以應徵考試最高分的成績進入公司的，可是一直就是不叫也不飛啊」的說法。

唯，與中國的故事不同的是，被如此談到的人，將來可能仍然不叫也不飛。語氣中有「畢竟

将来ともに鳴きも飛びもしそうにない。結局「見かけ倒し」でしかなかったのさ、との意味あいが含まれている。

泣き

文字どおり泣くことで、男の社会では泣き顔を見せることは恥ずかしいこととされているが、ずいぶんと泣くことも多いものである。

「泣き寝入り＝成功しかけた案件が他社にさらわれたり、他部局の上司の横槍で自分の提案が「握りつぶ」されたりすると、誰にも悔しさを訴えられず、ふとんのなかで泣く。

「泣きを見る」＝うまく進行していた仕事が

只是個虛有其表的人罷了」的意味。

哭泣（ naki ）

就如字面上那樣，哭的意思。在男人的社會，被別人看到哭喪著臉是很丟臉的一件事，雖然如此，令人哭泣的情形卻也相當的多。

例如「 naki － neiri 」：眼看著就要成功的案件竟然被別家公司拿走，由於其他部局的上司從旁插嘴干涉，使得自己的提案被擱置下來，在這種情況之下，又沒地方去投訴委曲，只好躲在棉被裡哭。（忍氣吞聲）

中途から逆転してどうにもならなくなった。泣かずにはいられない。（自分）の泣き（顔）を見ることとなる。

「泣きを入れる」＝もう一度トライさせてくれ、チャンスを与えてくれ、と周囲に頼みこむこと。バクチに負けて帰ろうとするとき、仲間に「もう一度だけ、頼むよ」というわけだ。

「泣きどころ」＝強い者にも弱点がある。何かを頼みにいくとき、相手の泣きどころを知っていると交渉は成功する。アキレスの腱である。

→なかったことにする、握りつぶし

なにわ節

三味線を伴奏に、歌や語りをひとりで行なう

「 naki wo miru 」：本來進行得頗順利的工作，在中途突然逆轉而搞成動彈不得的局面。沒辦法不哭。等於在看自己哭喪著的臉。（難過）

「 naki － tsura ni hachi 」:屋漏更逢連夜雨、禍不單行的意思。

「 naki wo ireru 」：向周遭請求再給一次機會、再讓我試一次的意思。輸了賭博正要回家時，被夥伴們叫住，「再一趟就好，拜託！」的情形。（懇求）

「 naki － dokoro 」：強者也有他的弱點。在拜託某件事的時候，要是知道對方的「 naki － dokoro（弱點、把柄）」，交涉肯定會成功。

→ nakatta － koto ni suru（當做沒這回事）、nigiri － tsubusi（擱置）

浪花節（ naniwa － bushi ）

這是以三弦為伴奏，自說自唱的民間技藝，

大衆芸能。むかしは大道芸、門付芸だったのが、19世紀後半大阪（なにわ）で完成され拡まった。

演目のほとんどが、安易な勧善懲悪や母と子の離別悲劇、あるいはやくざの行状記である。やくざとは無法者だが、時の政府に反抗して不正官吏をやっつけたと美化されて物語られる。また、やくざは「義理」「人情」を重視し、「仁義」を大切にするといわれている。

このことから、「あの男はなにわ節だ」といえば、正義感が強く、同情心に厚く、礼儀も正しい人のことをさす。が、決してほめてばかりいるのではない。多少軽率で、思慮に欠け、感情に走りやすいとのニュアンスを含む。「あいつのいうことはなにわ節だ」とは、合理的説得ではなく、感情に訴えるばかりだ、とのことをいう。

しかし日本人は、このなにわ節を、多少軽蔑しながらも、交際上の重要な手段としてい

類似我國的鼓詞、數來寶等技藝，在古時候是屬於街頭藝術，直到十九世紀後半始於大阪（naniwa）被完成並被傳開來。

幾乎所有的節目都屬於簡易的勸善懲惡或母親與子女的離別悲劇，或是賭徒、無賴的生平記錄。所謂「賭徒、無賴（yakuza）」是不守法紀之輩，但在民間卻被美化為反抗當時的主政者、挺身修理不法官吏的英雄，並成為說唱的題材。此外，傳說中也把「yakuza」說成重視人情，講義氣的人。

由這樣的來龍去脈，若有人說「那個男人是個『naniwa－bushi』」的時候，是在指充滿正義感、深具同情心、很有禮貌的人。然而，絕不只在誇獎而已，還含有些許輕率、欠缺考慮、容易動感情的含意。至於「那傢伙講的是『naniwa－bushi』嘛」，是指不合情理、只會感情用事之意。

不過，日本人雖然有些輕視這種「naniwa－bushi」，但在交際場合上卻把它當做重要的

る。

→義理、仁義

縄張り

城をつくるときなど、外門から迷路のように入り組んだ通路や多くの門を通って城のなかに入る、そうした構図を、縄を張って示したことから、その構図そのものをいう。また、縄張りは、工事請負人の工区分担をも示すことから、「ここはオレの縄張りだ」といえば、この場所は自分の工区→他人にはさわらせない→自分の支配地、の意味となってきた。

現代では後者の意味で、鳥の鳴き声（territory doctorine）は縄張り宣言である。警察の守備範囲も縄張りというが、どちらかといえば隠語風、やくざ用語風である。

サラリーマンが使うのは、もっぱら夜、部下や仲間と「はしご」してまわるときなどである。

手段。

→ giri（人情）、jingi（義氣）

勢力範圍（nawabari）

進城的時候，從外門經由像迷宮似錯綜複雜的通道或許多的門才能進入城內，像那樣的構圖以拉繩定界的方式加以表現，由此而指該構圖本身而言。再者，由於「nawabari」也表示工程承辦人所分擔的工區之故，若有人說「這裡是我的『nawabari』」的時候，就變成這個地方是我的工區→不准外人碰它→我自己的管區的意思了。

現階段，後者的含意就是鳥的叫聲，顯示自己的「nawabari」。警察的守衛範圍也稱為「nawabari」，可是再怎麼說，畢竟帶著些行話味兒，很「yakuza」。

上班族多半是晚上與部屬或同事從這家喝到那家（hasigo）的時候使用這詞彙，甲說「這

「このあたりはオレの縄張りだから、任せておけ」といわれたら、彼のなじみのバーで一杯やり、代金も彼がもつ、という意味になる。いわば彼がホストとなるわけだ。代金のワリカンを心配せずに安心して呑んでよい。

→はしご

年功序列

年功は多年の功労。年功により企業内の序列を決めるのは、日本的経営管理手法のひとつの特徴だといわれている。これにより体系づ

一帶是我的「nawabari」，所以讓我來」，就會變成在甲所熟識的酒吧喝酒，且由甲來買單付帳的意思；換言之，由甲做東的意思。這個時候，不用怕口袋裡的錢不夠均攤，大可放心的喝個痛快。

→ hashigo（這家喝到那家）

年功序列（nenkō－joretsu）

年功是指多年的功勞。按照年功以決定企業的序列，可以說是一種日本式經營管理手法的特色。依此手法所建立薪資制度體系就是年功序列

けられた賃金制度が年功序列賃金である。また、能力よりも入社○年で主任、○年で課長というように、昇進・昇格も勤続年数が主な基準となる。ただし、学歴、性別により、複数の基準を用意している企業が多い。

そこで、有能な若手が実績のない先輩の高給・高地位を不満に思うとき、「なにしろうちは年功序列だからな」と、半分やけ気味に愚痴をこぼすことになるのである。

しかし、高度成長から低成長へと経済の軌道修正を迫られている現在、企業は人員をふやすことができず、中高年社員の処遇に深刻な問題を生じ、ために年功序列制度も維持しにくくなってきている。

二番せんじ

漢方医学では、薬草を熱湯で長い間煮て成分を抽出した水溶液を飲むのが治療の一方法で

薪。此外，不論能力而以進公司幾年就升為主任，幾年就升任課長等之晉升，升格也以續勤年數為主要基準。但是，依學歷、性別而具有雙重基準的企業卻占有較多的比率。

因此，能幹而有朝氣的年輕人看到沒有實際作為的長輩在領高薪、占居高位而覺得不以為然的時候，就會以「反正我們公司是年功序列，沒辦法」，帶著些許自暴自棄的味道鳴不平。

如今，被迫將經濟軌道從高度成長往低成長修正的時候，企業就不能隨意增添人員，對於高齡員工的待遇問題也產生深刻的影響，因此，年功序列的制度已越來越難維持下去了。

二煎（niban－senji）

中醫的治病，多半是利用草藥，以長時間的煎煮將有效成分充分地抽出之後才喝下該水溶

ある。一度煮だしたあとの薬の材料をもう一度煮ても、有効成分はほとんど残っていない。同じ葉で紅茶を二度も三度も飲もうとするようなものだ。

そこで二番せんじとは、同じことを二度繰り返してもその効果は激減する、という意味を含んだ、模倣に対する非難、からかいの言葉である。「今度創刊した○○マガジンは大ヒットした△△の二番せんじだよ」というように使う。

もっとも現実には、先行者の成功を見て二番せんじの製品をつくり、マーケティング力で市場を奪って儲けるケースも少なくない。これを「二番手商法」といい、それを「柳の下にドジョウは２匹いる」とか「３匹いる」とかいう。

→柳の下

握りつぶし

部下から提案された案件をろくに検討もせず、

液，作為療法之一。已經煎煮過的藥材，即使再煮一遍也幾乎煮不出有效成分了。就像用同一包茶葉重複地沖兩、三次是相同的道理。

因此，所謂的「niban－senji（二煎）」，就含有重複做同一件事也不見得有效的意思，是對模仿表示責難、嘲弄的話語，可以用在像「這次創刊的某乙雜誌是出過大風頭某甲的『niban－senji』吔」之類的說法。

當然啦，事實上也有不少的例子，是看到先行者的成功而製造「niban－senji」的東西，以銷售力來搶奪市場求取利潤的情形。這種作法可稱為「niban－te shõhõ（仿效商法）」，又說是「yanagi no shita ni dojõ wa nihiki iru（柳樹下有兩條泥鰍＝撿現成）」或「有三條」……。

→ yanagi no shita（柳樹下）

擱置（nigiri－tsubushi）

將部屬所呈上來的案件，既不予審核，也不

可否の決定も出さず、さりとてほかの部下や同僚などとも相談もせず、放置してしまうこと。「棚上げ」とも似た意味だが、棚上げになった案件は事情の変化で復活することもあるが、握りつぶされた案件は絶望的である。部下はいつまでも上司から可否の返事が出ないと、ああ握りつぶされたのだなと諦める。

だが、骨のある部下は握りつぶされた案件を常務や社長に直接ぶつけにいくことがある。これを「直訴」というが、提案にはっきりと可否をいえない気の弱い上司は、部下の直訴で自分の決断力の無さを暴露される危険も冒しているわけだ。

とはいえ、封建時代の直訴が直訴者よりその直接管理者（代官など）の方に有利な裁決が多かったように、現代でも直訴するには相当の覚悟と情勢判断が必要とされる。

なお、現代では「机の引出しにしまう」ということもある。上司に見せにくく、説明しにく

做出可否的決定，不但如此，也不肯跟其他部屬或同事商量，就這樣放置不管的意思。與「tana－age（懸案）」是類似的意義，但變成「懸案」的案件卻會因為情況的變化而有復活的機會，被擱置下來的案件就只有絕望啦。部屬若久久等不到上司的可否回音，就知道「nigiri－tsubusareta（被擱置下來了）」，只好死了心。

然而，有骨氣的部屬就會把「nigiri－tsubusareta」案件拿到常董或總經理的面前直接請示。這就是所謂的「jikiso（越級上訴）」，但，對於提案無法說出可否的不爭氣、懦弱的上司，恐怕也會因為部下的「jikiso」，而冒被揭露自己不夠果斷之面的危險。

雖然如此，就像封建時代的「jikiso」，頂頭上司獲得有利裁決的機會必定比「jikiso」的人來得多那樣，既然決定要「jikiso」，相當的心理準備與判斷形勢是免不了的。

再者，現代人也有以「放進抽屜」方式處理案件事宜，將不好讓上司過目、不好說明的案件

い案件を、しばらく放置しておくことである。
→棚上げ

ぬけがけ

両軍が会戦しようとするときに、自分だけ事前に秘かに抜けて敵陣に攻めこむこと。不意討ちとなって緒戦に成功をおさめることもあるが、軍団としての統制は乱れ、また「抜駆け」の一騎が負けたりすると敵に勢いがつき、軍団全体が大敗を喫することともなる。

したがって、個人戦から団体戦に移る16世紀ごろから、ぬけがけは軍団長から厳重に禁ぜられたのだが、功名心にはやる武士のぬけがけは仲々なくならなかった。

暫時給擱置下來的意思。

→ tana － age（懸案）

搶先（nukegake）

兩軍在戰場上相遇，將要開始一場混戰的時候，自己一個人在事前偷偷地離隊攻進敵人的陣地之意。有的時候，會成為突襲而收到莫大的成果，但也因此而搞亂軍團本身的管理制度。此外，要是「nukegake（搶先）」的一騎不幸輸了，勢必給予敵人極大聲勢，反而使軍團整個兒遭到慘敗。

因而，從個人戰轉型到團體戰的十六世紀左右起，透過軍團長下達了嚴禁「nukegake」的禁令；雖然如此，急於功名的武士卻壓根兒不理會

現代では、組織決定（そしきけってい）や役割分担（やくわりぶんたん）を無視（むし）して自分一人で仕事をすすめたり、組織決定する前に秘（ひそ）かに仕事をしておいて急（きゅう）に成果（せいか）を誇示（こじ）したりすることをいう。功名心（こうみょうしん）のなせるところ、昔も今も変わらないが、結果が良く、上司から褒（ほ）められても、周囲（しゅうい）からは冷遇（れいぐう）される。集団（しゅうだん）で事（こと）にあたる日本の会社では、一人だけ良（よ）い子（こ）になろうとすると、かえってマイナスとなることが多い。

ぬるま湯（ゆ）

日本人の風呂好（ふろず）きは有名（ゆうめい）だが、その湯（ゆ）が熱（あつ）い（42～45℃）ことでも有名らしい。熱い湯にサッとつかってサッと出るのを烏（からす）の行水（ぎょうずい）というが、冬などで36℃くらいのぬるま湯に入ると、湯

禁令這回事，致使「nukegake」之舉，一直都存在時有時無之間，根本禁不了。

現代人把無視於組織決定或責任分擔、喜歡以獨斷獨行的方式自行作業，或者趕在進行組織決定之前，偷偷的把事情做好，之後，突然把成果給誇示出來之類之事，稱之為「nukegake」。雖然在一心為功名這一點上，古代與現代並沒有什麼差異，但，即使有好的結果，或贏得上司的誇獎，卻免不了周遭人的冷眼相待。在以團隊共事的日本社會，倘若想要自己一個人成為乖寶寶，很多時候將適得其反，造成負面的結果。

溫水（nuruma－yu）

日本人喜歡泡澡，是世界聞名的。泡澡時以水溫之高（42℃～45℃），似乎也很有名。使用熱水簡單快速的沐浴稱為「karasu no gyõzui（烏鴉澡）」。若在冬天泡進36℃左右的溫水

のなかでは気持ちよいが、体温は上がらず、寒い外には出られなくなってしまう。

このように、刺激も少なく、とくに良いこともないが、とにかく安穏だから転職して新天地を開拓する気持ちがないことを、ぬるま湯につかっている、という。ひところ流行した「脱サラ」(サラリーマンをやめて、自分で小企業を起こすこと)ベンチャービジネスなどは、ぬるま湯では物足りずに、外の寒気に勇敢に挑戦することでもある。

大企業のサラリーマンは、とかくぬるま湯に安住しがちであるが、全員がそうなると企業の活力は失われる。

裡，在水中會覺得很舒服，體溫不會上升，但，也因此想走到寒冷的外面就有困難了。

像這樣，少有刺激，也沒有多好，只因為安穩的緣故，不會想要轉換工作、開拓新天地的心情，稱之為「浸泡在『nuruma－yu』裡」。像前陣子所流行的「datsu－sara（辭掉上班族的工作，另創自己的事業）」投機事業，就是不滿於「nuruma－yu」，勇敢地向外頭的寒氣挑戰的結果。

大企業裡的上班族，往往很容易就滿足於「nuruma－yu」裡，要是所有的員工都有此心態，那麼，企業的活力就難保了。

大風呂敷

一辺4～5フィートの正方形の布で、何でも包んで運べる便利な布、風呂敷の大きなものである。昔、風呂に入るのに衣類を包み、入浴し終わって、その布を敷き拡げてその上に立ち着衣することからきている。

昔の行商人は、商品を大風呂敷に包んで肩に背負い、町々を売り歩いたものだが、もっと大きな荷物、大風呂敷包みを、さも一人でかつげるかのごとく自慢話をしたところから始まったものだろうか。自信過剰で、やや無責任な大げさな話に「また大風呂敷を拡げている」とからかう。

同じ意味で「ほらを吹く」がある。昔、主として山中で修業する僧の一団（山伏）が、お互いの連絡に使った吹奏楽器、ほらから出たもの。ほらは大きな音が出ることからか、または山から山へ鉱脈を探って歩く山師と山伏とが

說大話（ōburoshiki）

這是每邊各四～五呎正方形的布塊，任何東西都可以包起來並帶著走的方便布巾，也是大的包袱巾。古時候，要上澡堂就拿它來包衣服，洗完澡可將它平鋪當做地巾，站在上面就可以穿衣服了。

從前的小販，是把商品包在大包袱巾裡頭，背在肩背，用兩隻腳走遍各地方的大街小巷去販售商品的。是否從這裡開始，把好像真的一個人就可以扛起塞很多東西的大包袱的自吹自擂、過度自信，有一點不負責任的誇張話，以開玩笑的口氣說「又在鋪展大包袱巾了」的呢？

此外，有同樣意思的「hora wo fuku（吹牛皮）」。主要語源為一群在山中修行的僧侶們，用以互通音信的吹奏樂器「hora（法螺）」。或許由於法螺可以吹出很大的聲音，而又因為僧侶們像極了從這座山到那座山在山中探尋鑛脈的人，才會把兩者混在一起，變成「說大話」的意

似ているところから、両者を混同して、「大きな話をする」の意味となったものだろう。

→ほら

お茶

最初は貴族・僧侶のものだった飲茶が、一般化し、生活になくてはならぬものとなった17／8世紀ごろから茶にからむ語句は無数にでてきた。それも休憩、中休みに関連するのもしごく当然だろう。

「茶にする」は、人の話をばかにする、はぐらかすこと。真剣に仕事をしている人に「お茶ですよ」と呼びかけて中断させじゃまをするところからきたものか。似た言葉が「茶茶を入れる」。妨害する、じゃまする。「茶化す」は、からかう、冗談にする。「茶をいう」は、冗談をいう。

「お茶をにごす」は、白湯を茶のように見せ

思的。

→ hora（吹牛）

茶（ocha）

最初是專屬貴族與僧侶的飲料，後來才逐漸普遍化，而成為生活上不可欠缺的東西。從十七～八世紀的時候，圍繞著茶，衍生出了無數的句子。其中多半與休憩、中間休息有關聯，這也是極自然的事。

所謂「cha ni suru（嘲弄人）」，是忽視或岔開別人的話的意思。對很認真努力工作的人說「Ocha desu yo（喝茶的時間啦！）」，來打斷、干擾，是否就是該句子的語源？類似的語句則有「cha cha wo ireru」，妨礙或打岔的意思。「chakasu」是拿正經事開玩笑、嘲弄之意。「cha wo yū」是說笑話。把白開水弄成茶的樣子，轉而變成另一句「ocha wo nigosu（矇混）」，光

かけることから、その場をいい加減にごまかすこと。表面だけつくろうこと。

「お茶の子」は、お茶のときにたべる菓子や軽食。そこから、簡単にできる仕事を「そんなことはお茶の子だよ」と使う。「朝飯前」に同じ。

「お茶を引く」は、茶の葉を挽くには平静にしてやらねばならないところから、ひまになること、仕事が一時的になくなることをいう。

→朝飯前、茶坊主、ちゃらんぽらん

お忙しいですか？

字義どおりには〝Are you busy?〟であるが、忙しかろうと暇だろうとオレの勝手じゃないかと怒ってはいけない。「どちらへ？」と同じく、たんなる挨拶である。

同じような表現に「もうかりまっか？」が使われることがある。〝Does it yield profit?〟

修門面而不實在之意。「 ocha － no － ko 」是喝茶時所配用簡單的點心。由此衍生，把容易做的事情說成「那種事，『 ocha － no － ko 』嘛」的用法。與「 asameshi － mae 」同義。

「 ocha wo hiku 」：磨茶葉的時候心情必須保持沉靜，由此轉而成為得閒、臨時失業的意思。

→ asameshi － mae（極其容易）、 chabõzu（司茶者）、 charan － poran（馬虎）

在忙啊？（ oisogashi desuka ？）

按字義是「你在忙嘛？」，但你不可以生氣的說「忙不忙，有空沒空，都是我家的事，關你什麼事！」。這跟「 dochira － e（上哪兒？）」同樣，只是一句問候話罷了。

同樣的表現則有「 mõkarimakka ？」，意思是有賺頭嗎？由於帶有一點功利的味道，因此，

であるが、やや功利的な響きなので一般的ではない。最近の中国で「喫飯了嗎？」（chī fà le ma）＝〝Did you have your meal？〞が「爾好？」（nii hao）＝〝How are you〞に代えられたようなものだろう。

忙しいことを美徳と考える日本人は、ビジネスマンに対するprotocolとしてこう問いかけるのである。答えは「まあまあです」が一番ピッタリしている。

なお、「お暇ですか？」と問いかけることもある。退社間際や週末で麻雀やゴルフなど遊びに誘うときの前置きだ。日中にはいかに暇そうにみえる「窓際族」にも「お暇ですか？」と聞いてはならない。

→どちらへ？、窓際族、まあまあ

おかげさまで

「お子さんのお怪我はどうですか？」「おか

並不是一般的。就像最近的中國，已經把「吃飯了沒？」改成「您好！」那樣的意思吧。

把忙碌視為美德的日本人，都會用「oisogashi desuka？」作為問候上班族的話語，而最恰當不過的回答應該就是「mã－ mã（還好）」了。

相對的，另外有「ohima desuka ？（有空沒？）」的問話。這是在下班之際或在週末邀請人去打高爾夫球或郊遊時的開場白。在白天，即使看起來頗有閒工夫的「madogiwa － zoku（窗邊族）」，也不可問他「ohima desuka ？（有空沒？）」。

→ dochira － e ？（上哪兒？）、madogiwa － zoku（窗邊族）、mã－ mã（還好）

托您的福（okagesamade）

「寶寶的傷，好了沒？」「『okagesamade』

げさまですっかり良くなってトビはねてます」「新支店の業績はどうですか？」「おかげさまで開店早々から良く売れてます」

「おかげさまで」は字義どおりには「あなたのおかげで～がうまく運んだ」との感謝の言葉である。だが上記の例は、医者でも銀行家でもないただの知人・友人でしかない。とはいえ、なぜ「おかげさま」なのかと首をかしげることはない。ここで「あなた」は「あなたを含む世間一般」の意味であって、「あなた」自身も、治療した医者や融資した銀行家を含む社会の一員として縁があるからである。

したがって、なにかを問いかけて、相手が「おかげさまで～」といったなら「それは良かったですね」と答えれば良い。感謝されたのだからと「どういたしまして」などと答えたら会話はおかしくなる。もっとも「外人」だとかえってご愛嬌と笑い出すかもしれない。

→ご縁、外人

（托您的福）都好了，到處跑著跳著呢！」「新分店的業績如何？」「『okagesamade』，一開店就賣得很好。」

「okagesamade」在字義上是「托您的福……都很順利」的感謝話。但，上述的例子都只是普通的熟人、朋友而已，並不是什麼醫生或銀行家。雖然如此，也不必納悶為什麼會是「okagesamade」。這裡所說的「您」是指包括你在內的社會上一般人的意思，「您」本身，與治病的醫師或融資的銀行家，全都以社會上的一份子相互有緣的關係。

因此，譬如問起某件事，要是對方回答「okagesamade……」，你大可以說「那好極了」就行。不要以為對方在謝自己，我就得回答：「那

岡目八目

囲碁ゲームからきた言葉で、対局者同士より横で見ている方が八手ほど先が読める。すなわちなにかに熱中している当事者よりも、事情を知った第三者の方が冷静に情況を判断し対処できる、とのたとえである。

岡は丘。小高い所から物を眺める方が全体を見渡せるからとの説もあるが、むしろ横とか傍らの意味らしい。

「岡惚れ」とは他人の女房や恋人に恋すること。

「岡焼き」は同僚など他人の出世をうらやんだり嫉妬すること（「やく」は嫉妬の口語

裡，不客氣！」否則就會成為笑話了。當然，如果是外國人，說不定反而成為可愛而大夥兒笑成一團呢。

→ go − en（緣）、gaijin（洋人）

旁觀者清（okame − hachimoku）

這是從圍棋遊戲而來的語詞。比起對局的雙方，在旁觀戰的人較容易預見下文。換句話說，比起熱中於某件事的當事者，早已摸清狀況的第三者較能冷靜判斷情況以資應付之比喻。

「oka」是小丘。有人說從小丘上看事情較能看清全部（句子的來源？），倒更像從側面或旁邊的意思。

所謂「oka − bore」，是指暗戀別人的妻子或情人之意。

所謂「oka − yaki」，是指羨慕或嫉妒同事或其他人的升官、出息（「yaku」是嫉妒的口語表現）之意。

表現)。

「岡場所」はむかし吉原など公認の赤線以外に乱立した赤線区域である。

「岡っ引」は犯罪人あがりやヤクザで、江戸幕府の警吏の下働きを勤めた輩のこと。

以上いずれも、傍流とか、第三者の意味に使っている。なお、「八」は、8の数そのものというより「沢山」とのニュアンスに使われることが多い。

O L

女性会社員を意味する和製英語 office lady の略である。

女性が会社員として働くことが一般的になっ

而，「 oka － basho 」是指私娼集中區。

「 okappiki 」就是指江戶時代的罪犯出身或賭徒、無賴之輩在江戶幕府的警務所當線民的人。

以上全都是以支流或第三者的意思使用的。至於「 hachi 」多半時候是表示「很多」的意思，而少有數目上「八」字的解釋。

女辦事員（ OL ）

這是意味著女性工作人員的日制英語 Office Lady 的簡語。

女性以公司職員的身分工作並普遍化，是

たのは1950年代以降であり、それまではデパートの店員、バスなどの車掌、電話交換手、タイピスト、看護婦など、専門職が主だった。それが、60年代からは、どの事務所でもdaily routine workに欠かせない戦力として重要視され、つれて呼び方も事務嬢を訳してBG(business girl)と総称した。ところが、これには売春婦の意味もあるらしいところからoffice girlといってみたが、OGと略すとOBに連想がいくし。とにかくgirlなる言葉が良くない、というわけでOLが定着した。

もっとも最近は、米語のgalが大流行だから、若い会社員にはoffice galと呼ぶ方が喜ばれる(office girlと同じだが、これも流行)。

また、近年女性管理職もぼつぼつ増えてきた。この人たちは未婚・既婚を問わず、career womanと呼ぶようだ。

一九五〇年代以後的事，在那以前，女性的工作內容多以百貨公司的店員、公車的售票員、電信局的話務員、打字小姐、護士等的專業工作為主。由於經濟的成長，從六〇年代起，在所有辦公室都以日常工作上不可或缺的一股力量受到重視，隨著名稱也以事務小姐的英稱 BG（business girl）為總稱。可是，總嫌它含有賣春女人的意味而改稱 OG（office girl），但簡語的 OG 與 OB 又會使人有所聯想，總覺得 girl 這字不是很好，因而定名為 OL。

最近，美語的 gal 在大流行，因此理所當然的，對於年輕的公司職員而言，office gal（與 office girl 同，這也是流行）的稱呼較受歡迎。

此外，近年來女性主管也逐漸多起來，不論她們是已婚或未婚，似乎都以 career woman（在職婦女）來稱呼。

大物

大人物ともいう。真に優れた指導者のことである。しかし日本で大物とは、先導者や指揮者ではない。組織上の副や参謀に全権を委任し、その結果には自ら責任をとる、こういうタイプが大物といわれる。明治維新時の西郷隆盛はこの種の典型で、内乱をおこして死んだ後も栄誉を回復したし、いまだに全国民的英雄である。かえって、実政を握り明治国家の基礎をつくった隆盛の同輩大久保利通には人気がない。

大物は一見愚者に見える賢者である。だから相手をほめるつもりで「あなたは大物ですね」といえば「あなたはバカです」の意味にも解釈でき、怒り出すかもしれない。「あいつは大物だから」と陰口をきくときは「彼は大物きどりだからそんな小さな話には乗らないよ」を意味するときと「彼は物に動じない、すなわち鈍感だからそんなことをいってもわからないよ」

大人物（õmono ）

能夠戰勝強敵的人（如相撲大力士）或棋類，稱之為「õmono 」或「 dai － jinbutsu 」，指的是真正優秀的輔導者。不過，在日本，「õmono 」並非指帶頭者或指揮者，而是指將全權委任予體制上的副座或參謀，責任卻由自己來扛的，這一型的人。例如，明治維新時的西鄉隆盛就是典型的代表，雖然引發內亂，在死後卻又恢復名譽（平反），至今仍然是位民族英雄。相對的，掌握實權並奠定了明治國家基業的隆盛的同輩大久保利通，反而沒有獲得應有的聲望。

「õmono 」者，可以說是屬於大智若愚型的人物。因此，原本打算誇獎一下對方所說的「您可是位『õmono 』！」的讚美詞，也可能成為「你是個笨蛋！」的罵人話，說不定還會激怒對方呢。若是有人在背後說「因為那傢伙是『õmono 』……，所以……」的時候，可能的意思有二。其一，「他擺的是『õmono 』架子，不

を意味するときとがある。いずれにしても良い表現ではない。

ただ「大人物」には悪い意味はなく、すぐれた「大物」の意のみである。

→昼あんどん

恩

昔、封建武士が領主（lord）から恩を得、代わりに奉公（軍役従事）した。この場合の恩は所領(fief)である。恩は相手に感謝の念を起こし、返礼の義務感を起こさせる給付行為で、物品によることが多い。精神的なものが情（なさけ、じょう）で、いずれにしても受けた側はいつの日か返礼すべき倫理的義務、すなわち「義理」がある。

もっとも、あからさまに返礼を期待しての恩

會在乎這麼點小事」；其二，「他必定會鎮定自如，換言之，因為感覺遲鈍，說了也等於白說」。不論怎麼說，反正都不是好的表現。

惟，「dai － jinbutsu」並沒有不好的含意，只是單純的傑出的「大物（ōmono）之意罷了。

→ hiru － andon（廢物）

恩（on）

對於來自長輩的恩惠應負有社會性的、心理上的仁與義。恩的概念是源自中國的思想與日本的封建社會。在日本的封建式階級社會裡，長輩在公私雙方面都會照顧到晚輩。相對地，蒙受恩惠者，也會對長輩誓言効忠。這才是恩的真意所在。

報答恩惠的方法有很多種。例如，古時候的封建武士，如領主（日本戰國時代以後的諸侯）對他有恩，必定在必要時以從事軍役（為君主捨

は「恩を売る」「恩に着せる」と、かえって卑しまれる。「あなたのためにこんなことをしてあげましたよ」などというと「恩着せがましい」とそしられる。

恩に返礼すると「恩返し」した、義理を果たしたわけで、返礼できる状態になっても知らん顔をしていると「恩知らず」と非難される。それどころか不利益な行為をするのは、「恩をアダで返す」大変な不道徳行為である。

「親の恩」もある。生みの恩、育ての恩、これらを返すには親孝行、とくに親の晩年、その面倒をみることが大切である。もっとも最近は少々くずれてきているようだが。

→義理。

命）作為回報。這時候的恩是領地。

報恩，是對對方萌起感謝的意念，並引起回報的義務意願的給付行為，以透過送禮方式的回報為多。精神上的是給情面，不論用的是哪一種方式，蒙受恩惠者應負有找個機會回報的倫理上義務，也就是「道義」。

當然啦，明顯有期待別人回報的恩「on wo uru（賣恩惠）」、「on ni kiseru（硬要人家領情）」，反而被人瞧不起。如果向對方說出「我為你做了這些事情」，肯定會被罵說「on－kisegamashĩ（硬賣人情）」，非常的不討好。

倘若對恩惠有所回報，就是「on－gaeshi wo shita（報答恩情）」，盡了人情的意思。假如已經有能力回報卻裝著不知道的樣子，勢必遭到「on－shirazu（忘恩負義）」的指責。不僅如此，還做出不上道的行為，這就是「on wo ada de kaesu（恩將仇報）」，屬於嚴重的不道德行為吔。

還有「oya no on（父母之恩）」，生與育

同じ釜のメシ

一つの釜から炊かれたメシ（rice）を一緒に食べることをいう。他人同士ではあるが、ある時期独身寮などで一緒に暮らして、同じ体験を共有している場合に使う。

かなり親密な関係ができあがっている場合が多く、後になってもこの連帯感が維持されていて相互に助け合うことも多い。

しかしまた一方、「同じ釜のメシを食った仲ではないか」といわれて、強引に物を頼まれた

之恩，為人子女者應將奉養年邁的雙親、善盡孝道擺在第一。不過最近卻確實有鬆懈的趨勢。

此外，每年約有兩次的定期送禮習慣，也可視為報恩的行為。事實上，日本的社會至今仍是建立在恩的基礎上，人際關係乃根基於相對的責任感與義務感所結合的極為複雜的網路上。

→ giri（道義）

同鍋飯（onaji kama no meshi）

一起吃從同一個鍋煮出來的飯，稱為「onaji kama no meshi wo kū」。雖然互為他人，但在某個時期（如學生時代、單身赴任等）在學生宿舍或單身宿舍那樣的地方，一起生活，共享同樣經驗的時候使用之。

從陌生到熟識，建立起相當親密關係的例子也很多，直到往後的人生道路上，這種連帶感仍被維持著，發揮互動力量的機會也不少。

可是，另一方面，以「我們不是吃過同鍋飯

りすることもある。

日本社会のなかでは、「おなじ釜のメシを食った仲」ないしそれに近い関係は、かなり強力な連帯感をもつ小さな集団（group）であり、それが拡大していって、さまざまな社会集団を形成するケースもしばしば見られる。

学閥、地方閥などの「閥」も、中核にはこのような人間関係を含んでいる。

→閥、人脈

お手盛り

日本が豊かになって、一般的にも飢餓に対する恐怖がなくなったのは、歴史的にみてもせいぜいここ2、30年である。それまではいたるところに貧しさがあり、食物にたいする関心が強かった。

「お手盛り」とは、自分で自分の食器に食物を盛りつけることをいう。これは主として人

的哥兒們嗎？」被強硬要求辦事的例子也有。

在日本的社會裡，「吃過同鍋飯的關係」乃至與其相近的關係，必定都會形成強有力連帶感的小團體，進而擴大成各色各樣的社會團體之情形，可以說屢見不鮮。

像學閥、地方閥那樣的「閥」裡面就含有這樣的人際關係。

→ batsu（閥）、jin－myaku（人脈）

本位主義（ otemori ）

日本由貧窮變成富裕，老百姓普遍性的再也不用懼怕飢餓，從歷史上來看也只不過是短短二、三十年罷了。在這之前，到處都明顯有貧窮的現象，而且人們對於食物的關心也格外強烈。

所謂「 otemori 」者，指個人親自把食物盛到自己的餐具裡之意。主要表示「人」往往都會給自己盛較多的食物。然而，那是一種貪婪的行

よりも自分のところを多く盛ることになりがちである。しかしそれは、欲ばりの行為であり、非難の対象となる。

このようなことは、単に食事に限られず、社会のいろいろな面でみられる。そして一般に、自分の利益のために自分で取り計らうことを「お手盛り」というのである。

公務員が自分たちだけの給与を大幅に引き上げようとする予算を組もうとする場合など、「お手盛り予算」として社会的に強く非難される。

我身可愛さは、万国共通であろう。

おおわらわ

おおは大、わらわは子供のことてある。19

為。私心太重的結果必會成為譴責的對象。

這樣的情形並不限於吃東西，在社會的各層面都可以看得到。一般而言，親自處理事情使自己更有利的行為，稱之為「otemori」。

例如，公務員想要編列只會使他們的薪資大幅度增加的預算時，將因「『otemori』預算」受到社會大眾的譴責。

愛己，本是全世界共通的吧。

竭力（õwarawa）

「õ」是大或偉大，「warawa」是小孩的

世紀半ばまでの男の結髪、チョンマゲは前頭部を剃り上げるのだが、これは兜をかぶるのに便利だからしい。戦場で兜もとって大働きをしている武士の髪がほどけて肩までかかっている、その姿が童児の髪型に似ているところから「おおわらわ」＝大きな子供と呼んだもの。

決算期で経理マンが大奮闘している姿、お正月の料理作りや部屋の飾り付けに追われている姿、いずれも「おおわらわ」である。要は目前の仕事を片付けるのになりふり構わず大奮闘している姿をいう。

忙しいことを美徳とする日本人だが、常におおわらわで働いているのは美しいとは思われない。職場全体のペースを無視して一人だけで奮闘していると「カラ回り」（音楽が終わった後も針だけ回っているディスク）となってしまう。

→モーレツ、お忙しいですか

意思。在十九世紀中葉之前，男人的髮髻（ chonmage ）是把前額部的頭髮給剃光的，或許是為了戴鋼盔方便。在戰場，連鋼盔都脫下來、忙得不可開交的武士，他們的頭髮會鬆開來垂在肩上，那模樣兒簡直像極了兒童的髮型。從這個地方將他們比喻為「ōwarawa（大孩子）」的。

處在結帳期間的經理們在大忙特忙的模樣、主婦趕著烹調年夜飯或裝飾屋內而忙得團團轉的樣子，統統都是「 ōwarawa 」。主要是指為了趕辦眼前的事情，顧不了外表，專心一意在忙著的樣子。

日本人一向都視忙碌為美德，但是，經常以「ōwarawa」在工作的樣子，的確並不美觀。如果無視於整個職場的步調而做出孤軍奮鬥之舉，就會成為「『 kara － mawari（空轉）』＝音樂結束後，只剩下唱針在轉」，也就是空忙的意思。

→ mōretsu（猛烈）、 oisogashi desuka（忙嗎？）

親方日の丸

親方とは主人（master）、日の丸とは日本の国旗であり、この場合は日本の国を表わす。

日本の民間企業では、激しい競争があり、赤字を続けて倒産してしまうことも多い。ところが、公企業であれば、どんなに赤字を出しても、最後は国が面倒をみてくれる。それで、いきおいそれに頼って厳しい企業努力をせず、労使とも甘えがでてくる。そのような姿勢を皮肉っていう場合に使われる。

また民間企業でも、大企業の場合には「親方日の丸」みたいなものだと皮肉られることがある。大企業から傘下の子会社に「天下り」した社員が子会社の役員として交際費などを浪費していると、そこの社員から「何せ親方日の丸、気楽なものだ」とそしられる。「この小会社がつぶれても彼は帰っていける会社があるから良いが、俺達は失職する」といった意味

靠山（oyakata hinomaru）

「oyakata」是教父、主人。「hinomaru」是日本的國旗，這是在比喻日本政府，有政府可負擔責任的意思。

在日本，民間企業之間的競爭頗為激烈，由於連續的入不敷出，最後宣告破產的企業也不少。但是，只要是公營企業，不論虧空的程度有多深，最後還是由政府來幫忙解決。也因為這樣，勞資雙方都會安於現狀，沒有幹勁，當然也談不上業績了。「oyakata hinomaru」是在諷刺那樣的態度時所使用的。

而在民間企業方面，如果是家大企業，有的時候也會以類似「oyakata hinomaru」被挖苦。例如，從大企業被指派到傘下子公司的職員，若是以子公司主管的身分在浪費交際費的時候，就會被該公司的員工在背後指罵說「反正是『oyakata hinomaru』，安逸得很」，充滿了「這個小公司就算倒了也沒關係，反正他還有可以回

が込められている。

→天下り、殿様商売

匙を投げる

to throw a spoonが直訳だが、なんのことか分からない。八方手を尽くしてもどうにもならないとき、この言葉を使う。元々は医者が使う薬匙からきたもので、「匙を投げる」とは、薬の効果はもはや期待できない最悪の状態a hopeless diseaseである。

日本では、平安時代（674〜1192年）に、中国から食用の匙が入ってきたが、主に上流社会で使われ、その後茶道、香道、さらに医者に使われるようになった。

ビジネス社会でも、商談が難航して、遂にはgive upせざるをえないとき、「匙を投げる」というが、簡単に諦めると、根性がないといっ

去的公司，而我們就得失業啦」的含意。

→ ama － kudari（指派）

tonosama shõbai（老爺式生意）

放棄（ saji wo nageru ）

把它直接翻譯過來就會變成丟下湯匙。「 saji 」是匙子，「 nageru 」是丟下。在說什麼？莫名其妙。原來，這是從醫生所使用的藥匙衍生來的，所謂「 saji wo nageru 」，是指醫生認為已經不可救藥而撒手不管的最壞狀態。雖然施以千方百計，結果依然宣告失敗的時候就會用這句話。

日本在平安時代（ 674 ～ 1192 年），從中國引進了進餐用的匙子，可以說是上流社會的專屬用品，後來才逐漸地普及，醫生也開始使用它。

在商業界，當貿易談判進展困難，最後不得不中止的時候，就要說「 saji wo nageru 」；不過，

て批判されることもある。

なお関連した言葉に「匙加減」があるが、これは measure is medicine のことで、薬を匙にどれくらい盛るか、つまり手心をどう加えるかという意味である。

→脈、根性

左遷

低い役職に降格させられたり、同役職で地方支店に移動させられたりすること。

日本では仕事上の少々の失敗や上役とのウマが合わないぐらいで「首」になることはまずな

太容易死心的結果，也會被批判為「konjõ ga nai（沒有耐性）」。

此外，相關的句子有所謂的「saji－kagen」，這是指配藥時的劑量，藥匙上要盛多少藥，也就是酌情、要領的意思。

→ myaku（脈）、konjõ（骨氣）

降職（sasen）

被降級到較低的職務，或以同級職務被轉調到地方分店的動作，稱之為「sasen」。

在日本，只是工作上稍微的失敗或與上司相處不來之類程度的小事，是不會「『kubi ni naru』

いが、役職は課長のままで変わらなくても、部下がいない課長とか、本店の課長から小支店の課長に転属を命ぜられるなどは、ままあること。これを左遷、席次をおとすという。

　とくに不便な小支店・出張所に転属させることを「飛ばす」という。ゴルフでティーショットを思い切り飛ばすのは壮快だが、飛ばされた人は自分が出世のコースからはずされたことを自覚しながら「都落ち」することになる。(中央の権門から地方に落とされる) ときには「島流し」ということもある。イギリスでも盛んに使った古代の刑の一つになぞらえて。

（被解雇）」的。就算職務依然是課長，也有下面沒有部屬的課長，或從總公司的課長到小分店的課長受命轉隸的情形是常有的事。稱之為「 sasen 」，降低席次。

特地將某人轉隸偏僻的小分店、辦事處的動作，稱為「『 tobasu 』（使其飛）」。玩高爾夫球時，能夠盡情的使其飛是很痛快的事，但，「 tobasareta 」者卻必須覺悟自己的前途已不樂觀，從中央的權門被踢往地方（ miyako － ochi ）。有的時候也稱為「『 shima － nagashi （古時候對罪人的流刑。流放於孤島）』。是以古時候的英國曾盛行的古代刑法作為比喻的。

對於上班族而言，必定是句最不喜歡聽的話吧。

→ dosa － mawari（流動劇團）、kubi（頭）、madogiwa － zoku （窗邊族）

ビジネスマンにとってもっともいやな言葉であろう。

→ドサまわり、首、窓際族

生理休暇

労働基準法に定められた女性だけに請求権のある月一回の休暇である。有給休暇とは別で、女性の生理に伴う苦痛に労働の負担を上乗せするのはかわいそうだとの法律上の配慮である。もっとも苦痛には個人差があり、職種によっても労働負担が異なるから、この休暇制度は不公平との声もある。

ところが、生理休暇は男性もとる。月に1度か2度、「単身赴任」社員が下着などの汚れ物を詰めた大きな鞄を持って家族の待つわが家に帰る休暇のことを、からかい気味に生理休暇と呼んでいるのだ。

会社によっては2/3カ月に1度、単身赴任

生理例假（seiri － kyūka）

這是指勞動基準法的規定，只限於女性才有權利申請每個月一次的休假。與有給休假不同的是，不忍於女性在生理上痛苦之外還得追加勞動的負荷，屬於法律上的一種照顧。其實，痛苦是有個別差異的，依職業類別而有不同的工作負擔，因而認為這種休假制度有欠公平性的聲音也有。

雖然如此，男人也會請生理休假，每個月一次或兩次「tanshin － funin」的職員，會提著裝滿內衣褲等髒衣服的大提袋回到等著他的家，把這種休假以開玩笑的口吻戲稱為「生理休假」。

有些公司會依其需要以二～三個月一次的頻度，派遣單身赴任職員為公司到自宅附近的辦

社員の自宅に近い事務所や支店に社用出張をさせることもある。社員福祉の一方法であろうが、この場合生理出張とは呼ばないようだ。

→——チョン、単身赴任

先生

字義どおりには先に生まれた人で、尊敬の念をもって呼ぶ二人称である。中国語では呼びかけに使われる（現在では同志だが）。

学校の教師、医者、弁護士からスポーツのコーチ、お花など「稽古ごと」の指導者などな

事處或分店出差。或許是屬於員工福利的給付方式之一，但這個時候就不叫生理出差。

→～chon（～單身）、tanshin－funin（單身赴任）

先生（sensei）

按照字面的意思是先出生的人，以尊敬之心尊稱的第二人稱。在中國話裡是用在招呼上（目前為同志）。

從學校的老師、醫生、律師，到運動教練、花道的指導員等等，廣泛地被用在招呼上。教室

ど、実に広く呼びかけの言葉として用いられる。教室で生徒が手をあげる。「先生、質問があります」という。この場合、「〜さん、質問があります」というのは日本では失礼だと思われるからである。

また、国会議員も「先生」と呼ばれないと気に入らない。落選したら「〜さん」に戻るのだが。

ところが、この先生なる語、尊称のみではない。反語的に、軽蔑とか軽く扱う気持ちで呼ばれることもあるから注意を要する。「あの先生、ヘマばかりしやがって」などと陰口をきく場合には、まず先生とはバカのこと。

「そこの先生、マッチとってよ」といわれたら、先生はぼんやりものとのことだ。

「先生」はTPOを考えないといけない言葉である。

→稽古、——さん

內有學生舉手發問，「先生，我有問題請教」的情況下，若說成「某君，我有疑問」，這在日本是被視同不恭敬的。

再者，國會議員也希望人家稱他為「先生」。要是落選了，就得恢復「君」了。

可是，這所謂的「先生」之語，並不只是尊稱而已，也用在相反意思，帶有輕視或忽略意味的稱呼上，因此，要注意。「那位先生，盡幹些蠢事」之類背地說的話，裡頭所說的先生是笨蛋的同義語。

「那位先生，把火柴拿給我。」這話裡頭的先生則是笨蛋的意思。

因此，「先生」的含意應以 TPO（時間、場所、場合）為考量依據。

→ keiko（練習）、san（君）

社風

文字どおりに訳せば「会社の風」だが、風とはこの場合風習、風俗、慣習などをいう。最近では大家族制がすたれてきたから死語化しつつある「家風」などは、姑が嫁に向かって「うちの家風は～ですから早くなじんで下さい」と躾ける。

「社風」とは、明文化した会社の規則上の制約というより不文律的な、暗黙のうちの行動規範である。「社内」結婚を歓迎しない社風など。

一方、「社風」は corporate identity, corporate image という使われ方もする。社員の外部に与える印象ぐらいの意味である。「あの会社の社風は創業者社長の個性からか新製品開発に意欲的だ」は良いが、「あの会社のセールスマンは殿様商売だ。社風なのかな」となると社会の評判が良くないわけだ。

社風（shafũ）

字面上看來是公司的風，但這裡的風是指風俗、習慣的意思。如近年來大家制度已經不時興而有逐漸死語化趨勢的家風等，婆婆就會教育媳婦：「我們的家風是……，妳要想法子使自己早些適應喔。」

所謂「shafũ（社風）」者，與其說是已經有條文化規範的公司內守則，倒不如說是一種不成文卻有默契的行為規範；就像不歡迎「sha－nai kekkon（公司內部人的結婚）」的社風之類。

另方面，「社風」也可說是公司的形象，公司的員工給予外界的印象的意思。例如，「這家公司的社風是否受到創業者董事長的個性的影響，對於新產品的開發顯得很積極」，是好事；但如果，「這家公司的業務員走的是『tonosama shõbai（高姿態生意）』。是社風嗎？」的話，肯定公司的名聲並不是很好。

→ sha－nai（公司內部）、 tonosama shõbai

→社内、殿様商売

社内

文字どおりには「その会社のなかだけでの」の意味。預金、研修、bulletin など、社会一般に行われている制度でも、対象をその会社の従業員や家族のみに限って運用されている制度は、社内預金、社内旅行、社内報などといわれる。日本の会社は、それ自体共同社会を形成しているので、社内と銘打った制度は、福利厚生面を中心にきわめて多様である。社内の反

（高姿態生意經）

公司內的（ sha － nai ）

字面是「只限於公司內部（的人、事、物）的意思」。就如，存款、研修、 bulletin （公報）等，即使在一般社會所實施的制度，若把對象限於該公司的員工或家屬所運作的制度，便稱之為「社內存款」、「社內旅行」、「社內報」等。由於日本的公司本身已是自成一格的共同社會，因此，打上了公司招牌的制度，以衛生福利面為中心，其種類可說有不計其數的多樣。與社

対が社外（out-firm）で、これは情報に「社外秘」というハンを押すことで示されるように、会社の外にあるすべての環境を共同体に対する潜在的脅威としてとらえるニュアンスを含んでいる。また、同一企業に働く男女が結婚するのを社内結婚または職場結婚といい、これはもちろん公的な制度ではないが、結婚式はあたかも企業共同体が主催するセレモニーの観を呈する。

→社員旅行、社員食堂

進退伺い

辞任か留任かを上司の判断にまかせるうかがい。業務上で自分の属する会社または部門に大きな損害を与えたとか、私行上不名誉なことをしでかして会社や部門にまで悪評を及ぼす恐れがあるといった重大な失敗を犯したとき、この文書を作成して提出し、会社の処

內相對就是社外。像在情報上蓋有「社外秘」的印記所表示那樣，包含著把公司外所有的環境視同對於共同體有潛伏性威脅的意味。

此外，把服務於同一企業的男女間婚事稱為「社內結婚」或「職場結婚」，雖然不屬於公共性制度，但結婚儀式卻呈現宛如企業共同體所主辦壯觀的典禮模樣。

→ shain – ryokõ(員工旅行)、shain shokudõ（員工餐廳）

請示去留（shintai – ukagai）

要辭職或要留任全委由上司來判斷的簽呈。當業務員犯下了重大錯誤，例如，在業務上對自己所屬的公司或部門帶來重大的損害，或在私底下做出不名譽的事，恐怕會對公司或部門的名聲帶來不良影響之類的時候，就得寫好並提出這種「shintai – ukagai」的文件，靜候公司的裁

断を待つのが日本のビジネスマンの作法である。

この文書は、建前は本人が自発的に出すものだが、同僚や上司から提出を示唆されるケースも少なくない。素直に提出すれば不問あるいは軽罰（昇給停止1年間など）で済ませるとの暗黙の了解を伴うことも多い。自発的な悔悛が情状酌量に際し大変重んぜられるからである。

反対に進退伺いを出さずに弁明や抗弁ばかりしていると、解雇や減俸を命じられる危険がある。しかし、進退伺いを建前どおりに受け取って辞職勧告をされることもままあるから、この文書を出すことの是否とタイミングの判断は相当にむずかしい。

→辞令

塩

日本は岩塩を産しないから、海水を煮たてて

決，這是日本的業務員應有的作法。

至於該文件，原則上應由本人自動自發的提呈，不過，被同事或上司暗示後恍然覺悟才提出的例子也有不少。如以虛心誠摯的態度提出，多半都能獲得諒解而以輕罰（原地踏步、一年不調薪等）了結。因為自發性的悔改在斟酌情況之際，會受到相當重視的關係。

相對的，若是不提出文件以請示去留而一味地解釋或抗辯，可能就有被解雇或被減薪的危險。不過，按規定被收去請示去留的文件之後，被勸辭職之事也經常有。要決定是否提出文件，或要做出適時的判斷，是相當不容易的。

→jirei（任免證書）

鹽（shio）

日本是不生產岩鹽的，因此自古以來都以煮

塩をつくった。海国にとっては貴重な一次産品だったのである。

さて、日本の16世紀は戦国時代。山国の武将・武田信玄が海国の二つの敵から経済封鎖されて困っていたとき、最大のライバルだった海国の上杉謙信が塩を送り助けたという話がある。イコール・フッティングで競争をしようという武士らしいフェアプレイ精神の表現として賞讃された。だが今では、単に「敵を利する行為」という意味になってしまっている。いわく「某国に武器輸出するのは、敵に塩を送るようなものだ」。

また塩は、けがれを清めるものとされている。大相撲で力士が土俵に「塩をまく」のも、土俵のけがれを去るため。

料亭で、不作法きわまる行いをしたり、縁起の悪い話をしたりすると、女将に嫌われたうえ、帰りぎわに塩をまかれる破目になる。

「しお」には潮（tide）の意味がある。「い

海水的方式來製鹽。對於海島國家的日本而言，這是非常貴重的初級產品。

遠在十六世紀，日本正處於戰國時代。山區的武將武田信玄遭受鹹水湖區的敵人以斷鹽經濟封鎖之計，被困愁城的時候，曾經是最大情敵的湖區將領上杉謙信，得知後立刻送來鹽以解除他的困境。這是後人所樂道的故事。他們願意以平等的立場來互爭天下，很武士的光明正大精神，至今猶受到人們的讚賞。可是在目前，其含意已轉變為單純的「teki ni shio wo okuru（送鹽給敵人）」。

鹽是可以拿來當做去污的清潔用品。如相撲的大力士拿些鹽巴往摔跤場上撒的動作「撒鹽」，是為了驅鬼避邪或去污、去霉。

在高級飯館，做出很沒禮貌的舉動，或說些不吉利的喪氣話的時候，不只老闆娘不喜歡，要回家時還會被撒一把鹽以表示去楣。

「鹽」也含有潮（tide）的意思。例如「漲潮」是表示好機會來到，「看潮」是表示等機會。

まが潮時だ」「潮時をみる」は、よくビジネスのうえでも使われる。この言葉の用法は英語と同じである。

白羽の矢

矢羽が白い矢（white-feathered arrow）のこと。「白羽の矢が立つ」「白羽の矢を立てる」。という言い方をする。人身御供を求める神が自分の望む乙女の住み家の屋根に人知れず白羽の矢を射立てる、という古い俗伝がある。そこから転じて、多くのなかから犠牲者として選び出されるという悲劇的な意味で使われた。

しかし、今では逆に、多くの人のなかから、これぞと思う人を見込んで定める（mark out）という happy な使われ方をすることが多い。しかしこの用語の本来のニュアンスは残っているので、大っぴらに当人に面と向かって「今度のプロジェクトの責任者として貴君に白羽の矢が

這是商場上的常用語，其用法與英語的用法，可以說是雷同的。

白箭（shiraha－no－ya）

「shiraha」是白羽、白翎，「ya」是箭。例如「shiraha－no－ya ga tatsu（被選中）」或「shiraha－no－ya wo tateru」的說法。

有一則古老的傳說，提到在尋找人間伴侶的神仙會把白翎的箭偷偷射進自己喜歡的少女所住的屋頂。由此轉而被用在，從許多人當中選出犧牲者的悲劇性意思上。

可是，現在已反過來，從許多人當中，選出被認為將來必有出息的人，用在這種愉快的意思上了。但由於該用語原始的含意還留在裡面的關係，不能大模大樣地說「這次能以企劃負責人被射上『shiraha－no－ya』，恭喜你！」之類祝賀的話。應該說「被選為重大工程的負責人，辛

立っておめでとう」と祝福したりはしない。「大変な仕事の責任者に選ばれてご苦労さま」という。いたわりと羨望の混じった複雑な気持ちをいだきつつ、本人のいないところで仲間同士が発する言葉なのである。

尻

日本にはなぜか、尻（buttocks, hips）に関する言い回しが多い。尻づくしで、ひとつのストーリーができるほどである。たとえば——私のパートナーのA君は、尻が重くて、尻に火がつくまで仕事にとりかからなかった、そのあげく自分にはできないと尻をまくってしまったので、パートナーの私のところに尻が持ち込まれ

苦啦」。這是同事們在當事人不在的地方，抱著體貼與羨慕的複雜心情說的悄悄話。

屁股（ shiri ）

在日本，也不知為什麼，有關「 shiri（屁股、臀）」的措詞有很多。僅只一個「 shiri 」就可以編出一則故事呢。例如——我的同事 A 君「 shiri ga omoi （屁股很重）」、「 shiri ni hi ga tsuku （火燒屁股）」之前絕不會開始工作。結果還說他做不來「 shiri wo makutte shimatta （撩起後衣襟）」逃之夭夭。於是往同事的我「 shiri wo

た、結局、私が彼の尻拭いをする破目になった、という具合いである。

日本人にはこれで説明を要しないのだが、「尻が重い」は「なかなか仕事を始めない」、「尻に火がつく」は「せっぱつまる」、「尻をまくる」は「居直る」、「尻を持ち込む」は「他人の後始末を迫る」、「尻拭い」は「他人の失敗の事後処理をする」ことを意味する。

尻を使った言葉は他にもたくさんあるが、「亭主を尻に敷く」、「尻が軽い」「尻の穴が小さい」などは、ご婦人の前では余り口にしない方がよろしい。ただ「尻取り」(capping verses) は、子供相手、バーのホステス相手のあそびとしてお勧めできる。

→腰

mochikomareta （要求我承擔責任）」，最後，我不得不替他「 shiri － nugui（擦屁股）」以收拾殘局，如此這般。

對於日本人而言，並不需要做更多的說明也自通，但對於外國人則多少有些難懂了。

例如「 shiri ga omoi 」——不輕易開始工作、懶惰。

「 shiri ni hi ga tsuku 」——萬不得已。

「 shiri wo makuru 」——翻臉不認人。

「 shiri wo mochikomu 」——要求間接有關人員承擔責任。

「 shiri － nugui 」——替別人收拾殘局。

借用「 shiri 」的措詞另外還有很多，如「 teishu wo shiri ni shiku（妻子欺壓丈夫）」、「 shiri ga karui（輕佻）」、「 shiri no ana ga chiisai（心胸狹窄）」之類，最好不要在婦女面前說這些話；惟「 shiri tori（接龍遊戲——用前一個人所說的末尾一個字，造一個新句子，依次連下去）」，是以兒童為對象或以酒吧間老闆娘為對

春闘

日本では、労働組合のベースアップをはじめ各種の労働条件の改定闘争を、春の３～５月頃集中的に行なうところから、この名がついた。正確には春季労働闘争というべきだろう。

総評（同盟と並ぶ日本最大の労働組合連合組織）がこの春闘を採用したのは1955年のことで、最初は少数の組合が参加したにすぎなかったが、その後参加組合が飛躍的に増大するとともに、すっかり定着し、いまやわが国労使関係における最大のイベントとなった。企業別組合という、わが国の労働組合の組織形態の弱さを克服する意図で、このような闘争方式が生まれた。ただ生産性向上率の枠内での

象的遊戲，可以推薦給大家。

→ koshi（腰桿）

春季鬥爭（shuntõ）

在日本，工人運動為了提高薪資與各種的勞動條件，在春季的三～五月以密集式舉行的改定（重新規定）鬥爭，稱之為「shuntõ」。正確的說法應該是春季勞動鬥爭吧。

「shõhyõ」總評——（與同盟並列為日本最大的工會聯合組織總評議會）在一九五五年採納了「shuntõ（春鬥）」。起初參加的工會並不多，之後隨著參加工會數的急速增多而告落實，如今已成為日本在勞資關係上最大的活動。這是為了要克服所謂「企業別工會（各企業有各自的工會）」在組織形態上的力不能及，才搞出了這樣的鬥爭方式。只是在提高生產效率範圍內的調薪率上使勞資雙方取得默契的協商體制，這種調薪似乎不會立即成為物價上漲的導火線。

ベースアップ率という労使暗黙の協調体制はあり、ベースアップが直ちに物価上昇の引き金にはなっていないようだ。

そこをなんとか

むずかしい交渉ごとにいやいやながらも出かけていく。相手の説明を聞けば聞くほど、絶望的になってくる。だが、そのときチラリと浮かぶのがコワイ上司の顔……。こんな条件では絶対にウンとはいってくれない。思わず「そこをなんとか」といいたくなる。

この場合、「そこ」とは相手の立場、示されている条件など意味しているが、「なんとか」

請通融一下（ soko wo nantoka ）

有的時候，即使是極不願意，也得硬著頭皮去找客戶進行頗為麻煩的談判。越是聽對方的說明，越會有絕望感。但，在這節骨眼上腦海裡出現的是上司可怕的臉……。依眼前的條件是絕對無法說服對方，不由得想說「 soko wo nantoka（拜託！變通一下嘛）」。

這樣的情形下，所謂的「 soko 」是指對方的立場、被提出的條件等，「 nantoka 」是「拜

とは「お願いします、条件を和らげてください」「当方の条件を一部でもお引き受け下さい」といった程度で、「なんとか」とは双方の合意点に達する何らかの方法・手段を見つけたいぐらいの意味が込められている。

かならずしもビジネスライクな交渉をよしとしない日本の社会では、しばしば使われる言葉である。もっと強調する場合には「そこを曲げてなんとか」という。「神様、仏様、～様」と拝み倒さんばかりの頼み方もあるが、これは少々オーバーであろう。

→泣き

託！」、「請您再考慮一下」、「請您高抬貴手，就讓一點吧」等之程度，含有希望能夠找到使雙方都獲得滿意的平衡點的意思。

在未必會欣賞事務式談判的日本社會，這是經常被使用的句子。若要更強調一點，就說「soko wo magete nantoka（無論如何，拜託您）」。其實，連神明都拿來比喻對方，幾乎要拜倒的懇求方式也有，但，這就有一點過頭了吧。

→ naki（哭）

ただいま

直訳すれば just now にすぎないこの言葉を、日本人はかなり頻繁に使用する。

まず、出先から会社や家庭に帰ったときの挨拶「ただいま帰りました」Hello, here I am！の略であって、これは出かける際の「行ってきます」I'm going out に対応している。職場の出入りにこの挨拶をするようにしている会社もある。

もう一つの「ただいま」は、人に呼ばれたり何かを頼まれたりしたとき、今すぐ実行するという挨拶の言葉である。たとえば小料理屋でビールを追加注文すると、「はい、ただいま」coming right up, sir という女将の声がして、やがてビールとともに姿を現わすのがそれである。それでも仲々もってこないときなど、催促すると「はい、ただいま、ただいま」と重ねていうことがある。こんなときは却って遅くなる

我回來了（ tadaima ）

若是直譯，就只是剛剛的意思，但日本人卻用的很頻繁。

首先，從外頭回到公司或家裡時，都要有致意的「 tadaima kaeri － mashita（我回來了）」，簡化為「 tadaima ！」。與出門之際所說「我走了」具有對應性。有些公司甚至把這樣的招呼列為進出職場時的例行問候。

還有另外一種的「 tadaima 」。有人叫你或有人請你幫忙做某件事的時候，用以回答的話。含有「好，馬上來」的意思。例如，在小吃店你

と思っておいた方が良い。

——待遇

待遇とは、人をもてなす、あしらうこと、およびその程度をいう。取引先から接待をうけたところ、その扱いが大変丁重で料理も豪華、すっかりお殿様（大名）になったような気分にさせられたら「昨日は大名待遇だったよ」と同僚にいえる。大名なみのあしらいだったとのことである。

一般に「あの店、きょうの待遇はバカに良かった」ともいう。この場合は、単に店のサービスが良かったことだが、誰が上位の人に間違わ

會叫一杯啤酒，附近立刻會有「hai, tadaima（來囉）」老板娘的聲音，不久，酒和人會同時出現之類。即使是如此，你若久等沒來而再催一次，或許你將會聽到「 tadaima 、 tadaima 」重疊的話。這個的時候，你就得做不會那麼快就來的心理準備囉。

──待遇（── taigū）

所謂的待遇，指的是接待、對待或是類似這個程度的意思。某人受到往來廠商的款待，其待客的方式很周到，茶也豪華而考究，被捧得完全像個大老爺的樣子，翌日某人就對同事說「昨天簡直是大老爺『待遇』吔」。也就是與大老爺同等待遇的意思。

通常也會說「那家店，今天的待遇可不是蓋的！」。這個時候的待遇，只是在表示服務好，但說不定會被誤解為高職位者的關係。

另方面，有的時候會看到上面印有××待遇

れたのかも知れない。

一方、名刺に～待遇と書いてあるのを見ることがある。～並、～と同格である、ということで、給与も地位もステイタス・シンボルも～と同じである。だが部下をもたないスタッフであることが多い。

低成長時代に入った日本では、「年功序列」で地位は上げねばならないが、ポストは増やせない。そこで考え出された制度が～待遇である。名刺の役職は一見しただけではわからない。

→名刺、年功序列、サービス

玉虫色

玉虫とは、金属光沢のある金緑色・金紫色の２条の縦線を有する体長4センチの甲虫。その美しい羽は昔から美術工芸品に使われてきた。

的名片。這是××同等或與××同格的意思。也就是，與薪水、職位、社會地位象徵（汽車、別墅）都××同稱。但，多半是屬於沒有部屬的幹部。

在已經進入低成長時代的日本，由於「年功序列」的制度而不得不把職位給提升，但工作崗位卻不能增加，於是想到了××待遇的制度。因此之故，名片上的職務，乍一看是無法弄清楚的。

→ meishi（名片）、nenkõ－joretsu（年功序列）、sãbisu（減價、服務）

閃光色（tamamushi － iro）

紡織品的顏色因為光線的關係，會有忽綠忽紫的顏色，而所謂的「tamamushi」是指身長約四公分，翅膀上有金屬光澤的金綠色與金紫色二條縱線的甲蟲。這麼美的翅膀，自古以來都被用

この玉虫の羽、見る角度によって金、緑、赤、紫、青などに光って見える。だから美しいのだが、本当の色はどれかわからない。このことから見方によってはどうにでもとられるような態度、話し方をいうようになった。

政治家の答弁などはとくに玉虫色的で、賛成したのか反対したのかさっぱりわからないことが多い。Gobbledegook も玉虫色的政治家語と言えようか。

黒白いずれかわからないのを灰色というのは、日本でなくても同じ使い方をするようだ。しかし、玉虫色は聞く人の主観で相対的に変化するのに対し、灰色は絶対的に所属不分明なので、両者の意味はかなり異なる。

棚ぼた

「棚からぼた餅(おいしいお菓子)が落ちて

在美術工藝品方面。

這種「tamamushi」的翅膀，在視覺上依角度而有金、綠、紅、紫、青等的亮麗色彩，雖然這麼美，但其真正的顏色卻沒有人知道；以此現象為比喻，人們就把依看法而有不同解釋的態度或說話的方式稱為「tamamushi－iro（閃色）」。

例如，政治家的答辯就格外具有「tamamushi」的色彩，到底是贊成的，抑或反對的？全然不知其意的情形較多。這就是所謂的甲蟲色政治家語言吧。

把黑白分不清的顏色稱為灰色，不僅在日本，全世界的人好像也都採同樣的用法。不過，「tamamushi－iro」是依聽者的主觀而有相對性的變化；相對的，灰色是絕對的所屬不明，因此，兩者的含意可有相當的差距。

白撿的便宜（tanabota）

這是將「tana kara botamochi ga ochite kita

きた」の略で、思いがけない好運に恵まれて嬉しい、の意味である。他国に住んでいて消息もなかったおじさんが亡くなって遺産がころがりこんだ、といった感じである。またこのような予期せぬ幸運の到来を「棚ぼた式」の幸運ともいう。

「果報は寝て待て」（「翌朝眼が覚めたら有名人になっていた」に似る）などの諺は、この「棚ぼた」待ちからきたのだろうか。

在庫になっていた商品が突然売れだして会社が大もうけしたから臨時ボーナスが出た。定年間際の窓際族が突如取締役に選任された。すべて棚ぼた式の幸運であり、誰もこうした棚ぼたを夢みている。

→窓際族

たらいまわし

あお向けに寝て足でたらい（直径90～120

（從架上掉下來包小豆餡的黏糕團）」予以簡化者。有幸獲得預料不到的好處的意思。比如，住在外國一直都沒有消息的伯父突然過世，因而拿到了不少的遺產，這樣的感覺吧。而像這種意外幸運的到來也可以稱為「 tanabota 」式的幸運。

例如，「 kahõ wa nete mate（在床上等好運）」（類似一覺醒來已經成了名人）之類的諺語，不知是否從這個「 tanabota 」而來的？

又如，以庫存處理的商品，竟然從敗部復活，生意之好，使公司得以大賺特賺，因此而發放了臨時獎金；即將退休的窗邊族突然被選任為公司的董事。全都是「 tanabota 」式的幸運，任誰都會作這種「 tanabota 」夢的。

→ madogiwa － zoku（窗邊族）

蹬盆雜技（ tarai － mawashi ）

仰臥著利用雙足轉動桶子（直徑 90 ～ 120

センチ、深さ30センチほどの洗濯桶）を回す曲芸である。グルグル回るだけで基本的な変化が起きないことをいう。

政権の「たらいまわし」は絶対多数を制する政党が同じ党のなかで次々と首相を選んでいくこと。他党に首相の座を渡さないことである。

典型的な「たらいまわし」は、なにか用件があって役所に行く。最初の応対者が「それは係が違うから別の所に行け」というので行くと「ここも違う。どこそこに行け」と、グルグル回されたりすること。医者にかかっても「その病気は何々医院が良い」と次々に回される。いずれも責任回避である。

またお中元・お歳暮の「たらいまわし」もある。Aさんからいただいたお中元をBさんにあげるなど。これは生活の知恵ともいえようか。

→お中元

公分，深約 30 公分的木桶）使其不停地旋轉的雜技稱之為「 tarai － mawashi 」。指的是只會旋轉而搞不出最起碼的變化。

例如，政權的「 tarai － mawashi 」，是指占有絕大多數席位的政黨在該黨內依次選出首相，不讓其他的黨有取得首相寶座的機會的意思。

最典型的「 tarai － mawashi 」是，有事情去找公家機關，第一位辦事員說「不是我負責的，你到別的櫃檯看看」，於是找第二位辦事員，他說：「不對，你到××去」。一直把你搞得暈頭轉向。去看醫生也一樣，「這種病最好去某某醫院較好」，一家接一家轉來轉去。說穿了就是迴避責任！沒別的。

另外一種是中元節與年終的「 tarai － mawashi 」了。把 A 先生送來的中元禮品轉送到 B 先生處之類。這或許也可以說是一種生活的智慧！

→ ochūgen（中元節）

叩きあげ

刀をはじめ、鉄を柔かいうちに叩いて形をつくりあげること。転じて修業を積み、苦労を重ねて人格や技量を立派に完成することを意味する。

そこから「叩きあげ」とは、下積みから苦労して上の地位につくこと、またはそんな人のことをいう。似たような言葉に「成りあがり」とか「成り金」がある。いずれも、急に出世したり、急に大金持ちになったことや、そうした人のことをいうのだが、後者の場合そねみやあ

鍛鍊（ tataki － age ）

以刀為主，將鐵燒軟之後打成各種刀形的意思。轉而成為經由刻苦耐勞的鍛鍊學習，終於在人格上與技藝上修得完美的成果的意思。

由此，所謂「 tataki － age 」是指由職員熬成公司經理，或類似這樣的人。相似的句子則有「 nari － agari 」或「 nari － kin 」的說法。兩種都是說突然成功成名，或突然變成大富翁，或類似這樣的人。而後者含有嫉妒或某種輕視的情緒，相對的，這「 tataki － age 」則有較強尊敬的念頭。

る種の軽蔑の気持ちが込められているのに対し、「叩きあげ」には尊敬の念が強い。

「叩きあげ」には、本人の地道な長い努力が結果として報われたのだとの評価があり、「成りあがり」は、たまたま運に恵まれただけさと陰口されるような評価がある。だから評者の主観によってどちらの言葉を使うかわかれるところで、貧農の子が日本の統治者となった秀吉（16 世紀後半）や日本最初の内閣総理大臣伊藤博文（最下層の武士出身）は、叩きあげか成りあがりか、むずかしいところである。

「 tataki － age 」是對某人以踏實長期的努力換得的結果有所肯定，而「 nari － agari 」則有被評為只是巧運罷了的味道。因此，依評者的主觀而有不同的用法。

例如，從貧農之子成為日本的統治者——豐臣秀吉（ 16 世紀後半），或是日本的第一位內閣首相——伊藤博文（由最基層的武士熬成的），究竟是「 tataki － age 」還是「 nari － agari 」呢，很令人費心思。

たたき台

なにかを合議しようとするときの、その基礎にする試案・原案のこと。「この案をたたき台にしてみんなで検討しよう」などと使う。

露店などで商品を並べた「台」を盛んに「たたき」ながら売る威勢のいい商人（「たたき売り」）は、日本の祭りには欠かせない。商人がひとつたたくたびに値段がだんだんと下がるから、客はどこまで下がるか見きわめてから買う。

「たたく」には、本来の意味からいためつける、攻撃する、質問する、などの意味が出て、先のように「値切る」の意味も生まれてきた。台の上に並べて、比べてみて、ああでもない、こうでもない、と意見を出し合う、値切ってみる、たたいてみるのである。

この言葉が生まれたのは1960年代。だから、よほど新しい国語辞書でないと載っていない。

原案（tataki－dai）

想要商談某些事的時候，作為基礎的試行方案或原案的東西。例如「把這個案子作為『tataki－dai』，大家一起檢討看看」的說法。

在露天的夜市等拚命叩打著擺上商品的「dai（台）」在叫賣很有幹勁的攤販（tataki－uri＝廉價叫賣），對於日本的節慶是不可欠缺的存在。攤販叫打一次，價格也跟著掉一些，因此，客人都會以耐心看準是否已降到底線了才買。

所謂的「tataku」是從原本打的意思發展到傷害、攻擊、質問等的意思，後來，連先前那樣的「討價」的意思都長出來了。

這是說，把東西擺到台上比一比，那也不是、這也不對，互相交換意見，出個價試試看，反正敲敲看嘛。

至於誕生，應該是在一九六〇年代吧。因此，若不是最新的國語辭典，恐怕將會找不到這

→勉強

殿様商売

「殿様」とは封建領主に対する総称。だが、お殿様はおうようで、金銭感覚に乏しく、出入りの業者にすぐだまされる。人に頭を下げることを知らないから、お客様にも威張って応待する。

伝統のある大会社が新技術・新商品の開発もあまり活発でなく、marketingにも下手くそで、業績も停滞気味だと、「あの会社は殿様商売だから」とこきおろされる。同様な言葉で「武士の商法」がある。殿様同様威張って物を売ろうとして失敗する商売のやり方を、かつて身分は下だった本来の商人があざ笑う言葉である。

これに対するのが「前だれ商法」または「前

個詞兒。

→ benkyõ（學習）

老爺做生意（tonosama – shõbai）

「tonosama」是對封建時代諸侯的總稱。然而，大家都知道，「tonosama」是個為人大方，對金錢沒什麼概念，容易被來往的業者所騙，由於不懂得如何向別人低頭（客氣），在顧客面前也經常擺著臭架子，以不可一世的姿態去待人的人。

倘若，有一家祖傳的大公司，對於新技術及新產品的開發並不活潑積極，對市場買賣也不在行，業績也一直有停滯現象，那麼人家就會說「那家公司是因為老爺生意……」，一貶到底為快。同樣的句子則有「bushi no shõhõ（武士的商法）」。與「tonosama」同樣擺著架子做買賣的結果勢必被判失敗。是出自身分層級較低的生意人的譏笑話。

だれ精神」である。昔、商家に勤める奉公人が付けていたエプロン（apron）のことだが、勤勉にクルクルと立ち働くこと、そうした精神で商売をすることをいう。

とにかく日本では、頭が高いのは嫌われる。

トラ

猛獣の虎である。中国、朝鮮では多く、昔は人を襲うこともあるとして恐れられた。日本には動物園にしかいない獣だが、竹藪にひそむ虎の絵がパターン化されて用いられること

相對的句子則是「 maedare shõhõ（圍裙商法）」或是「 maedare seishin（圍裙精神）」。這是古時候，在商家工作的佣人所穿的圍裙，象徵其勤奮與忙碌的操作，也就是指以那樣的精神做生意之意。

總之，在日本，趾高氣揚的人肯定不會受歡迎。

老虎（ tora ）

這是指猛獸的老虎，多半產於中國與韓國。古時候被視為吃人的動物，所有的人都談虎色變。在日本，只能在動物園裡看得到，現代人多半都將已經隱藏在竹林裡的老虎圖案化了。

が多い。

竹の葉をササといい、酒の古名ササに引っかけてササから虎が出る、ササを飲んで酔っぱらうと虎になる、と変化したものか。酔った姿が虎の吠え方、首の振り方に似、暴れたりすることから、虎というのかも知れない。日常おとなしい人が酒を飲むと凶暴になることがある。猫が虎になったのである。夜にもなると「赤ちょうちん」やバー街には無数の虎が徘徊し、なかには動物園の檻ならぬ警察の留置場に泊められるものさえ出てくる。

虎はその子を可愛がる。そのように大事なものを「虎の子」という。「ひとり暮しの老婆が虎の子の預金通帳を泥棒に盗られた」という具合いだ。また、受験生が使う便利な参考書は「虎の巻」。いざというときに役に立つ便利帳であるが、もともと中国の古兵法書から出たもの。

→赤ちょうちん

竹葉的通稱是「 sasa 」。因此，是否與酒的古稱「 sasa 」扯上關係而轉變成「老虎出自『 sasa 』」、「喝『 sasa 』醉了就變成老虎」的？或者醉鬼的樣子與老虎的吼叫相、擺動脖子的方式頗相似，而且還會胡鬧，才被說成老虎的？

平常時候挺老實溫和的人，也有因喝酒而變成凶暴的例子。這是貓變成老虎的現象。到了晚上，「紅燈籠」或酒吧街就會有無數隻老虎徘徊著，這當中免不了會有部分醉得不像樣的老虎被請進警察局拘留所，而不是動物園的老虎籠子裡。

老虎是很疼愛其子的，因此，將重要的東西稱為「 tora － no － ko 」。例如，「過獨身生活的老阿婆被小偷偷去了「 tora － no － ko 」的存款摺子」之類。此外，考生所使用頗為方便的參考書就是慣稱的「 tora － no － maki 」。這在一旦有事的時候是相當受用的，其實這東西是出自中國古時候秘傳的兵書。

→ aka － chõchin（紅燈籠）

つまらない物

「つまらない物ですがお納めください」といって仕事上の知人が何か包みを持参してあなたにくれる。何が入っているかわからないが「つまらない物なら要らないや」などと思わないことだ。後で包みを開けてみると意外に高価な物だったりする。

お中元・お歳暮の包みにも「粗品」と書いてあるのは「つまらない物」の文語表現。いずれも贈り手の謙遜の表われで「あなたにとってはつまらない物かも知れないが、私としては

微不足道的東西（tsumaranai mono）

有人送東西過來，說是給你的，「雖然是些微不足道的東西，就請您收下吧」，說著留下包東西，走了。也不知道裡面裝了些什麼，但，千萬不要有「居然不是好東西，我也不想要啊」的念頭。之後打開來看，竟然是某種意料之外的高貴物品也說不定呢。

在中元節或年終的禮包上若有「粗品」的字樣，是表示「tsumaranai mono」的書面語言。全都是致贈者的謙虛表現，含有「對你而言或許是『tsumaranai mono』，但我本身自認的確選

最上の物を選んだつもりです」の意味である。

同様に食事に招待されてテーブルについたあなたはホストが「何もありませんがどうかお召し上がりください」というのにビックリすることはまったくない。粗品と同様に、「あなたの好みに合わせるよう努力しましたが、もし違っていたらお許しください」の意味とお解りだろう。テーブルの上の山盛りのご馳走を遠慮なくいただけば良いのだ。

→お中元

鶴の一声

文字どおりを英語にすれば、the call of a

了最好的東西」的意味。

同樣的，被招待吃飯的你，就座後也大可不必因為東道主的話「抱歉，沒什麼好東西，請用！」而受驚。與粗品的情形同樣，可以解釋為「我盡可能做到合你的口味，若有什麼不對，就請你多包容」的意思，桌上擺了那麼多好吃的山珍海味，你就儘管吃好了。

→ ochūgen（中元節）

權勢者的一句話（ tsuru no hitokoe ）

若是照字面譯成英文，將會成為 the call of a

crane。しかしこれでは、craneの優美さにうっとりしてしまいそうだ。本来は、a word ex cathedraとかthe voice of authorityの意味であるのに。

鶴は、自分たちの弱さをよく知っていて、警戒心が強い。だからどんなときにも集団で行動する。沼辺で羽を休め、えさをついばんでいるときも、かならずなかの一羽は警戒役だ。皆がどんなに騒いでいても、それは危険が近付いたためではない。しかし見張りが一声大きく鳴けば危ない。鶴たちはいっせいに飛び立って難を避ける。

このように、権威者、有力者の一声が、他を圧倒したり、どうどうめぐりの議論に結論を与えたりすることを「鶴の一声」という。類似の表現を英語に求めれば、One bee is better than a handful of flies.（手にいっぱいの蝿よりも一匹の蜂の方がまし）になろうか。

crane 。可是這樣的話，則會被仙鶴的優雅弄得心蕩神馳。其實這只不過是權勢者的聲音罷了。

不可否認的，鶴對於本身的弱點非常清楚，而且警戒心也較強。因此，無論何時何地都是成群的活動。在湖沼邊讓翅膀休息並藉機找東西吃的時候，其中必有一隻是負責警戒的。即使大夥兒吵翻了天，也不是因為有危險將要發生。但，若聽到警戒者的大聲一鳴，就有危險了。一群鶴當下立刻地齊飛，以便避難，從不例外。

像這樣的，掌權者或有力人士的一句話會壓倒其他的人，或對來回兜圈子的議論給予適當結論的事，稱為「tsuru no hitokoe」。表現在英語，可能就會成為「one bee is better than a handful of flies（滿手的蒼蠅不如單隻的蜜蜂）」。

うち

うちの会社（our company）、うちの人（my husband）、うちのやつ（my wife）、うちの町（our town）などと使うが、この意味をすべて「うち」で済ませることができる。

だから話題によって「うち」の意味は微妙に違ってくる。例えば部署を異にするが同じ大学卒の社員が３人集まったとする。「うちの業績は他社より良い」ならour company、「うちの野球部が全国優勝した」ならour alma mater、「君のボスと違ってウチは……」ならmy boss、「うちのは成績が悪い」ならmy childである。

これは、はからずも日本人の集団への帰属意識を端的に表わしている言葉でもある。「うち」とは、自分が全面的に依拠するところであり、強く連帯感をもつところでもある。それに反して「ソト」には、よそよそしく、場合によっ

我們（uchi）

用於「uchi no kaisha（我們公司）」、「uchi no hito（我先生）」、「uchi no yatsu（我內人）」，以及「uchi no machi（我們城裡）」，這些意思都可以用「uchi」來解決、表現。

因為這個緣故，依話題或說話內容，「uchi」的意思也跟著有微妙的改變。譬如，在不同部屬卻畢業於同一所大學的三位職員聚集在一起，若是「『uchi』的業績比別家公司來得好」，該「uchi」是指我們的公司。若是「『uchi』的棒球社獲得了全國賽冠軍」，這「uchi」就是母校之意。要是「跟你的老闆不同，『uchi』是……」，這裡的「uchi」是我的老闆。至於「『uchi』啊，成績並不好」，指的是我的小孩。

真沒想到，這竟然是一句直截了當把日本人對團體的歸屬感予以表現的話。所謂「uchi」，無非是自己所在的或歸依的團體，且對之有強烈連帶感的地方。相反的，「外面（「soto」）」

て敵対的にさえなることもある。

→外人

打上げ

人口衛星や花火も打ち上げるというが、興業も打ち上げるという。後者は相撲や芝居の興業で太鼓を打ちならして景気よくおしまいにしたところからきているらしい。

ひとつの仕事やプロジェクトが終わったときに、それまでの苦労から解放されるためとか目標達成の喜びを表わすためによく打上げ式と称して酒を飲む。これは仲間の連帯感を強めるための儀式でもあるが、飲む機会を作りたがっている飲んべえの口実でもある。

日本のビジネス社会では打上げ式はよく行われるが、その際、ある程度「はめをはずす」のは良いが、トラブルを起こすのは御法度とされ

就顯得見外而冷淡，依情況也有變得滿敵對的時候。

→ gaijin（外人）

發射（ uchi － age ）

像人造衛星或焰火的發射升空，都要說「 uchi － age 」而演出，表演的結束也稱為「 uchi － age 」。後者可能是從相撲或戲劇的演出以極為活潑的敲鼓作為結束而來。

結束了一種工作或企劃的時候，為了要放鬆自己或表達達成目標的喜悅，常會舉行所謂「 uchi － age 」儀式的酒會。這可是為了強化同事間連帶感的儀式，並且也是喜歡製造飲酒機會的酒鬼們的藉口。

在日本的商業公司，「 uchi － age 」儀式是常有的行事，在這個時候，某種程度的「 hame wo hazusu（脫序）」是被允許的，但，製造麻煩、鬧事是被禁止的。至於舉行儀式的目的，基本上

ている。打上(うちあ)げ花火(はなび)のように景気(けいき)よくあざやかに開(ひら)いて後(あと)に残(のこ)さず翌日(よくじつ)の仕事の英気(えいき)を養(やしな)うために行(おこな)われるのであるが、会社人間の日本人は仕事が終わった後(あと)、仲間同士(なかまどうし)で深夜(しんや)まで、打上(うちあ)げ式(しき)の「はしご」をよく行(おこな)っている。

→無礼講(ぶれいこう)、羽目(はめ)をはずす、はしご。

海千山千(うみせんやません)

海に千年(せんねん)、山に千年住(す)んだ蛇(へび)は、化(か)して竜(りゅう)になって天(てん)に昇(のぼ)る、とのいいつたえがある。そこから、経験(けいけん)を積(つ)んだしたたか者(もの)（強者(きょうしゃ)：めった

是希望能像射上天空的焰火般，活潑亮麗的開花、盡興，也為了培養翌日的工作活力。但公司型人類的日本人，在工作結束後也會經常三五同事相約，以「 uchi － age 」的方式，從這家喝到那家，喝得不亦樂乎；不到深夜是不回家的。

→ bureiko（沒大沒小）、 hame wo hazusu（脫序）、 hashigo（這家喝到那家）

老江湖（ umi － sen yama － sen ）

在民間有一種傳說，在海中修行千年，又在山上修行千年的蛇，有一天終於修成正果，化成龍而升上了天。由此，轉而指稱累積深厚經驗的

に負けない剛の者）などの意味となった。だが、ほめ言葉ではない。

実戦経験豊富で勇敢のほまれ高い鬼軍曹に「あなたは海千山千ですね」などといったら、ぶんなぐられること請合いだ。ネッシーにあらず、蛇である。洋の東西を問わず、蛇はずるがしこいとか気持ち悪いとか、良い意味には使われない。

「あいつは海千山千のくせ者だから用心したほうがいいよ」といわれたら、この交渉は相当に難航すると覚悟したほうがよい。

運動会

〝ヨーイ、ドン〟みんな一斉に走りだす。地位の上下も、競技には無関係だ。同僚の声援が聞こえる。家族の応援も聞こえる。夢中で走る、走る。ゴールでは、入賞者だけでなく、参加者全員にも賞品が配られる。

老奸巨猾者（強者：絕對的剛強），也就是老江湖的意思。然而，這並不是一句稱讚話。

對一位具有豐富實戰經驗，且又被譽為英勇無比的猛將說：「您可是『umi － sen yama － sen』吔！」肯定會被K得滿頭包。他，並不是尼斯湖的怪獸，而是蛇。不論東西方，都把蛇拿來比喻狡猾或噁心，絕不會被用在好的意思上。

若是有人對你說：「那傢伙是『umi － sen yama － sen』的壞蛋，要小心喔！」那麼這一趟的談判可以預料有多麼難搞，你最好先有個心理準備。

運動會（undõ－ kai）

「yõi don」，意味著各就各位！預備！嗙！大家一齊開跑。地位、職位的高低，全都與比賽無關。你會聽到同事們的加油聲，家屬的加油聲也少不了。拚命的跑！跑。在終點，不僅是優勝者，參賽者全體都有獎品可拿。

日本では、年に1度、学校や自治体が主催する運動会が開かれ、競技やゲームの楽しさを共有することでメンバーとしての帰属意識を確認しあっている。だから記録が目的ではなく、2人3脚や玉ころがし、スプーンレースや買い物レースなどの年齢も性別も超えて参加できるものばかりだ。

家族的労使関係が売りものの日本企業のことだ。職場ごとの社員旅行や忘年会・新年会などだけでなく、社員家族も含めて全社一斉にこの運動会を楽しむところも多い。もちろんこの1日は休日だ。

日頃こき使われる下役が上役の鼻を明かしたり、社長が社員の家族に賞品を直接渡す、などは、社内運動会に欠かせない光景だ。

→忘年会、社員旅行

在日本，每年都會舉行一次由學校或地方自治團體所主辦的運動會。透過競賽或遊戲的快樂，互相確認身為成員的歸屬感。因此，運動會的目的並不在記錄成績，全都像兩人三腳、滾大球、持球競走、購物比賽之類的，可以超越年齡、性別，一起參加的項目。

日本企業都重視家族化的勞資關係，不僅每一個職場都有員工旅行、忘年會、新年會，包括員工家屬都可參與，很多公司都會舉辦這類一起享樂的運動會。當然，這一天是放假。

在平常日子裡都是被使喚的基層員工讓上司開天窗、董事長會親自把獎品分贈給員工家

役得

ポストに伴う余録。本来の職務上の報酬ではない。納入資材の選定権限をもつ者が、その業者から接待を受けたり、お中元、お歳暮などの付け届けをされるのが役得である。そのポストから外れたら、この役得はなくなる。

役得に気をよくして、裁量に手心を加えたり、更なる付け届けを要求したりすると、品格を軽くみられるし、そもそも発覚する危険が高まる。役人がこれを受ければもちろん収賄罪で免職だし、民間でも出世にひびく。

だから明示的にこれを要求する例はほとんどなく、多くは「以心伝心」なのだが、これも受ける側が利益と感ずる場合に成立するので、

屬，這些都是公司的運動會上不能欠缺的場面。

→ bonenkai（忘年會）、 shain – ryokõ（員工旅行）

外快（ yakutoku ）

所謂「 yakutoku 」是指跟隨在職位上的額外收入。它並不屬於原職務上的報酬。對於選擇繳納資材握有實權的人，接受該方面業者的招待，或收受「 ochũgen（中元節）」或「 oseibo（年終）」的贈禮，都是「 yakutoku 」。一旦離開了該職位，這種「 yakutoku 」就會隨之消失。

如果因為有「 yakutoku 」，也嘗到它的好處，而在裁量方面放水，或進一步要求對方送禮，往後一定會被看貶，同時也會人格掃地，甚至得承擔被發覺的危險。公務員要是拿了這些，後果當然是以收賄罪被免職，在民間的企業也會影響其晉升。

因此，以明示的要求「 yakutoku 」的例子幾

なかには高価な贈り物をもらうと「侮辱するな」と怒り出す場合もある。

役得を利する人、贈り物を喜ぶ人は、それ自体汚い人だから、自分もそう思われたのかと怒るのだ。贈り物は人間関係をスムーズにするためのもの、それ以上であっては逆効果。

→お中元、業者、以心伝心、社用族

柳の下（の2匹目のどじょう）

文字どおりに訳せば、under a willow treeで、何のことか分からない。どじょうは体長10センチくらいの体表がヌルヌルした川魚で、

乎可以說沒有，由於多半都是「以心傳心」的關係，收方要覺得划算才會成立的交易。但也有例外，譬如，接到了昂貴的禮物卻反而怒斥「不要侮辱我！」的情形。

因為，利用「yakutoku」的人、喜歡禮物的人，他本身就是個卑鄙的人，因而以為自己也被認為同類才會生氣的。「禮物」是為了使人際關係更為圓滑的東西，如果已超過了那界限，效果當是相反。

→ ochũgen（中元節）、gyõsha（業者）、ishin－denshin（以心傳心）、shayõ－zoku（假公濟私的人）

如意算盤（yanagi no shita）

如果照字面上解釋就是「柳樹之下」，無法了解其真正的意思。其實它的全文應該是「yanagi no shita no nihikime no dojõ（柳樹下的第二隻泥鰍）」才對。泥鰍是體長約十公分、體

江戸時代から汁物や鍋物の素材として庶民に親しまれている。

「柳の下」とか「柳の下の２匹目のどじょう」とかいうのは、一つ目の仕事が成功したので、二度目の仕事も同様うまくいくと皮算用する、という意味で、ビジネスマンのスラングとしてよく使われる。ところがこの言葉の元になった諺はまったく逆のことを指しているのだ。「柳の下にいつもどじょうはおらぬ」と。川端の柳の下にいるどじょうを一度つかまえたとて、二度目もうまくいくとは限らない。英語では〝Good luck does not always repeat itself〟。ビジネスの世界の経験では「この逆もまた真なり」がしばしばみられるので、この諺を逆転して「柳の下には２匹目のどじょうがいる」という。

→二番せんじ

表滑溜溜的溪魚，從江戶時代一直都以湯鍋的材料受到人們的喜愛。

所謂「 yanagi no shita 」或「 yanagi no shita no nihikime no dojõ 」，是指由於第一項工作已告成功，就以為第二項工作也同樣會很順利，打如意算盤的意思。經常被商界人士以行話所使用。可是，這句話的原始諺語卻是相反的意思。曰：「 yanagi no shita ni itsumo dojõ wa inai （柳樹下並不常有泥鰍）」。即使你在河邊的柳樹下曾經捉到了泥鰍，再度捕捉不見得還有。也就是「福無雙至，禍不單行」的意思。根據商界的經驗，「真亦是假」是常見的現象，因而也可以將此諺語翻轉過來說成「柳樹下有第二隻泥鰍」。

→ niban － senji （二煎）

Index：索　引

出版緣起

本書原為日英對照，是日本三菱商事廣報室（即為台灣之公共關係室）為了跟日本人做生意的英語系外國人而編輯。本書原文並無日文注音，但為了中國讀者閱讀之方便，本社特聘日籍人士加以注音。雖然此書發行己十多年，但仍有參考價值，絕對是一本不可多得的好書，尤其對年輕一輩來說，在對日貿易往來這方面，仍有許多助益的地方。本出版社不計成本，特聘文化大學日語系林榮一教授翻譯，相信對讀者有很大的幫助。也願讀者在讀完這本書後，日文程度能相對提昇。畢竟我們的宗旨即是「買好書、賣好書、出好書」！希望讀者能與我們一同在日語的領域當中不斷地學習、不斷地成長。

鴻儒堂出版 中日對照讀物

林 榮 一

中國文化大學東語系日文組畢業

日本東洋大學文學碩士

曾任／輔仁大學兼任副教授
東吳大學兼任副教授

現任／文化大學專任副教授

著作／杜子春(中日對照)

日本近代文學選Ⅰ(中日對照)

日本近代文學選Ⅱ(中日對照)

新時代日本語Ⅰ

現代日本事情(譯註)

日本語Ⅰ中譯本(東京外國語大學附屬日本語學校)

日本語Ⅱ中譯本(東京外國語大學附屬日本語學校)

日語常用諺語、成語、流行語手冊

日本語の基礎Ⅰ最新版中譯本

日本語の基礎Ⅱ最新版中譯本

鴻儒堂袖珍日華辭典

鴻儒堂日華辭典

國家圖書館出版品預行編目資料

日本人語=Japanese business glossary
／三菱商事広報室編；林榮一譯- -
初版.- -臺北市：鴻儒堂，民88
面 ； 公分
中日對照
ISBN 957-8357-17-6(平裝)
1.日本語言--詞彙
803.11 88011876

日本人語

定價：400 元

中華民國八十八年十月初版一刷
本出版社經行政院新聞局核准登記
登記證字號:局版臺業字 1292 號

編　　者：三菱商事広報室
譯　　者；林榮一
發 行 所：鴻儒堂出版社
發 行 人：黃成業
地　　址：台北市中正區 100 開封街一段 19 號 2 樓
電　　話：二三一一三八一〇・二三一一三八二三
電話傳真機：二三六一二三三四
郵政劃撥：〇一五五三〇〇之一號
E — mail：hjt903@ms25.hinet.net